DRAME DE PIQUE

SOPHIE HÉNAFF

DRAME DE PIQUE

ROMAN

ALBIN MICHEL

Pour ma brigade à moi.

« Le temps qui passe, c'est la vérité qui s'enfuit. »

Edmond Locard,
inventeur de la police scientifique.

Je m'appelle Emma et j'ai trente et un ans depuis quelques heures. Pour fêter cela, je traverse mon nouvel appartement en respirant l'odeur de la peinture fraîche. J'en ai passé tant de couches que les murs en sont devenus presque souples. J'allume la salle de bain, je presse le tube de dentifrice sur la brosse. Je n'ai presque pas peur.

Une fois de plus dans ma vie, tout a changé. Sauf la cellule souche. La bille dure de conscience, sur laquelle chaque année ajoute une pellicule, comme une huître camoufle sa perle. Moi je suis toujours là, enfermée dans cette bille, un peu ahurie par cet âge qui m'arrive, le reflet de cette femme qui se brosse les dents.

Demain, il revient et je me demande si ça effacera toutes les traces de son absence.

Dans le double salon, j'ouvre les larges portes-fenêtres sur le ciel bleu roi de Neuilly. Les cimes du bois de Boulogne s'étendent en moquette épaisse sur le paysage et la rumeur du Jardin d'Acclimatation gonfle dans les airs, envoyant la joie des enfants résonner jusqu'au fond de la pièce.

Le temps béni des manèges, des frayeurs de grand huit et petits trains, des promenades à poney et sauts de trampoline. J'ai adoré cette enfance-là.

J'habite maintenant un immeuble vénérable du boulevard Maurice-Barrès. Cossu, tout en rondeurs dans sa pierre blonde, il ressemble à un bourgeois satisfait, somnolant sur son reste de chantilly. Je possède tout le quatrième, l'étage noble. Une grande famille se léguait cérémonieusement le bien de père en fils jusqu'au rejeton indigne à qui je l'ai racheté.

Moi, j'ai de l'argent neuf. Beaucoup. Je dirige l'une des plus discrètes cliniques esthétiques de tout l'Ouest parisien. Ma fortune ne m'empêche pas de trembler ou de rougir à la moindre conversation, mais elle garnit l'intérieur de ma carapace d'une ouate de pouvoir et, surtout, elle garantit douceur et prévenance chez la plupart de mes interlocuteurs. J'ai travaillé jour et nuit pour aboutir à ce résultat, cette bulle de verre et de respect. Je n'ai rien eu d'autre à faire de toutes mes années.

Remodeler les visages. En la matière, j'ai révélé un certain talent. Et beaucoup de passion aussi. D'abord, je connaissais mon sujet, j'avais su gommer de mes propres traits les piteux reliefs de l'adolescence. Ensuite, l'ambition fébrile, le besoin d'avancer plus loin et plus vite, de m'éloigner, de mettre des centaines de kilomètres et des milliers de pavés d'or entre mon passé et moi, ont fait décoller ma clinique et exploser mon chiffre d'affaires.

Les plus grandes influenceuses ne jurent que par mon établissement.

Aujourd'hui, j'ai tout pour être heureuse, mais cette nouvelle vie n'efface toujours pas l'ancienne. Je me souviens de tous les jours d'école, des heures de récré, de chaque regard et des vipères sous mes pas. Les haies qui se forment et se ferment. La honte, comme une glu épaisse, qui m'accompagne partout, dans la classe, dans les couloirs, dans les toilettes où je m'enferme. Je n'avance pas d'un pas sans qu'on me pointe du doigt.

Je n'ai rien fait pourtant, je suis juste là, sans comprendre ce qui s'est passé, d'où me vient cette étiquette qu'on m'a clouée sur le front à coups de marteau. Cette nouvelle identité dont on m'a revêtue du jour au lendemain. Je ne suis plus la jolie fillette aux yeux clairs, la meilleure en multiplications ou la pire à la balle aux prisonniers, je ne suis plus la bavarde ou la timide, désormais on ne sait plus rien de moi, à part une chose :

Je suis la fille du serial killer.

1.

– Capestan, vous êtes un immense gâchis.

Les *s* chuintaient et ça détournait l'attention de la commissaire Anne Capestan. En fait, tout détournait son attention : la Seine qui coulait à sa rencontre, le matin clair, idéalement frais, la tour Eiffel au loin qui s'élançait sous le beau ciel de juin, le dôme de l'Institut de France qui brillait doucement au soleil, le Pont-Neuf sous ses sandales. Ce Pont-Neuf, le-plus-ancien-de-Paris, qu'elle adorait et traversait chaque jour après avoir déposé ses filles à l'école. Tout aurait été parfait dans le paysage si la tête du directeur de la judiciaire n'était malencontreusement venue s'y écraser. Celui-ci, Capestan n'était même pas sûre de se souvenir de son nom. C'était un truc comme Palombe, Colombe, peut-être Descombes. À ce stade de la conversation, évidemment, elle ne pouvait pas lui demander. Il faisait partie de la longue liste des directeurs qui s'étaient succédé après la retraite du divisionnaire Buron.

Le premier grand chambellan du genre était passé voir le commissariat de la rue des Innocents au cours de son mois de prise de poste. Il était resté huit minutes – le commandant Louis-Baptiste Lebreton, génie de la précision, avait chronométré – puis la brigade avait disparu de son esprit pour toujours. Les autres chefs à plumes ne s'étaient même pas déplacés, ignorants du sort des Poulets, les abandonnant à leurs jours paisibles pendant que le reste de la police essuyait les attentats.

Et maintenant ce Destombes, dont Capestan ne devait l'audience qu'au hasard du chemin et à la proximité du 36. Il pontifiait comme si la carrière entière de la commissaire s'était déroulée sous ses bons auspices.

– … plus jeune commissaire de France, major de sa promo, championne olympique de tir, promue chaque année jusqu'à diriger une brigade d'élite au 36, le saint des saints, et là, fit le directeur en observant une pause lourde de sens, vous commettez une faute. Buron et son indulgence coupable vous collent un peu au placard pour que vous reteniez la leçon et, vous, que faites-vous ? Vous y restez.

– On ne m'a pas vraiment laissé le choix, répondit Capestan en suivant un bateau-mouche du regard.

À bord, les enfants agitaient joyeusement leurs mains pour saluer et la commissaire dut lutter pour ne pas adresser un coucou en retour. L'odeur du fleuve était portée par un vent léger qui frisait sur la peau.

– C'est ce que vous pensez ? demanda le divisionnaire.

– Bien sûr, lâcha Capestan.

Elle conservait son sourire, même si le ton péremptoire du divisionnaire commençait à chauffer sa susceptibilité.

– Mais commissaire, soyez au moins honnête avec vous-même à défaut de l'être avec le contribuable. Vous êtes restée dans votre taupinière comme une souris dans son fromage. Vous avez travaillé votre confort et vous avez oublié tous vos devoirs de police, vous vous êtes assise sur vos ambitions et vous avez paressé.

– Non mais vous plaisantez ?

Capestan se braqua soudain face à tant d'injustice :

– On a résolu je ne sais combien d'affaires et malgré cela la PJ a continué de nous claquer les portes au nez par séries. Au bout de dix ans, énuméra-t-elle à main levée, on n'a toujours pas accès au fichier central, on n'a pas de véhicules, pas de matériel, pas d'armes, pas…

– Vous voulez dire que si vous dormez sur votre bureau, c'est parce que la Peugeot n'est pas assez jolie ? Mais vous savez dans quelle mouise se trouve la police aujourd'hui ? C'est ça votre conscience professionnelle ?

– Mais pas du tout, je…

Le cerveau de Capestan patina un peu, à court de réponse. Quelques éclairs de doute venaient de fendiller sa colère. Et s'ils s'étaient sentis exclus d'un monde qui ne se portait pas mieux qu'eux ? À force de travailler hors-sol, sa combativité avait-elle fini par sommeiller ? S'était-elle laissé porter par la camaraderie, bercer par le bonheur domestique ? Elle n'avait pas l'impression d'avoir jeté l'éponge, mais peut-être l'avait-elle calée dans sa poche, pour plus tard.

Plus tard mais quand ?

Anne Capestan avait atteint cet âge où l'on commence à faire le deuil d'un paquet de vies. Elle savait désormais qu'elle ne vivrait jamais sur une plaine du Nevada, au creux d'un lagon de Bora-Bora, au sommet d'une tour de verre ou aux commandes d'un avion de chasse. Ces rêves évanouis, elle les contemplait sur son écran, depuis son canapé qui comme une île la portait, avec ses filles et son mari ; sa famille qui valait tous les ailleurs.

En renonçant aux autres existences, elle avait peut-être émoussé la sienne et laissé son métier gentiment dériver. Elle nageait une brasse tranquille, loin des eaux vives.

C'est ce que ce directeur avait l'air de penser en tout cas, avec ses sentences à l'emporte-pièce.

– Là, par exemple, appuya-t-il, vous vous dirigez vers la rive gauche. Or votre « commissariat », si on peut l'appeler comme ça, se situe rive droite, à côté des Halles. Dans votre dos. Pour quelle raison ? Urgence de l'enquête ou petit café à Saint-Germain ?

En réalité, Capestan visait une terrasse sur le quai, mais plutôt que de l'admettre elle se cabra de nouveau et laissa l'orgueil reprendre la main. Des missions, elle en avait souvent réclamé, jusque très récemment.

– Mais ça fait belle lurette qu'on n'en a plus, de dossiers, et vous le savez très bien ! Rien que la semaine dernière, j'ai appelé pour demander une saisine et je suis passée de ligne en ligne jusqu'à atterrir au service courrier.

– Arrêtez de vous chercher des excuses, Capestan. Je ne pensais pas qu'une femme de votre trempe se contenterait d'un tel trou à rat. Mais passons. De toute façon votre carrière est finie, ce n'est pas à votre âge qu'on se relance.

Une fois encore, Capestan accusa le coup. À la quarantaine, on en était déjà là ?

– Un nouveau directeur vient d'arriver, poursuivit le divisionnaire. Un jeune. Il veut tout bousculer, tout changer, bref, comme tous les jeunes depuis la nuit des temps. Et ça croit innover. Enfin.

Le directeur se frotta les paumes de main, l'air pensif, avant de conclure :

– Je me demande bien ce qu'il va faire de vous.

Il secoua la tête, dépassa la commissaire sans ajouter un mot et se dirigea vers le parking de La Samaritaine d'un pas indifférent.

Un autre bateau-mouche glissa entre les piles du pont, et d'autres enfants adressèrent d'autres saluts à Capestan. Machinalement, Anne leva la main pour faire coucou à la péniche qui disparaissait.

Ça fait vingt-trois ans que j'attends, vingt-trois ans que les meurtres à venir débordent en moi, enfermés dans leur cachot, sans trouver de sortie. Enfin, ils vont pouvoir s'échapper. Je suis comme tous les enfants du monde un matin de Noël, je trépigne d'impatience.

J'enfile mon gant de latex, chacun de mes doigts retrouve sa coque avec félicité. Dans une heure, je frappe.

Je peux redevenir le serial killer.

2.

La chair noircie s'accrochait à la grille, agrippée tel un lierre ensanglanté sur des briques disjointes. Anne Capestan fixa le barbecue et se demanda à partir de quel moment son commissariat avait viré à la maison de campagne. Installé dans un appartement au cinquième étage d'un immeuble de la rue des Innocents, il n'avait jamais ressemblé à rien de bien policier, mais on franchissait chaque année une nouvelle étape dans les aménagements, et si la commissaire n'y prenait garde, un de ces jours, l'un ou l'autre de ses lieutenants irait coller leurs cellules en location sur Airbnb.

Le commissaire divisionnaire Buron, mentor d'Anne Capestan, avait créé le groupe des Poulets Grillés en 2012. À l'époque, le divisionnaire venait de prendre les commandes du 36, quai des Orfèvres, et il avait décidé de débarrasser l'ensemble des services de la judiciaire de Paris de ses éléments perturbateurs, incompétents, fainéants, idiots, alcooliques ou célèbres. Il avait réuni tous ces indésirables dans une seule brigade, accueillante poubelle, sous le commandement de la commissaire Anne

Capestan. Les policiers n'avaient plus ni armes, ni missions, ni considération, et l'appartement était à l'image de ceux qui allaient le meubler : un machin délabré, dont plus personne ne voulait à la préfecture. Les murs tachés, les plinthes descellées, les parquets disjoints, les fenêtres sans carreaux, tout s'effondrait, tout renonçait. De cette gadoue, les parias avaient néanmoins su poteler quelques victoires. La mobilisation des troupes comme le porte-monnaie de la capitaine Eva Rosière avaient embelli les locaux, dans lesquels chacun s'était installé comme chez soi. Cheminée, lustre à pampilles, billard, canapés, fléchettes, transats, table à repasser, sans compter, montée par le brigadier Lewitz, la cuisine équipée qui débordait de trois gros centimètres sur la baie vitrée : ici, rien n'était assorti, tout venait du cœur ou de la cave.

Capestan chercha deux minutes sous le barbecue et la table Fermob, avant de passer une tête par la baie vitrée pour interpeller Lewitz :

– Il reste des braises ! Je ne retrouve pas le couvercle.

En quelques secondes, la silhouette longiligne du brigadier se découpa dans l'encadrement de la porte de la cuisine. Il agita un Tupperware et le mouvement imprima le même frétillement à ses cheveux fins, leur donnant l'allure d'une houpette de vautour plantée sur un manche à balai.

– Pas besoin de couvercle, tant qu'on a des saucisses, déclara Lewitz avec son bon sourire de garçon prêt à tout flamber du moment que ça rend service.

Dix ans plus tôt, le brigadier avait été mis au placard à cause de son amour immodéré pour les voitures. On aurait pu croire qu'il était entré dans la police uniquement pour le son des sirènes et la route dégagée par les gyrophares. Il pilotait à toute berzingue, fou de joie et de vitesse, et avait percuté avec entrain arbres, vitrines et réverbères jusqu'à réduire à l'état de carcasses la moitié de la flotte de l'hôtel de police auquel il était alors rattaché. La hiérarchie l'avait aussitôt proposé pour la brigade maudite, où Lewitz avait développé quantité d'autres passions tout aussi peu payées de retour comme le bricolage, l'aquarelle ou, plus récemment, le barbecue. Hyperactif, il enchaînait les marottes et empilait les connaissances, semblant courir en permanence après une médaille qui ne brillait jamais.

– Non, non. Quinze heures, fin du déjeuner, fit Capestan alors qu'une notification s'affichait sur son portable.

Depuis quelques semaines, Capestan suivait avec attention le phénomène des piqûres à la seringue qui se multipliaient sur tout le territoire. Quelque chose dans l'essaimage des attaques lui laissait une curieuse sensation, le sentiment d'un dérapage à venir.

Un nouveau papier du *Monde* venait de tomber sur le sujet :

« Piqûres en soirées » : ce que l'on sait sur les centaines de plaintes, les enquêtes et l'absence de substances toxiques.

Plus de 800 plaintes ont été déposées et 1098 témoignages recensés en France au 16 juin. Pour l'heure, aucun élément probant n'a été mis en évidence par les enquêteurs.

Le Monde avec AFP. Le 22 juin 2022 à 15 h 03.

Les témoignages se comptent par centaines sur les réseaux sociaux et dans la presse. Le phénomène des « piqûres en soirées » a pris une ampleur nationale avec la multiplication des récits et des plaintes déposées dans toute la France depuis plusieurs mois.

Le scénario est toujours le même : des personnes qui affirment avoir remarqué des traces de piqûre sur leur jambe, leur bras ou leur cou lors d'un concert, un festival, une soirée dans un bar ou dans une discothèque. Puis des étourdissements, des nausées, des malaises pour certaines ; rien pour d'autres, mais toujours beaucoup d'inquiétude. […]

Une note de synthèse de la DGPN datée du 7 juin évoque « un mode opérateur » ne faisant pas de distinction entre les hommes et les femmes. Les marques de piqûres se situent sur « les bras », « les fesses », « le dos », sans que les victimes ne voient leur agresseur. […]

• Des recherches de substances toxiques négatives

L'office anti-stupéfiants (Ofast) est chargé, depuis quelques semaines, de centraliser « le nombre de faits et les éléments qualitatifs ». Jusqu'à présent, les analyses n'ont relevé « aucune trace de GHB », surnommé la « drogue du viol », et les victimes n'ont pas fait état d'actes d'agression sexuelle ou de vol consécutifs à la piqûre », assure la DGPN. […]

• Quelles sont les pistes d'explication ?

La recherche de toxiques est compliquée par les délais. Certaines substances, et notamment le GHB, disparaissent de l'organisme en quelques heures. […]

Autre hypothèse : les substances injectées sont déjà naturellement présentes car secrétées par le corps humain, comme l'insuline ou l'adrénaline. Elles passeraient donc inaperçues dans les analyses.

Un lien menait à un autre article qui rappelait que ces attaques ne dataient ni d'hier ni d'ici et que des « piqueurs » sévissaient déjà dans les années 70 et même au XIXe siècle, opérant alors au poinçon, à l'aiguille ou avec une canne munie d'un dard. Plus récemment le Canada s'était enflammé sous une terreur similaire, sans que le mystère ne soit éclairci.

Bref, on ne savait rien. On attendait la suite, une pause ou le pire.

Le son mat de la porte du frigo qui se refermait éjecta Capestan de son écran. Après avoir couvert le barbecue, Lewitz rangeait son Tupperware. Elle remercia le brigadier du menton et rempocha son portable avant de s'asseoir sur un tabouret, calant son dos contre le mur chauffé par le soleil. Elle tendit les jambes et posa ses pieds nus sur le sac de charbon de bois. Depuis plusieurs mois maintenant, on ôtait ses chaussures avant de pénétrer dans le commissariat. Chacun conservait une paire de chaussons dans l'entrée et ainsi, suivant les vœux de la commissaire dont l'attention à l'hygiène s'était muée en obsession avec l'arrivée de ses filles puis des virus, aucun microbe du gras pavé parisien ne ternissait plus les parquets cirés de la brigade. Heureusement qu'ils accueillaient peu de visiteurs et interrogeaient rarement dans les locaux, car le dernier témoin avait cru à une brimade lorsque Lewitz l'avait prié de quitter ses baskets.

La terrasse semblait posée au pied du ciel. Menton levé, la commissaire se laissa porter quelques secondes par l'espace sans limites, offrant à son regard la liberté de courir sans buter contre un immeuble. Les bruits ronflants de la place, cinq étages plus bas, passaient de vague en vague et, en cette minute, on aurait pu croire au calme. Dans la tête de la policière, les roues, alimentées par l'article du quotidien, commencèrent à tourner lentement.

Des milliers de délits, pas un seul suspect, peu de marques, aucun mobile. Et la psychose qui s'étalait comme une nappe de pétrole. Qu'auraient fait les Poulets sur un tel dossier ? se demanda Capestan. Ses réflexions s'apprêtaient à bâtir une théorie, lorsqu'elle entendit la voix de la capitaine Eva Rosière rugir depuis le salon.

– Mais pourquoi ces putains de fanfreluches se cassent encore la gueule ? Comment tu veux que l'abat-jour fasse chic si les dentelles pendent comme des couilles de curé ?

Les pas de Rosière claquèrent contre le carrelage de la cuisine, avant de stopper net sur le seuil de la terrasse. Les manches chauve-souris taillées dans une soie fuchsia volèrent en corolles sous les brassées agacées de l'opulente capitaine. Prenant Capestan à témoin des persécutions dont elle était victime, Rosière brandissait l'objet de son courroux, une lampe à fleurs délicates dont les franges s'étaient décrochées sur deux centimètres.

– Je l'ai payée une blinde en plus, tu parles d'un effet cosy !

Rosière roula ses yeux verts ourlés d'un épais mascara et le reflet de sa superbe chevelure rousse scintilla sur la baie vitrée. Le chien Pilou, corniaud rase-motte aux oreilles alertes, vint coller ses poils hirsutes à quelques centimètres des mules de sa maîtresse. Le poitrail gonflé d'un fier orgueil, il souleva une truffe attentive aux dernières vapeurs de merguez.

Eva Rosière était une romancière à succès, doublée d'une scénariste plébiscitée, mais triplée d'une cinéaste relativement ratée. Son premier film était sorti en salles cinq jours après les attentats, le deuxième au lendemain du confinement. Un timing de pure poisse. Depuis, la capitaine considérait d'un sale œil le lieutenant José Torrez, porte-malheur de la judiciaire, éjecté chez les Poulets Grillés faute de bûcher disponible. La fortune de Rosière lui permettait bien sûr de renoncer à son poste dans la judiciaire, mais les nécessités de l'inspiration comme les tristesses de l'isolement l'avaient poussée à revenir au chaud dans sa brigade.

– Bon, j'y retourne, lança Lewitz en raccrochant son tablier au clou avant de filer.

La commissaire, sourcils relevés, interrogea Rosière du regard. Celle-ci l'éclaira :

– Comme on s'emmerde en ce moment, il...

– On ne s'emmerde pas spécialement en ce moment...

– Si, Anne, en ce moment, on s'emmerde. La dernière affaire sérieuse date de l'an dernier, toutes les polices de France sont sur les dents, épuisées par des cadences de dingues, pendant que nous on a retapissé trois fois l'entrée. On a épluché les vieux dossiers à la recherche de cold cases un peu saignants, mais peanuts, on s'emmerde. Donc Lewitz a lancé un marathon du billard contre Merlot. On peut dire adieu à la table. Deux fois.

Décidément, pour Capestan, les temps n'étaient plus au déni. C'est vrai qu'ils s'emmerdaient, et depuis plus longtemps qu'en ce moment. Tant qu'ils avaient bossé sous l'égide du divisionnaire Buron, ils avaient écopé plus ou moins officiellement d'enquêtes sérieuses, mais, depuis sa retraite, les patrons qui s'étaient succédé avaient eu d'autres priorités que cette misérable unité de la rue des Innocents. Les Poulets Grillés, punis, méprisés, étaient surtout devenus plus modestement des Poulets Oubliés. Et, pour la plupart, contents de l'être.

Sans compter que leur belle cohésion de survivants s'était depuis dissoute dans le pointillé des années Covid. D'abord, ils avaient tous été malades. Dax avait même été admis en réanimation, où il était resté plus de douze jours dans un état critique. Son épouse, la lieutenante Evrard, plus exsangue que jamais, avait cherché son avenir dans les dés à chaque heure du jour et de la nuit. Elle avait minutieusement remonté le fil du virus jusqu'à aboutir bien sûr au capitaine Torrez, la poisse, la scoumoune, le chat noir le plus impopulaire de toutes les polices de France. Personne ne saurait jamais si en effet Torrez avait été le patient zéro du cluster des Innocents, et Capestan s'en moquait complètement. Des millions de gens avaient été contaminés de par le monde, il fallait songer à libérer Torrez de la culpabilité des sept plaies d'Égypte. Mais rien n'y avait fait, le capitaine maudit, après quelques années de fragile retour en grâce, était retombé dans sa marmite de sorcière. Il ne partageait plus les parties communes, il entrait plus discrètement qu'un fantôme, pour léviter le long du couloir vers son bureau du fond où il travaillait reclus. À tel point qu'on ne savait jamais s'il était présent ou pas.

La succession des confinements avait bien sûr achevé le délitement et accéléré les départs. Dax et Evrard s'étaient collés en télétravail et Zoomaient une fois par semaine depuis leur maison bretonne. Le capitaine Orsini, cheveux décoiffés et lavallière en bataille, avait ensuite fêté sa retraite et s'était retiré au fin fond des Yvelines.

« On ne le reverra plus jamais », avait asséné Rosière en écrasant une larme revêche. Capestan avait parié l'inverse – à perte pour l'instant. Le lieutenant Diament, irradiant de bonheur lors de son pot de départ, avait lui obtenu de réintégrer sa précieuse BRI. Le commandant Louis-Baptiste Lebreton, malgré toute sa rigueur morale et son sens du devoir, avait lui aussi abandonné le navire, faute d'enquêtes à mener. Il consacrait maintenant l'essentiel de son temps à son nouveau compagnon. Il avait été veuf une fois et n'entendait plus gaspiller une minute de bonheur véritable. Quant au capitaine Saint-Lô, dans les rues désertées de la capitale, il s'était plus que jamais pris pour un mousquetaire du roi, revenu en son XVIIe siècle chéri. On l'avait retrouvé galopant place des Vosges sur un cheval emprunté à la caserne des gardes républicains du boulevard Henri-IV et la fin de la pandémie l'avait ainsi renvoyé directement à son cinquième internement dans l'unité psychiatrique de l'hôpital Sainte-Anne.

– Tu veux un café ? demanda Rosière.

– Volontiers, merci.

La capitaine jeta l'abat-jour dans un coin avec une moue de dédain puis vérifia le niveau d'eau dans la machine. Elle prit la boîte en fer sur l'étagère. Sur le couvercle, une baigneuse en costume à froufrous se réjouissait de l'arrivée du train en gare d'Arcachon. Rosière sélectionna deux capsules et rangea la boîte avant de prendre des tasses dépareillées qu'elle positionna tour à tour sous le bec de la machine. Le zonzon du percolateur vibra dans la pièce, encourageant le flou des pensées. L'œil de Rosière glissa sans s'arrêter sur les polaroïds aimantés sur le frigo : Saint-Lô, épée au poing croisant le fer avec le goulot de la bouteille de Merlot, Orsini jouant du violon après l'un de leurs dîners raclette, Dax et Evrard endormis sur le canapé à côté de Merlot qui parlait, Lebreton ployant sous un énorme miroir pendant que Rosière hésitait sur l'emplacement, et puis l'agrandissement de la photo d'Hawaï où toute la brigade entourait Torrez brandissant le Fer d'Or qu'il venait de remporter lors de la finale mondiale de repassage. Ils étaient pleins de coups de soleil et souriaient de toutes leurs dents.

Une photo sur le toit du monde, comme les appelait la commissaire. Une seconde au sommet de la joie. Capestan avait la nostalgie flash. Elle redoutait souvent d'avoir pris ce fameux cliché d'avant-l'accident, d'avant le cancer ou la guerre, celui où l'on « ne savait pas encore ». Elle avait la conscience aiguë de son bonheur et de sa fragilité. Elle craignait qu'un jour, en reposant l'appareil, elle vienne de saisir l'ultime instant d'une vie révolue.

Les deux tasses en main, Rosière passa la baie vitrée pour rejoindre son amie sur la terrasse. Elle lui tendit le café et attrapa un tabouret pour s'asseoir à ses côtés. Les nuages qui étaient venus masquer le soleil se décalèrent et celui-ci darda ses rayons soudain libérés sur la pierre blanche et les peaux avides de vitamine D. Les deux policières fermèrent les yeux en même temps, posant leur crâne contre le mur.

Le mois de juin était toujours une fête, mais en sonnant la fin du masque obligatoire, il avait pris une saveur redoublée. Lewitz s'était empressé d'installer ce nouveau barbecue et Eva avait fait grimper un rosier jaune vif le long d'une clisse. Cet appartement était tout ce qui restait de leur belle équipe, les petits cadres photos avaient remplacé les larges panneaux d'enquête. Il était coquet, confortable, mais les vastes pièces semblaient désormais un peu vides autour des cinq policiers. Un peu vaines aussi. Il fallait se secouer. La brigade avait besoin d'aventure et d'un projet qui ne vienne pas s'échouer sur un PCR positif.

Sans changer de position ni rouvrir les yeux, Capestan s'adressa à sa voisine :

– Avec ces histoires de piqûres, ils vont avoir besoin de monde pour un coup de main.

– Mmm.

– Comment il s'appelle déjà le directeur de la judiciaire, tu sais le maigre coiffé en brosse ? Destombes, Colombes, Lemonde…

– Pallier ?

– Oui, c'est ça. Je l'ai vu mardi.

– Et ?

– Il paraît qu'un nouveau directeur vient d'arriver pour le remplacer.

– Et ?

Capestan but une gorgée et contempla le fond de sa tasse un moment.

– Rien.

Rosière se frotta les omoplates contre le crépi.

– On n'en entendra jamais parler. Comme les autres. Avec les méga poulets, on compte pour des cacahouètes. Ils nous prennent pour des gugusses.

Capestan se redressa et stabilisa le café juste avant qu'il ne gicle hors de la tasse.

– Mais c'est rageant quand même ! On a résolu plusieurs affaires compliquées. Dès qu'on hérite d'une enquête, on est impliqués, je ne comprends pas pourquoi on persiste à nous prendre pour des imbéciles.

Lewitz s'encadra soudain dans la baie vitrée :

– Chef, il y a un type dans l'entrée, il dit qu'il est le nouveau directeur et qu'il veut vous voir.

La commissaire haussa les sourcils. Elle jeta un coup d'œil à Rosière et se leva d'un bond.

– Mais fais-le entrer, Lewitz !

Le brigadier écarta les mains :

– Ben oui, mais il ne veut pas enlever ses chaussures.

3.

Les chaussures étaient chics, anglaises sûrement. Et un mètre soixante-dix plus haut, un large sourire éclairait un visage sympathique. Le nouveau directeur n'avait pas encore atteint la quarantaine, mais ses cheveux blonds se clairsemaient et, sur son front, les golfes reculaient. Les mèches rescapées s'emmêlaient dans une coiffure ébouriffée, moderne et décontractée, chargée de masquer avec application la débandade capillaire. L'homme était mince et sans muscle. Il portait avec élégance un costume qui sentait la rive gauche. Debout dans l'entrée, il ouvrit grand les bras en apercevant Capestan et entra dans le salon avec énergie, ses derbies frappant de leur empreinte le parquet et les tapis.

– Commissaire Capestan ! Enfin, nous nous rencontrons ! Je suis ravi. Commissaire divisionnaire Tom Bourbon Marcus. Vous pouvez m'appeler Marcus.

Capestan serra la main tendue par le directeur.

– Bonjour monsieur le divisionnaire, ravie également.

– Vous m'offrez un café ? demanda-t-il avec chaleur.

– Bien sûr, répondit Capestan, la curiosité mise en alerte par tant de cordialité.

Rosière, d'un léger coup de menton, avait déjà dépêché Lewitz et, bientôt, le ronron de la machine parvint jusqu'à eux, suspendant les entrées en matière. Ainsi, le directeur prit le temps d'apprécier les locaux d'un regard circulaire, hochant le menton en signe d'approbation. D'un index amusé, il désigna tour à tour Lewitz en cuisine et le cadre dans lequel le brigadier posait pour la postérité, droit comme un I, à côté de la Porsche que Rosière avait inconsidérément offerte à la brigade. Puis le directeur se dirigea vers les grandes fenêtres et contempla l'église Saint-Eustache au loin, avant de repartir tourner dans la pièce. De toute évidence, il n'était pas homme à supporter l'immobilité. Malgré toutes les interrogations que suscitait cette honorante visite de la nouvelle direction, Capestan ne put s'empêcher de suivre du regard le trajet des semelles souillées sur le sol du commissariat.

Enfin les cafés arrivèrent. Marcus saisit sa tasse, puis, après avoir écarté une pile de documents, il posa une fesse sur le coin du bureau Empire de Rosière et attaqua sur ce qui devait être l'objet de sa visite.

– Je vous avoue, Capestan, qu'en prenant les rênes de la maison, j'ai été très surpris d'apprendre l'existence de votre brigade. Et même plus que surpris, j'ai été choqué. Ces brimades sont d'un autre temps.

Marcus goba son expresso d'un trait avant de poursuivre :

– Mais fini l'époque des castes, des superstars de la Crime, des gros bras de la BRB, je suis là pour tout remettre à plat et assainir. Le purgatoire est fini.

Alors que Lewitz, dressé comme un feu stop qui attendrait le vert, s'était posté à deux mètres de lui, le directeur dut lire une ébauche de méfiance dans l'œil jade de Rosière. Il élargit son sourire, baissa les yeux et le ton :

– Bon, je vais me montrer franc aussi, on manque un peu de forces vives en ce moment. On a le phénomène des seringues qui prend de l'ampleur et je ne peux pas me permettre de laisser une quarantaine d'éléments dans la nature sans leur confier un minimum de boulot.

– Alors, quarante, c'est un peu…

– Oui, oui, je sais. J'ai appelé le divisionnaire Buron pour discuter de cette unité. Il m'en a expliqué la véritable origine, et détaillé les talents aussi, ajouta-t-il avec un haussement de sourcils à l'adresse de Capestan. Et il m'a bien précisé que, sur la quarantaine, seuls une dizaine pouvaient être considérés comme en service ou récupérables. Je viens donc les récupérer.

Marcus s'était entretenu avec Buron. Tout s'expliquait. Un frémissement d'optimisme réveilla le sang de Capestan. Elle sentit l'électricité remonter le long de l'épine dorsale endormie. Même si la commissaire se doutait qu'il faudrait d'abord en passer par des missions sans grand intérêt, un retour aux affaires s'annonçait.

– Vous pouvez compter sur nous, fit-elle alors que Rosière affichait une moue d'incertitude.

Deux billes de billard s'entrechoquèrent dans la pièce voisine. Le divisionnaire retint un léger mouvement de surprise.

– Tant mieux, fit-il. Vous avez entendu parler des piqûres ?

– Oui, répondit Capestan sur le qui-vive.

L'énergie, la motivation, l'enthousiasme : de nouveau toutes les fenêtres s'ouvraient, à la volée, les courants d'air balayaient la poussière et ranimaient les flammes. La commissaire guettait la suite. Marcus prit une inspiration et ses traits recouvrèrent une gravité de circonstance.

– Il est encore trop tôt pour affirmer que c'est lié, mais trois femmes viennent de s'écrouler entre l'Opéra et les Galeries Lafayette.

– S'écrouler. Elles sont décédées ?

– L'une est décédée oui, les deux autres ont été emmenées aux urgences de Lariboisière.

– C'est arrivé quand ?

– Cela s'est déroulé il y a un peu plus de deux heures. La Scientifique est encore sur place. La Crime a été saisie et travaille sur les piqûres depuis déjà deux jours, car une autre femme est morte de la même façon, sans raison, boulevard du Montparnasse.

Capestan vit Merlot approcher, remonter le couloir à pas prudents sur ses chaussettes trouées. Il s'encadra dans l'embrasure de la porte, queue de billard plantée au sol tel le bâton de Moïse. Marcus le salua rapidement du menton avant de reprendre à l'intention de Capestan :

– Votre commissariat n'est pas loin et c'est un premier contact, donc j'ai préféré venir en personne pour vous proposer de rejoindre les équipes. La commissaire Mélanie Beretti de la Criminelle chapeautera bien sûr, mais on n'est jamais assez nombreux pour réfléchir.

Anne Capestan avait saisi la dernière réserve – comme le positionnement hiérarchique –, mais le retour s'effectuait dans une lumière qui lui parut soudain aveuglante.

– Je ne suis pas sûre de comprendre, monsieur le directeur… C'est une enquête très exposée. Pourquoi nous ? finit-elle par lâcher.

Marcus sourit et balança la main pour souligner l'évidence :

– Mais pour vous prouver mon intention de tirer un trait sur le passé. Je vous replace au cœur de la maison. Vous retrouvez vos armes, vos cartes, l'accès au fichier central, aux services support, aux véhicules… Voici d'ailleurs les toutes premières constatations, ainsi que les éléments dont nous disposons pour Montparnasse, dit-il en retournant dans l'entrée pour ramasser son sac à dos de toile enduite.

Il déclipsa le mousqueton et extirpa de la large ouverture centrale un épais dossier. Il le tendit telle une promesse à Capestan qui l'accueillit comme un sac d'hosties.

Unis dans un seul shoot d'adrénaline, les quatre policiers écartèrent les yeux. Les colonnes vertébrales se redressèrent sous l'effet de l'impatience. Ils étaient réhabilités, enfin.

– Vous êtes attendus sur place. J'y retourne moi aussi d'ailleurs, fit-il en consultant sa montre connectée.

L'œil de Capestan partit instantanément en direction de sa veste.

– La balle est dans votre camp maintenant, conclut le commissaire divisionnaire Bourbon Marcus. Et, si vous êtes aussi efficaces que Buron l'affirme, si tout se déroule aussi bien que je le crois, vous aurez alors toute votre place au siège de la police judiciaire. Au Bastion. Bon retour parmi nous !

4.

– Hors de question, déclara Rosière.

Le directeur n'avait pas passé la porte que la brigade s'était divisée en deux groupes opposés : d'un côté ceux qui refusaient de partir du commissariat des Innocents, de l'autre Capestan qui avait déjà enfilé sa veste.

L'euphorie avait duré quelques secondes à peine, laissant presque aussitôt place aux tensions. La commissaire, tout en vérifiant que rien ne manquait dans son sac à main, décida de jouer la montre :

– Ça va, on n'est pas partis encore. D'abord, « le Bastion » c'était peut-être métaphorique, manière de dire qu'on y serait rattachés. Ensuite, il peut changer d'avis. C'est du détail tout ça, à l'ère du télétravail, on ne se laisse pas décourager par une histoire de locaux…

– De « locaux » ? se récria Rosière. Mes murs, bouchez-vous les plinthes, maman ne sait pas ce qu'elle dit !

– C'est bon Eva, stoppe le drama, on a une enquête. Trois femmes viennent d'être attaquées.

Rosière haussa un sourcil méticuleusement épilé. Après un petit reniflement de dédain, elle consentit à revenir à la raison. Il serait toujours temps de s'engueuler plus tard. Comme à l'unisson de ce nouveau chef, Lewitz et Merlot se détendirent aussi, prêts à honorer les morts. La morte, en l'occurrence.

– J'y vais à vélo. Rosière et Merlot, vous décortiquez le dossier. Lewitz, tu m'épluches les réseaux pour récupérer les vidéos prises par les badauds. J'appelle les autres, fit Capestan en bouclant son casque.

Puis, avant d'enfiler ses baskets, elle remonta le couloir qui donnait sur l'entrée et frappa à la porte du bureau tout au fond.

– Entre ! répondit la voix de Torrez qui, par élimination, savait qu'il s'adressait forcément à la commissaire, aucun autre collègue ne se risquant sur son territoire.

Pour beaucoup, le Covid avait été une plongée dans un monde nouveau, mais pour Torrez il avait été un retour au point de départ. Pour chaque plaie s'abattant sur le monde, il fallait trouver un bouc, l'oméga du continent ou du quartier, la rassurante cause tangible de tous les malheurs. Ici, c'était lui. Le porte-poisse. Le trèfle à quatre baffes. Lui-même y croyait plus que tout autre.

La seule se refusant à la superstition et plus encore aux brimades restait Capestan, qui s'acharnait à travailler avec lui. Elle passa une tête coiffée d'une coque à bandes réfléchissantes.

– Un meurtre boulevard Haussmann, on est dessus.

Elle eut un mouvement de main dans les airs qui semblait dire « je sais, c'est incroyable, je te raconterai plus tard ». Et, de fait, elle ne s'attarda pas sur les détails

– On se retrouve devant les Galeries, dès que tu peux. C'est peut-être lié aux piqûres, alors tu m'écoutes les bruits de foule, demanda-t-elle avant de retirer sa tête de l'embrasure aussi vite qu'elle était apparue.
– Non, répondit la voix de Torrez derrière elle.
– Si, insista Capestan depuis le couloir.
– Non, lâcha Torrez seul dans son bureau.

D'un tour de clé dans le cadenas, Capestan libéra son vélo de la rampe d'escalier. Le tenant d'une main, elle saisit son téléphone de l'autre et texta « Si » à Torrez avant de rempocher son appareil. En sortant, elle tourna tout de suite à gauche et passa sous les hautes arcades de pierre soutenant l'immeuble qui donnait sur la rue de la Ferronnerie, où Henri IV avait été assassiné quatre cent douze ans plus tôt. Capestan obliqua vers le carrefour de la rue du Pont-Neuf et de la rue Saint-Honoré, où un buste de Molière, réfugié dans sa niche, marquait l'emplacement de sa maison natale. Capestan adorait Paris pour ces mille pierres qui partout rappelaient leur histoire, superstars du souvenir collectif, devant lesquelles on passait, blasé par le quotidien, mais qui un jour nous surprenaient encore et arrachaient une petite pensée à l'habitude. La piste cyclable était à contresens mais la rue Saint-Honoré avait le mérite d'être peu empruntée. Arrivée rue du Louvre, la commissaire reprit la rue de Rivoli, le nouveau périphérique de la trottinette, avant de s'engager avenue de l'Opéra. Large, majestueuse, pointant droit sur le magnifique bâtiment de Garnier dont le toit en brioche étincelait comme un soleil, l'avenue était aussi nettement en pente et Capestan appuya sur les pédales avec ferveur pour rejoindre au plus vite le monument où l'attendait son affaire la plus prometteuse de ces cinq dernières années. Elle n'avait même pas pris le temps de lire le dossier.

En tout, quatre femmes s'étaient écroulées sans raison. Elle comptait bien découvrir pourquoi.

Des agents en uniforme bloquaient les différents accès au quartier et le son lancinant des sirènes du SAMU se perdait dans le lointain des boulevards. Des zones distinctes avaient été sécurisées : l'une au dos de l'Opéra et deux autres à l'opposé, sous l'arcade des Galeries. Pour trois victimes, il y avait donc trois sites. Les plus en vue. Le coupable ne cherchait ni la discrétion ni les coins sombres, l'idée était bien de frapper la foule et les esprits.

Un fourgon de la Scientifique et plusieurs véhicules de police étaient garés dans le désordre, empiétant sur les trottoirs. Certains gyrophares bleus tournaient encore, en silence, et projetaient leurs reflets sur les vitrines et les façades. Les visiteurs évacués du palais Garnier restaient groupés, quelques-uns répondaient aux questions des enquêteurs mais la plupart commentaient leur folle aventure dans toutes les langues. Un meurtre au pied du palais ! Ils venaient d'échapper au fantôme de l'Opéra et les moins anxieux regrettaient de ne pouvoir accéder à la boutique de souvenirs pour marquer l'événement d'un magnet.

La commissaire Capestan posa son vélo contre l'un des réverbères cariatides qui entouraient le bâtiment. Tout en s'imprégnant de l'ambiance, elle sortit son portable et rédigea un texto groupé à l'intention de ses équipiers éloignés du bercail. Lebreton, Dax, Evrard, Saint-Lô, elle aurait besoin d'eux le plus tôt possible. Elle appuya sur le bouton d'envoi en espérant qu'elle serait lue et entendue. Gardant son appareil dans une main, elle montra sa carte de l'autre à un agent et passa sous la rubalise jaune pour rejoindre le secteur des grands magasins.

Autour d'une silhouette dessinée à la craie étaient posés les différents cavaliers numérotés marquant repères et indices. Les techniciens de l'identité judiciaire dans leurs pyjamas blancs et leurs chaussons de papier prenaient les derniers clichés, pendant que des policiers en uniforme retenaient la foule massée derrière l'enceinte des rubalises. Capestan identifia la policière la plus gradée, une femme minuscule avec un carré blond court et des yeux noirs. Le front plissé sur trop d'interrogations et de stress, elle torturait un stylo quatre couleurs tout en distribuant des ordres. Capestan guetta la seconde propice avant d'approcher.

– Bonjour, commissaire Beretti ? Je suis la commissaire Anne Capestan. C'est le divisionnaire Marcus qui m'envoie.

Beretti fit cliquer le rouge trois fois de suite avant de concéder un « Bonjour » lapidaire. Elle tourna la tête à droite, à gauche, à la recherche du directeur, tout en grommelant.

– Qu'est-ce que c'est encore cette histoire ? Comme si je n'avais pas assez de boulot.

Capestan, un peu cueillie à froid par la réaction de la commissaire, décida de montrer sa bonne volonté malgré tout.

– Justement, nous sommes là pour aider…

– Tu m'étonnes, lâcha Beretti. Marcus !

Elle avait repéré le directeur à deux pas et planta là Capestan pour le rejoindre. Arrivée dans son dos, elle lui tapota l'épaule de son Bic jusqu'à ce qu'il se retourne.

– Mélanie ! s'exclama le divisionnaire en écartant les bras. Alors, comment ça s'annonce ? Nos piqueurs franchissent un cap, c'est ça ?

– Elle fait quoi, là, Capestan ?

– Vous avez lié connaissance, je vois…

– Je la connaissais déjà, coupa Beretti, j'ai rien contre elle, mais c'est non. Vous savez comment ça se passe avec ce genre d'agités ? Vous leur confiez deux données sensibles, après ils sont trop contents, ils appellent les collègues, la presse, les suspects… Je ne suis pas là pour balancer mes enquêtes dans un ventilateur. J'ai assez de problèmes à gérer.

– Allons, allons, Beretti, laisse-leur le bénéfice du doute. Tu ne crois pas à la réhabilitation ?

– À votre avis, je serais flic ? Je crois à la mise en cabane. Et c'est ce que Buron avait fait avec eux.

– Pour perpète ? demanda Marcus en souriant, les mains dans les poches.

Beretti marqua une pause. D'où elle était, Capestan put la voir – et même l'entendre – inspirer profondément par le nez, avant d'expirer longuement. Elle articula avec calme :

– Ne surjouez pas votre bienveillance bobo, monsieur le directeur, gardez-la pour votre rue Rambuteau et ses cupcakes aux Schtroumpfs. Depuis que j'ai repris les seringues, avec l'Ofast, on centralise les rapports de toutes les gendarmeries et polices de France. J'ai les hôpitaux, les journaux, le groupement des bars et discothèques, les festivals... Tout ce beau monde tient à me raconter ses malheurs, et dans le détail, car « on ne sait jamais ». Et vous en plus, vous me rajoutez la MJC Flic et Tricot dans les pattes ? Vous n'avez pas l'impression que j'explose déjà ?

– Précisément Beretti, ils viennent t'épauler.

– Arrêtez le blabla ! Vous m'avez déjà refilé des nuées de stagiaires, de CDD, de contrats bidule et de conventions machin. Ils ne savent rien faire, on les paye au lance-pierre, et à condition que je les forme pendant trois mois, ils me dépannent quinze secondes avant qu'on les vire. J'en peux déjà plus de votre monde nouveau, Marcus, et comme j'en avais ras le bol de l'ancien, je vais finir par tous vous abandonner au milieu du pont.

– Je t'en prie, je t'en prie. Je sais que c'est dur en ce moment. On est sous pression, on manque de moyens. Mais tu ne peux pas nous lâcher. J'entends tes réserves, j'en tiendrai compte. Mais en attendant, tu me fais bosser les Poulets Grillés, c'est un ordre. S'il te plaît. Je veux leur donner une chance de revenir dans la maison.

Capestan s'éloigna avant que Beretti ne crève l'œil du directeur avec son stylo. Elle ne pouvait pas en vouloir à la commissaire. À l'époque où Capestan œuvrait à la BRB, elle avait été cette femme débordée, aux responsabilités écrasantes, ralentie par une hiérarchie toujours plus politique et des équipes toujours plus réduites. Elle comprenait, elle ne voulait pas encombrer Beretti. Mais elle n'allait pas non plus s'écraser pour autant. Cette enquête, elle la mènerait donc de son côté, sans déranger, ni renoncer. Elle abandonna les huiles des Batignolles à leur dispute et se dirigea vers un capitaine de l'IJ qui ouvrait le zip de sa combinaison, révélant sa tenue civile.

Capestan présenta sa carte et posa quelques questions. Mais l'homme n'avait pas grand-chose à raconter. Après trois minutes de conversation, il alluma une cigarette à un vieux Zippo et tira une longue bouffée.

– Sur ces trottoirs ultra-piétinés, rien n'est exploitable. Il va falloir attendre les analyses toxicologiques, pour trouver un peu de consistant, admit-il. Sur les corps on n'a observé aucune lésion extérieure. Aucune trace de piqûre, rien. Je dirais qu'il y a eu insuffisance pulmonaire, mais vous verrez ça avec la légiste. Ça ressemblerait pas mal à une crise d'asthme, si ce n'était évidemment la concomitance des trois victimes.

– Quatre avec Montparnasse. On se rapproche du serial killer… Malgré l'absence de sadisme.

– Et de décorum, renchérit le capitaine en recrachant sa fumée. C'est sobre. Peuplé, mais sobre.

Songeuse, Capestan se mordait l'intérieur de la joue en laissant son regard planer sur le large trottoir du boulevard Haussmann. La foule commençait à se clairsemer, refluant vers des vitrines finalement plus animées, retournant à ses trajectoires initiales et son quotidien paramétré. Seuls trois plannings avaient calé là, brutalement.

– Combien de distance entre les victimes ? Et de temps ?

– Elles sont tombées au sol à vingt mètres de distance environ, et quelques secondes d'intervalle. Pour obtenir un timing plus précis, il va falloir attendre les caméras de surveillance.

– Vingt mètres. Elles n'étaient pas ensemble ?

– Non, apparemment pas.

– Même âge ?

– Pas du tout. Celles qui ont survécu sont dans la soixantaine, je dirais. Et celle qui est décédée n'avait pas trente ans, elle était enceinte.

Le cœur de Capestan manqua un battement. Au bout de vingt ans de carrière, elle avait la carapace toujours aussi meuble. Elle s'habituait mal à la mort, surtout si près de la vie. Contrairement au capitaine manifestement, un baroudeur de l'identité qui avait lâché le détail sans tirer une taffe de plus sur sa clope.

– Elles avaient un sac à main, des papiers, j'imagine, demanda Capestan.

– Oui, on a pris les photos et mis sous scellés, c'est dans le dossier. Un commandant de la Crime a déjà prévenu les familles, je crois.

Le capitaine se rembrunit subitement. Il lâcha son mégot, qu'il écrasa du pied, malgré la proximité de la scène de crime.

– Mais merde, il vient vers nous en plus !

Capestan pivota pour suivre le regard du policier et découvrir la silhouette trapue de Torrez qui avançait, mains dans les poches de son éternelle canadienne, mine butée et démarche de Caterpillar.

Le capitaine de l'IJ froissa sa combinaison en boule, la fourra dans son sac sans ménagement et passa la bandoulière sur son épaule. Avant de filer, il saisit Capestan par le bras :

– C'est la Scoumoune, le type qui nous fait tous crever. Vous ne devriez pas rester là, vous savez. Partez. Tant qu'il est encore temps.

5.

En moins de vingt minutes, la police avait disparu, emportée par un chef de l'IJ fébrile et mécontent. Cheveux hirsutes, Torrez fronça plus encore ses sourcils et fit rouler ses larges épaules de puma sous sa veste canadienne. Ses chaussures de rando bien ancrées au sol, il avança à pas lents le long des vitrines étincelantes de mille logos. Il cherchait un indice, une trace quelconque, un détail qui aurait pu échapper aux enquêteurs précédents.

Il effectua plusieurs allées et venues. D'abord le nez au sol, puis à hauteur d'homme. Sur les façades, sur les panneaux publicitaires, les réverbères ou même les poubelles, une multitude d'autocollants et d'affichettes – des « stickers » et des « flyers », aurait dit sa fille Adélaïde – entendaient profiter de la foule attirée par les grands magasins pour briller à leur tour. Ils annonçaient des concerts, proposaient de la cocaïne, vantaient les mérites d'une nouvelle marque ou d'un mage spécialiste du retour de l'amour égaré. Les graphismes et messages étaient plus ou moins élaborés, mais tous racontaient quelque chose.

Sauf une gommette rouge.

Placée seule sur le tronc d'un arbre, elle avait l'air d'indiquer que les platanes échappaient aux promotions en cours. Elle n'affichait ni nom ni slogan et paradait là sans raison. Encore l'œuvre d'un street artiste, pensa Torrez qui, comme beaucoup de parents, chassait les mosaïques d'Invader sur les murs de la ville. Dès qu'il marchait avec ses enfants, il dégainait son appli au moindre carreau, « Là Alice au pays des merveilles ! », « Papa ! Un Pokémon ! », et ça leur rapportait des points. Après les succès de feu Miss.Tic, de Banksy, André ou Obey, les œuvres pirates s'étaient mises à bourgeonner sur les murs de Paris, on voyait sortir de la pierre des crânes de singes, de lapins, des pansements géants, de longues silhouettes vêtues de noir, des miroirs et même des roues de vélo. Entre musée à ciel ouvert et joyeuse quincaillerie, on se perdait un peu sur l'appréciation de la valeur artistique. Torrez pour qui la chanson française s'arrêtait en 1980 avec la mort de Joe Dassin n'était pas un chantre de la modernité, mais il trouvait à ce mouvement le mérite de rendre le décor vivant et parfois même de créer du suspense. Comme ce mégalo qui avait affiché son portrait ahuri absolument partout, parfois souligné de son nom John Hamon, pendant des mois ou des années entières, au point que sa tête, véritable pollution visuelle, était devenue totalement insupportable, sans que l'on sache même si c'était l'effet recherché. Le jour où Torrez avait découvert une expo à son nom au Palais de Tokyo, il avait cessé de se poser la question et s'était désintéressé du phénomène.

Mais cette simple gommette, sans pour autant s'y attarder, Torrez lui trouva une aura vaguement menaçante. Il poursuivit ses recherches sur quelques mètres puis se dirigea vers Capestan, qui interrogeait l'agent de sécurité du Uniqlo situé sur la rive opposée du boulevard, au dos de l'Opéra Garnier. L'homme haussait les épaules, et quand il secoua la tête en signe de dénégation la commissaire referma son carnet, le salua et se retourna. Torrez pu alors lui adresser un signe de la main, index pointé en direction du sud-est, pour demander s'il n'était pas temps de rentrer. Capestan acquiesça et, après un rapide coup d'œil à droite et à gauche, au mépris de toute prudence, elle traversa le carrefour en diagonale pour aller rejoindre son collègue à petites foulées.

Les dents serrées, Torrez l'accueillit d'un ton rogue :

– Tu te rends compte que si tu te blesses, tout le monde pensera que c'est de ma faute ?

6.

L'avion de chasse traversa l'écran à vitesse supersonique et la voix saturée de Kenny Loggins glorifia the Highway to the Danger Zone. Dans l'UGC Odéon, Lebreton admirait plein ciel les arabesques de Tom Cruise. À une autre époque, dans une autre salle, le Louis-Baptiste de dix-sept ans avait suivi les virevoltes du pilote aux côtés d'un garçon de son âge qui, profitant de l'obscurité, avait osé prendre sa main pour la première fois. Les avions et toute la Californie avaient alors disparu de l'écran et plus rien d'autre n'avait existé que cette peau-là sur cet accoudoir de velours rouge.

Trente ans plus tard, un autre homme était assis aux côtés de Lebreton. Il ne lui tenait pas la main mais partageait son appartement. Les acteurs avaient vieilli, Maverick avait pris des jetons et sa vie ne s'était pas déroulée comme prévu. N'empêche, pensa le commandant Lebreton en souriant, *Top Gun* 2 était un bien meilleur film que le 1.

7.

– C'est des photocopies.

Capestan en était encore à accrocher sa veste au portemanteau quand Rosière l'avait interpellée.

– Quoi, qu'est-ce qui est des photocopies ?

– Le dossier, on n'a pas les originaux, ce sont des photocopies.

– Et alors ? fit la commissaire en adressant un petit signe de main à Lewitz penché sur son téléphone portable, son crayon et son carnet posés sur ses genoux.

– Et alors, elle n'est pas vraiment à nous cette enquête. C'est des conneries.

Capestan dévisagea Rosière, qui semblait vouloir démontrer que la Terre était ronde. Le menton relevé, son chien au garde-à-vous, la capitaine regrettait de toute évidence d'avoir à jouer la dignité outragée en mi-bas, sans le soutien de ses escarpins à talons. Tout en lui adressant un large sourire d'apaisement, Capestan maintint sa ligne.

– Bien sûr qu'elle n'est pas vraiment à nous. Ça fait des années qu'elles ne sont plus à nous, c'est même pour ça qu'on existe : pour ne pas avoir d'enquête et jouer aux dominos. Donc une affaire pareille, c'est la Crime qui la dirige, le directeur n'a pas cherché à nous le cacher. Et franchement, je préfère notre place à celle de Beretti. Elle encaisse la pression de la hiérarchie, du parquet, des médias…

– … et leur reconnaissance…

– … dont on se fout, Rosière. Nous, on est là en deuxième rideau, on fait la voiture-balai des indices. L'atelier de réflexion. Mais de façon officielle : avec de vrais moyens, un accès direct aux témoins et une attente de résultats. Bref, on fait notre boulot. En sous-fifres, mais notre boulot. Pour les victimes, pour leurs familles et pour que tout le monde ne se sente pas autorisé à assassiner son prochain sur nos pavés parisiens. Alors si tu cherches une excuse pour buller ou écrire ton bouquin, libre à toi, mais c'est pure mauvaise foi.

– Mais moi, reprit Rosière l'index brandi, je n'ai pas envie de résoudre une enquête si, au bout, on nous vire de notre appartement pour nous envoyer aux Batignolles ! En plus, c'est ridicule comme adresse. Les Orfèvres, c'était délicat, on sentait le métier, la technique, la science, ça sonnait, putain ! Et maintenant : rue du Bastion. Franchement, si ça sent pas son blaireau, ça. Et dans le quartier des Batignolles. Franchement. Moi j'entends « guignols », « branquignoles », « couilles molles »…

– « Bagnole » ! ajouta Lewitz.

– Innocents, ça sonne aussi, alors arrête d'entendre « Club Med », Eva. C'est un commissariat, que tu le veuilles ou non, on n'est pas chez nous. On est chez le contribuable qui attend un service en retour : qu'on lui attrape les assassins quand il demande gentiment. Le contribuable, il veut boire son mojito sans prendre une seringue dans la fesse et c'est normal.

Le bruit feutré de la porte qu'on referme leur parvint depuis l'entrée. C'était Torrez qui regagnait son bureau cloisonné. Capestan ressentit une pointe de déception à l'idée qu'aucun de ses anciens collègues ne se soit déjà précipité à son appel. Certes Dax et Evrard habitaient loin, mais elle avait espéré que Lebreton au moins serait là. Elle l'avait très tôt rangé dans la catégorie des hommes, des amis même, sur lesquels on pouvait toujours compter, or il y avait des cases que la commissaire répugnait à vider.

– Le contribuable, ça fait des années qu'il…

– Oh ça va Eva, arrête, fit Capestan lassée de négocier. Lewitz, les vidéos sur les réseaux, ça a donné quoi ?

– Beaucoup d'images qui tremblotent, de dos qui cachent… Vachement de commentaires déplacés aussi, j'ai trouvé, fit-il en secouant la main. Et puis il y a beaucoup de retard entre le moment où les dames tombent et le moment où les gens commencent à filmer. Je vois pas trop comment on peut exploiter tout ça… Peut-être en croisant avec les vidéosurveillances, quand elles arriveront.

– On ne les a pas encore ? s'étonna la commissaire.

– Dans une heure, ils m'ont dit les collègues.

– Bien. Pour ceux qui ont lu les dossiers : est-ce que des liens entre les victimes apparaissent ? demanda Capestan en regardant tour à tour Rosière et Merlot.

Celui-ci, sourire heureux, reniflait un bouchon frais éclos. Le liège dut répondre à ses attentes puisqu'il se versa aussitôt un verre de la bouteille à laquelle il l'avait arraché. Ce n'est qu'après la première gorgée qu'il entama ses réflexions et se décida à en délivrer l'aboutissement :

– Ce sont des femmes, répondit-il avec une note de galanterie en arrière-gorge.

Merlot souleva le ballon pour admirer la robe. Capestan, sans impatience, le poussa à développer :

– Oui.

– Et elles fréquentent les rues commerçantes, ajouta-t-il, sûr de son fait.

Rosière leva les yeux au ciel.

– Oui et peut-être qu'elles mangent des frites le samedi. Non, on n'a pas de points communs apparents, poursuivit-elle en s'adressant à Capestan. La jeune femme assassinée avant-hier à Montparnasse avait une vingtaine d'années : Zoé Maraicher, étudiante en première année de médecine, elle venait d'Orléans et logeait au CROUS à côté, à Port-Royal. Elle passait son temps à bûcher et s'offrait parfois une séance à l'UGC Rotonde. Elle en sortait quand elle a été touchée. La trentenaire décédée aujourd'hui, Sarah David, était une touriste anglaise, arrivée gare du Nord jeudi dernier. Elle avait son billet retour d'Eurostar pour après-demain. Elle était fleuriste et tenait une boutique près d'Oxford. Mariée depuis cinq ans à un libraire, joueuse de hautbois à ses heures perdues, en bonne santé, elle en était à son sixième mois.

La capitaine se racla la gorge, sourcils froncés, avant de reprendre :

– Ensuite nous avons les deux rescapées, envoyées aux urgences. D'abord Ségolène Toupac, soixante ans, elle occupe le poste de directrice grands comptes dans une agence de communication avenue Marceau. Divorcée, sans enfants, assez sportive, elle a sa carte au très chic Racing dans le 16e. Elle devait être dans le coin pour faire ressemeler ses Chanel, ironisa Rosière. Enfin, Petra Piver. Elle a soixante-huit ans. Retraitée d'une boîte de téléphonie, divorcée aussi, un fils, elle habite Chantilly et elle fait partie d'un club de rando. Elle courait encore La Parisienne l'année dernière, à son âge, je dis respect.

– Bien.

Capestan sourit, notant pour elle-même que Rosière avait potassé les dossiers malgré ses réticences. Ainsi les victimes n'étaient pas liées à première vue. Elles avaient donc été frappées au hasard, ce qui rentrait dans le champ du phénomène des piqûres. Les deux décès étaient curieusement des femmes plus jeunes : s'agissait-il d'une réaction particulière, une forme d'allergie commune ? Peut-être n'y avait-il pas volonté de passer au meurtre, puisque même des femmes de soixante ans – quoique sportives – pouvaient survivre à l'injection. L'hypothèse d'un accident, dans la malveillance certes, mais d'un accident, restait plausible à ce stade. Les seringueurs venaient de s'enferrer et il faudrait guetter les signes de fébrilité à venir. Capestan en était là de ses réflexions quand un bruit de cafetière la fit tiquer. À cinq policiers, l'inventaire était rapide : Rosière, Merlot, Lewitz étaient dans le salon et elle seule réagissait. Qui se faisait couler un expresso ?

La voix de basse caractéristique apporta la réponse depuis le fond de la cuisine : Lebreton.

– Je raccroche à l'instant, dit-il, j'étais avec l'adjoint de Bourbon Marcus. Les survivantes ont été admises en réa à Lariboisière, elles devraient s'en sortir.

La haute silhouette du commandant vint s'encadrer dans l'embrasure de la porte, auréolée des rayons de soleil qui transperçaient la baie vitrée. Une mèche de cheveux épais lui tombait dans l'œil, mais le commandant ne pouvait la ramener en arrière car il tenait une tasse dans chaque main. Il tendit un café à Capestan avec un sourire qui creusa la longue ride barrant sa joue gauche.

– Sans vouloir me réjouir des malheurs du monde, je suis quand même très heureux de vous retrouver.

Capestan résista à l'envie de lui saisir l'épaule, notamment pour sauver les cafés, mais l'accueillit d'un ton joyeux :

– Louis-Baptiste ! Je savais que tu serais là, dit-elle en acceptant la tasse.

Après deux bises chaleureuses, Lebreton précisa :

– Dax et Evrard arrivent d'ici deux heures, ils ont pris le train à Penmarc'h dès qu'ils ont reçu ton message.

Ainsi certains fils tendus hors les murs, jusqu'au bout du Finistère, s'enroulaient sur eux-mêmes pour revenir au commissariat. Capestan savoura son café, pendant qu'ils prenaient le temps d'échanger quelques nouvelles. Puis, après avoir posé sa tasse, elle se dirigea droit vers le mur à droite de la cheminée.

– Allez, au boulot. On dégage tout ça et on monte les panneaux, fit-elle en commençant à décrocher les petits cadres.

Sa pile sous le bras, elle s'engagea ensuite dans le couloir menant au fond de l'appartement et réapparut chargée des hauts panneaux de liège et du tableau blanc. Un sourire d'excitation contenue éclairait son visage, alors même qu'elle bataillait avec le trépied du tableau. Parti aussitôt sur ses pas, Lewitz suivait, les mains pleines de boîtes de punaises et de feutres Velleda. La commissaire accrocha les panneaux de liège directement aux clous vacants sous l'œil courroucé de Rosière qui tenait à sa déco.

– Moi, c'est curieux, nota Merlot entre deux gorgées, mais cette histoire, ça me rappelle un film… Ou un bouquin. Ça ne vous évoque rien à vous ?

– Non.

– Vous êtes trop jeunes, ça doit être plus ancien… Avec Michel Piccoli peut-être… Ou Charles Denner…

– Oh là, ça ne date pas d'hier tout ça, confirma Eva Rosière qui s'était installée dans le canapé, son chien ronflant sur ses genoux. Mais ça me dit rien, moi. Un film ? T'es sûr ?

– Ou un fait divers… Une vieille enquête…

– Ah d'accord. Ou une chanson, un jeu de cartes, une race de kangourou… Merci Merlot, tu nous aides bien avec tes souvenirs en dentelle.

– Je t'en prie chère amie, répondit le capitaine avec un sourire flatté, c'est l'apanage des longues carrières. Ça va me revenir… Spielberg ! C'est Spielberg !

Rosière plissa le front.

– Y a aucun film de Spielberg qui parle de bonnes femmes assassinées… Encore moins avec Piccoli.

– Spitberg alors. Attends, pas un film… Inspecteur Spitberg ! L'inspecteur Spitberg, le play-boy de la PJ ! Ça y est, j'y suis. Dans les années 90, il œuvrait au Gibus avec Jil Caplan, Les Innocents, toute la bande, il ne buvait que du whisky-Coca. Bon flic, très sympathique.

Tout le monde s'arrêta et l'attention convergea vers Merlot, l'œil flouté par des images de sa belle époque, qui semblait puiser plus de détails encore au fond de son verre.

Rosière, impatiente, demanda :

– Et alors, ton Spitberg, qu'est-ce qu'il avait ?

– Il était toujours tiré à quatre épingles, un bandana jaune autour du cou, un type formidable ! Nous étions très amis. Un bien bel enterrement.

– Il est mort ?

– Oui, bien sûr. Dans le Lot, il y avait du monde, belle messe. Un petit restau très sympathique en pleine cambrousse, on ne s'attendait pas à trouver ça dans le coin, avec des ris de veau, mais des ris de veau ! Tu aurais vu ça ma chère…

– J'aurais rien becqueté, je ne supporte pas les abats. Mais quel rapport avec notre affaire ?

– La Main de Dieu, voyons ! C'était pas des ris de veau, c'était du confit de canard. Avec des pommes de terre sarladaises.

– Quelle Main de Dieu ? Bon sang Merlot, concentre-toi, c'est quoi la Main de Dieu ?

– Maradona ! 1986 ! hurla Lewitz.

– Un serial killer qui se baladait dans les rues et désignait des femmes au hasard. Il les touchait du doigt et, bim, elles tombaient raides mortes. Quelle histoire. Avec une bouteille de brouilly extraordinaire.

8.

– Tu trouves ? demanda Capestan.

Les doigts de Lewitz couraient sur le clavier de l'ordinateur.

– Non. Y a rien à Main de Dieu.

Debout derrière le brigadier, main dans une poche, une cigarette intacte au coin des lèvres, Lebreton observa :

– Il nous faudrait la véritable identité du tueur, sans son nom on ne peut rien. Ton Spitberg, Merlot, c'est la Main de Dieu qui l'a tué ?

– Non, non, pas du tout, mon ami, aucun rapport ! fit le capitaine en attrapant l'avant-bras du commandant d'une pogne toute paternelle. Il est décédé d'un cancer du poumon. Mais il avait œuvré à sa traque. Je me demande même s'il ne l'avait pas arrêté. Lui ou Thierry Paulin peut-être, s'interrogea Merlot soudain contrarié.

Lebreton hocha la tête et couvrit brièvement la main sur son bras, avant de reprendre à l'intention de Capestan :

– Si Bourbon Marcus pouvait nous débloquer le plein accès au fichier central comme il te l'a promis, ça nous éclairerait.

– Il est trop tard maintenant, mais je l'appellerai demain.

– C'est là que Dax serait bien utile, nota Lewitz en consultant sa montre 24 Heures du Mans. Evrard et lui ne devraient plus tarder.

Rosière, sa tablette pendant négligemment au bout du bras, s'avança en roulant des hanches. Sourcil en circonflexe sur un œil brillant, elle annonça :

– J'ai mieux.

– Mieux que le fichier ? fit Lebreton, sceptique.

– Dix fois mieux. J'ai plus complet, plus passionnant, plus mystérieux et romanesque, confirma-t-elle dans une envolée d'ongles vernis.

– C'est quoi ? demanda Lewitz, mains en suspension au-dessus du clavier.

Rosière marqua une de ces pauses théâtrales dont elle avait le secret. Après s'être pleinement assurée de l'attention de son auditoire, elle consentit à lâcher le morceau :

– *Faites entrer l'accusé.*

Un silence déconcerté plana quelques secondes.

– Tu parles de l'émission de télé ?

– Absolument. Ils ont consacré un épisode à la Main de Dieu en 2007. Et je l'ai là, conclut Rosière en agitant la tablette.

Lewitz sauta de sa chaise.

– Je la branche sur la télé ! dit-il en partant fouiller dans un tiroir empli de câbles.

En un instant, le brigadier en extirpait une prise Lightning et une rallonge HDMI. Il raccordait le tout à l'écran plat, quand un puissant bruit de sonnette vrilla dans la pièce, aussitôt suivi du cliquetis de clés dans la serrure. Alors que tout le monde se tournait vers la porte d'entrée, celle-ci s'ouvrit en grand sur la mine réjouie de Dax et la silhouette courbée d'Evrard, juste derrière, qui ôtait ses chaussures.

– Salut les copains ! C'est re-nous ! beugla le lieutenant.

Au bout de ses deux bras tendus, ses grosses pognes serraient les anses de sacs en papier pleins à ras bord.

– On a rapporté les spécialités ! Tenez, tenez ! Kouign-amann, far, crêpes, galettes, saucisses de Morteau, caramels au beurre salé, cidre… Il y en a pour toute une brigade, annonça Dax tout heureux, en tapant des bises et des sacs sur les joues de ses collègues.

– C'est breton, ça, les saucisses de Morteau ? demanda Lewitz en serrant son copain dans les bras.

– Je sais pas, mais ils en vendaient à la gare de Quimper.

À sa suite, Evrard, plus discrète mais tout aussi souriante, embrassait aussi ses amis en bourdonnant :

– Qu'est-ce que je suis contente d'être là, qu'est-ce que ça sent bon Paris.

– Vous tombez bien, on allait regarder la télé ! dit Lewitz.

– Ah ben super, on s'installe.

Quand les spécialités furent déposées dans la cuisine et les mains soigneusement lavées, les néo-Bretons se calèrent dans un fauteuil. Lewitz ferma les rideaux et distribua les coussins. Rosière, debout entre écran plat et cheminée, attendit que tout le monde fût assis pour lancer la lecture et gagner le canapé.

La musique du générique, polardeuse à souhait, surgit des enceintes home cinéma et le son des pas de Hondelatte dans son trench d'opérette frappa les douze coups du théâtre de faits divers.

Après une courte introduction, la photo de l'Accusé s'afficha à l'écran. Sur le cliché anthropométrique, la Main de Dieu avait des cheveux bruns bien coupés, la mâchoire serrée et un regard d'une incroyable tristesse.

– Je sais que ça ne veut rien dire, mais quand même, il n'a pas la tête de l'emploi, remarqua Evrard.

– Ça ne veut rien dire, ça ne veut rien dire, tu parles ! fit Rosière. Quand t'aperçois la tronche de Guy Georges ou de Fourniret, ça te coupe l'envie d'aller camper dans les bois.

– Justement, lui, il fait choupinou avec ses yeux tristounes.

– D'un autre côté, quand tu viens de te faire gauler, t'es pas joyeux.

– Vrai, admit Evrard.

Quand le nom de l'homme apparut à l'image, Capestan l'inscrivit sur son carnet. Assise sur le tapis, concentrée, elle observait les photos de l'émission et écoutait les témoignages en tentant de trier le vrai du souvenir, les faits du besoin de briller face caméra. La probabilité pour que cette piste vienne remplacer celle des seringues était faible, mais certaines similitudes méritaient qu'on s'y attache.

– Punaise, le juge Salto, il a reçu depuis, observa Evrard.

– En quinze piges, c'est normal, le défendit Rosière. Surtout que celles entre quarante-cinq et soixante, tu prends cher.

– Ma pauvre, comme disait ton ami Chateaubriand : La vieillesse est un naufrage ! appuya Merlot, le dos tout raide sur son fauteuil. Remarque, je ne pensais pas que ça m'arriverait à moi cette histoire.

– T'as vu, c'est marrant, on dirait qu'il a plus de cheveux aujourd'hui qu'à l'époque, ajouta Evrard.

– Hé les copains, on peut écouter ce qu'il dit ? demanda Capestan que les propos du juge intriguaient.

– On ne regarde pas vraiment pour résoudre l'affaire..., marmonna Rosière en lissant doucement les oreilles de son chien ravi.

– Attends, il dit que le meurtrier portait un gant...

– C'est Michael Jackson ! beugla Dax.

– ... et qu'il empoisonnait à l'Immobilon, nota Capestan.

– Je l'aime pas Hondelatte, déclara Merlot en secouant la dernière goutte d'une bouteille bien essorée au-dessus d'un verre bien tanné, je trouve qu'il en fait trop...

– Oui mais ça met de l'atmosphère, répondit Rosière sensible à la télégénie.

– Mais taisez-vous, bon sang !

Le juge évoquait la signature du serial killer, qui avait posé une gommette rouge sur chaque lieu du crime et avait même poussé sur la fin jusqu'à signer « La Main de Dieu » sous la pastille. Comme souvent, la mince revendication du début s'était enhardie de mégalo et le juge se réjouissait qu'on ait pu arrêter l'homme avant que celui-ci aille encore plus loin et passe au meurtre de masse.

S'appuyant sur l'épaule de Lebreton assis à ses côtés, Capestan se releva et fila vers le tableau blanc pour ajouter un encadré « Main de Dieu/Roland Jacovitch » dans lequel elle inscrivit : repérer gant et gommette, chercher Immobilon. Puis elle regagna son coussin sur le tapis, derrière la table basse, et après avoir bousculé quelques genoux, elle se rassit, adossée au canapé, pour reprendre le fil d'une des plus belles courses à l'homme des années 90.

« La Main de Dieu pouvait frapper n'importe où. Lors de ses auditions, Jacovitch a reconnu désigner ses élues au hasard. Même s'il a un peu agi en province, dans le Sud ou dans les Alpes notamment, la majorité des victimes sont tombées sur les trottoirs parisiens », révéla le juge. Dix-sept victimes au total, lâcha Christophe Hondelatte dans un effrayant concert de cuivres.

L'émission s'achevait. Capestan se rapprocha du tableau blanc, saisit un marqueur qu'elle décapuchonna d'un geste rapide. Elle traça deux colonnes.

– Bon, je ne sais pas si cette vieille affaire peut concerner nos victimes, mais on va quand même vérifier quelques trucs. En tout premier lieu : est-ce que ce Jacovitch est encore en vie et, le cas échéant, dans quelle prison ? Ensuite : est-ce qu'il lui reste de la famille ou des cinglés qui admirent son œuvre ? D'après Hondelatte, l'épouse a mystérieusement disparu, on n'a jamais découvert de corps, mais elle n'est pas réapparue non plus. Et il avait une fille, huit ans à l'époque. Reste à savoir ce qu'elle est devenue. Et évidemment demain, dès qu'on a accès au fichier, on sort son dossier.

– Si t'as pas envie d'attendre l'autorisation, je peux regarder tout à l'heure hein, proposa Dax. Je fais sauter les galettes et je m'y mets. Des complètes pour tout le monde ?

Torrez avait attendu le moment du repas pour sortir de son bureau du fond. Il entendait les rires et les bruits de couverts en provenance de la terrasse. Il se posta devant le tableau récapitulatif, déballa méticuleusement son sandwich rillettes cornichons et mordit dedans tout en lisant les fiches, notes, plannings et commentaires. L'encadré en haut à gauche capta son attention : « repérer gommette ». Il transféra son sandwich dans la main gauche et attrapa son mobile de la droite. Du pouce, il adressa un SMS à Capestan : « Suis devant tableau. » Cinq secondes plus tard, son assiette dans une main, sa fourchette dans l'autre, elle se postait à ses côtés, face au dit tableau.

– Ta gommette, je l'ai trouvée je pense. Sur un arbre pas loin du premier corps, un point rouge. Ça correspond à quoi ?

– C'est la signature d'un ancien tueur en série, « La Main de Dieu ». Tu l'as vue sur place, vraiment ? s'assura la commissaire en déglutissant une bouchée de galette au sarrasin.

Torrez opina du chef et, toujours mâchant, il fit glisser sa photothèque sur son portable jusqu'à atteindre une image du platane désigné, à côté d'une bouche de métro.

Capestan se pencha sur la photo, puis, sourcils froncés, elle releva le menton et fixa le tableau en silence, fourchette en suspension. Au bout d'un moment, elle se tourna de nouveau vers Torrez :

– Dix-sept meurtres, le type, il est encore en prison. Ça peut pas être lui.

– T'es sûre ou t'attends la confirmation du fichier ?

Capestan posa sa fourchette dans l'assiette, s'essuya la bouche à la serviette en papier qu'elle tira de sa poche, et repartit vers la terrasse.

La guirlande de guinguette et ses ampoules multicolores éclairaient la nuit, teintant les policiers de reflets rouges, verts, jaunes ou bleus. Un croissant de lune, entouré d'étoiles brumeuses, brillait faiblement au-dessus des toits. Lebreton fumait, adossé à la rambarde de pierre, alors que Rosière, Merlot, Lewitz, Dax et Evrard se serraient autour de la table de jardin, découpant leurs crêpes avec appétit et discutant tous en même temps.

Capestan s'approcha.

– Excusez-moi, mais Dax, je préférerais vérifier un truc dans le serveur sans attendre demain. Tu crois que tu peux ?

Dax fit claquer trois coups de mandibules efficaces, avant de répondre :

– Bien sûr. Je vais chercher ma machine.

Quelques minutes plus tard, il revenait avec son ordinateur portable. En bon pirate informatique nullement gêné par ses galons de police, il commença à pianoter.

– Quel nom ?

– Roland Jacovitch, la Main de Dieu. Fin des années 90. Mais ce sont les données de la pénitentiaire qui m'intéressent.

– Ah bon ?

– Oui. Je voudrais savoir s'il est sorti.

Chacun se tut sur la terrasse, semblant guetter la saison 2 du *Faites entrer l'accusé* qu'ils venaient d'achever. On ne percevait plus que le cliquetis des touches sur le clavier et le brouhaha lointain des restaurants sur la place.

– Je l'ai ! claironna Dax.

Chacun se tendit, alors que le lieutenant lisait quelques lignes en marmonnant. Enfin, il parvint à l'info recherchée :

– Mardi ! Il est sorti mardi.

Puis visage levé vers Capestan, il demanda :

– C'est bien ou pas ?

– C'est le jour du meurtre à Montparnasse.

Il est sorti de prison mardi matin et je ne suis pas allée le chercher. Il voulait se réceptionner seul, retrouver figure humaine avant de se présenter.

Ce soir, je le revois pour la première fois depuis ce matin de juin où je venais d'avoir huit ans, et j'ai peur.

Peur de ne pas retrouver l'homme de mes souvenirs, peur de brouiller les derniers lambeaux d'enfance heureuse, peur de découvrir avec mes yeux d'adulte que le père que j'idéalisais n'était qu'un sale type. Que les juges avaient raison, que la société disait vrai, que les collégiens n'insultaient pas dans le vent. Que j'étais la seule à me tromper, à le trouver gentil, présent, solide.

Je ne me suis jamais rendue au parloir. J'étais trop petite, ma grand-mère a refusé. Et après la mort de mamie, c'est la famille d'accueil qui était réticente. Un jour, j'ai été majeure, indépendante et seule. J'aurais pu y aller à ce moment-là, mais je n'avais pas envie. Lui non plus, je crois.

Vingt-trois ans que je n'ai pas revu le visage de mon héros, effacé par celui des photos de presse cent fois affichées, toujours les mêmes, à gros grains, sur lesquelles la caméra zoome pour donner de la vie. Je m'y accrochais, alors qu'elles faisaient disparaître le peu de mémoire qu'il me restait.

Maman non plus, je ne l'ai pas revue, depuis plus de vingt-trois ans. Je ne sais pas si elle est encore quelque part, à m'oublier. Elle a disparu un matin, et le soir ils emmenaient mon père. Huit ans d'enfance parfaite, puis soudain le séisme et aussitôt sa réplique. C'était vertigineux de passer d'un jour à l'autre avec une telle violence, de pleurer un jeudi, assise sur ma couette rose à fleurs, parce que j'avais perdu la boussole de Dora l'exploratrice, et de repleurer le lendemain, au même endroit, parce que j'avais perdu mes parents. Je me souviens des grosses semelles des policiers sur la moquette, le monde partout dans le salon, des tas de gens qui parlent entre eux à hauteur d'adulte, ça m'écrase, je ne comprends rien mais je sais que tout ça va me concerner. Mon père me regarde, les bras dans le dos, il a l'air triste, mais il est calme, il me dit que ça va aller et c'est là que je sens que tout s'écroule, que c'est un « ça va aller » sans lui non plus. Son regard est droit dans le mien et c'est la dernière fois que je vois ses yeux avant aujourd'hui. Vingt-trois ans et trois jours plus tard.

Mon mari est aux petits oignons. Totalement fébrile, il lisse la nappe, hésite entre deux bouteilles, choisit des verres, ouvre le four, arrose, retourne et rissole. Des gouttes de sueur perlent à la racine de ses cheveux, aussitôt absorbées par les boucles qui foncent sous l'humidité : je ne sais pas si c'est dû à la chaleur du four, l'intense activité, l'appréhension d'une première rencontre avec beau-papa ou la frousse d'accueillir un serial killer à sa table. À chaque fois qu'il passe près de moi, il a un geste tendre, il me rappelle chaque seconde l'amour qu'il me porte. Je connais tout son soutien, quoi qu'il arrive ce soir, mon mari sera là demain. Il veut ancrer cette certitude en moi, il sait que je connais les départs, que la faille de San Andreas a déjà traversé ma maison, il veut me faire croire que cela n'arrive qu'une fois dans une vie, que ça ne reviendra pas. Il est doux, il est fiable et je l'aime. Je ne crois pas avoir mieux réussi une rhinoplastie que sur lui. Je ne savais pas encore que j'aurais l'occasion chaque jour d'apprécier mon travail.

J'essuie la fourchette en argent et la replace à gauche de l'assiette, les dents sur la nappe blanche brodée de carreaux rouges, réminiscence de mes lointaines origines croates. La table, dressée à la perfection, attend son heure devant les grandes fenêtres. Au loin, la lune se reflète sur les verrières de la Fondation Louis Vuitton, vaisseau spatial échoué dans la verdure. J'adore cette vue, cet appartement. Je n'ai pas obtenu tout cela en un jour, et pas toujours par les voies royales, mais je savoure aujourd'hui chaque latte du parquet blond et l'épaisseur des tapis sous mes pieds finement chaussés, mon beau mari apparu comme par magie, les murs et les rideaux immaculés, les meubles modernes disposés avec science. Ici tout est neuf et ordonné. Tout est à moi. C'est ma maison.

Le coup de sonnette me vrille le plexus.

Le visage de mon mari vire à l'écarlate, je peux quasiment distinguer la bouffée d'adrénaline qui gonfle ses joues. Les six mètres qui me séparent de la porte d'entrée sont un travelling avant, dont j'ai cent fois rêvé. J'ouvre et il apparaît.

Il a vieilli, c'est épouvantable. On dirait une petite chose. Ses gestes sont étroits, sa peau glisse sur son crâne, ses vêtements flottent, piqués sur ses os comme sur un cintre. Mon père est devenu le modèle réduit de lui-même, maquette en papier mousse, comme ces avions dont on emboîte les ailes et qui planent de guingois avant de piquer du nez sur la moquette.

– Bonsoir Emma.

Même sa voix a diminué.

– Bonsoir.

Je n'ai pas pu ajouter « papa ». Mais je l'invite à entrer, je lui présente Benoît. Nous prononçons des tas de mots, mon mari sert le champagne et nous nous installons à table. Durant tout ce temps, il n'a pas souri une seule fois. Je ne peux pas m'empêcher de le fixer, de le détailler, de chercher les anciennes traces de lui.

Son œil noir est désormais voilé de cataracte. La cravate qui serre son cou de dindon a dû coûter une misère dans une épicerie de Belleville. Mais ses cheveux sont coupés de frais et un bout de Kleenex rougi sur son menton prouve qu'il s'est rasé. J'ai envie d'étirer la peau qui pend sous ses joues, de regonfler les bras et le torse à la pompe à vélo. Comment penser que cet homme a pu me protéger enfant et plus tard terrifier les foules ? C'est devenu un pépé, assis au bout de sa chaise, qui demande l'autorisation à mon mari avant de prendre la corbeille à pain. Qu'elle semble lourde cette corbeille sur ces doigts fins.

Il mastique, je mastique, Benoît mastique, un silence de viande mâchée. Je retourne à la banalité.

– Tu as fait quoi en sortant ? Tu t'es baladé ?

Mon père toussote, récupère un bout mal dégluti et banalise aussi.

– Non. Je me suis installé dans l'appartement. Merci, d'ailleurs.

L'appartement de mon enfance avait été laissé à l'abandon. Je l'ai fait remettre en état pour le retour de mon père. J'ai pensé qu'après vingt-trois ans de cellule, la nouveauté l'effraierait.

– Tu es resté enfermé les trois jours ?

– Quasiment. J'ai juste fait quelques courses place des Fêtes. J'évite le centre, les monuments, les boulevards. Je procède par paliers. Ce soir, j'ai pris le métro. La 11...

– Le toboggan...

C'est comme ça que ma mère et les habitants du quartier appelaient la ligne de métro qui descend de la colline de Belleville jusqu'au cœur de Paris.

– Le toboggan jusqu'à Châtelet, confirme mon père, et puis la 1 jusqu'à Sablons. Tu es bien ici, c'est beau. C'est très beau.

La voix marque l'étonnement, la fierté, le respect.

– Paris doit vous paraître changée...

Mon pauvre Benoît qui lui parle comme s'il revenait des Indes. Mon père le toise, avec l'air de découvrir un intrus, et finit par répondre.

– Non. Y a plus de monde, c'est tout. Mais les rues sont restées les mêmes.

C'est vrai. Paris nous survit toujours. De vieilles devantures surgissent au moindre détour et nous propulsent instantanément trente ans plus tôt, les jambes dans une salopette, le dos plié sous un cartable. Paris garde notre histoire, il n'y a qu'à l'arpenter pour renouer. Je revois ma mère à la sortie de l'école primaire rue de Romainville. Une école à la Jules Ferry, comme il en existe des dizaines dans la ville et qui n'a pas bougé d'un iota en un siècle. Elle est encore là des années après la fin de maman et sera encore là après la fin de papa.

Comme pour couper à mon mari l'envie de poser des questions, mon père se lève brusquement et retourne dans l'entrée, où il avait laissé un sac plastique. Il en extrait une pochette de papier cristal, qu'il me tend en revenant.

– Tiens, j'ai apporté quelque chose.

Elle contient un cliché, qui me transperce le cœur. Même assise, j'ai le sentiment de vaciller.

– C'est la première photo que j'ai prise de ta mère.

Il n'y a aucune tendresse dans sa voix et je refuse de m'en apercevoir. Tout mon être est happé par l'image, les couleurs vieillies, la fuite.

– On dirait un reportage de guerre, murmuré-je presque pour moi-même.

– C'en est un. J'ai shooté cette série à Bunic en 91, dans l'enclave croate. Pendant la guerre civile en Yougoslavie. Serbes, Bosniaques, Croates, musulmans, orthodoxes, catholiques... Ils se sont entre-tués dans les Balkans des années sous l'œil des casques bleus. Et puis

il y a eu le massacre de Sarajevo et l'OTAN est intervenue. Tu étais réfugiée en France depuis un moment déjà, ajoute-t-il sur un ton plus doux.

M'abandonnant la photo, il se rassoit à sa place et reprend sa fourchette.

– C'est pour toi. Moi, je n'en ai plus l'utilité, dit-il en piquant un bout de poisson.

Je garde la pochette entre les mains, mais mon esprit s'en détache peu à peu et retourne à son obsession. « Trois femmes écroulées en pleine rue » : depuis que j'ai lu le bandeau sur BFM, la phrase défile en rouleau continu dans ma tête. Pour l'instant, les journalistes parlent de seringues, mais la police va forcément penser que le serial killer est revenu frapper. Et ce serial killer est là au bout de ma table, avec un morceau d'épinard accroché à son menton. Ses yeux ne quittent pratiquement pas son assiette, il mange avec lenteur mais sans interruption. Il lui manque deux dents, les canines. On dirait un pauvre homme qui sort de prison, un vampire aux crocs déchaussés.

Je pose la photo sur la desserte derrière moi, puis j'aligne ma fourchette et mon couteau bien parallèlement dans le quart supérieur droit de mon assiette. C'est la dernière chose sur laquelle ma mère a insisté avant de disparaître. Elle voulait que je me tienne bien à table. En vingt-trois ans, je ne me suis plus jamais tachée. Je demande à papa :

– Tu as lu les journaux cette semaine ?

J'ai l'impression que Benoît vient de prendre une décharge électrique. S'il n'avait déjà dégluti, il aurait avalé son bordeaux de travers. Il s'essuie la bouche du bout de sa serviette pendant que ses pupilles passent nerveusement de papa à moi. Mon père lève les yeux de son saumon.

– Non, pourquoi ?

– Tu n'es pas allé sur les grands boulevards, t'es sûr ?

9.

Arrivée en terrasse d'*Au chien qui fume*, Capestan tira le dossier de la chaise en rotin en se disant qu'elle ne pourrait pas avaler un café de plus. Elle s'était levée aux aurores et en avait déjà ingurgité trois. Une orange pressée. Voilà ce dont elle avait vraiment envie : une orange pressée. La perspective la fit sourire de contentement.

– Et un petit café pour la commissaire ! fit la grosse voix enjouée de Claudie. Comment ça va ce matin ?

D'un large mouvement professionnel, la serveuse déposa tasse et soucoupe sur la table de marbre cerclé, puis frotta ses mains aux ongles courts vernis de toutes les couleurs. L'expresso fumait légèrement, Claudie avait dû apercevoir son habituée de loin. Capestan contempla la mousse fine avec mélancolie. C'était ça la vie : pour chaque lien qu'on tissait, une liberté se perdait.

10.

Avant d'arriver, Rosière s'était esquintée à passer chez Julien, la boulangerie de la rue Saint-Honoré, meilleure adresse de la capitale selon Lebreton et de la France entière selon le reste de la brigade. Elle en était ressortie les bras chargés d'un boisseau de baguettes et de ficelles, un sachet de mini-viennoiseries coincé sous le coude. Le commissariat n'était qu'à une centaine de mètres, mais Pilou tirait sur sa laisse comme s'il avait voulu que maman se lance dans le ski nautique et, avec les trottoirs encombrés par-dessus le marché, le parcours relevait du défi olympique. La mine dégoûtée, Rosière contourna deux corbeaux qui déchiquetaient avec appétit un rat éventré. Les derniers mètres en talons hauts contre ces putains de pavés, faillirent avoir raison de la livraison de baguettes, mais heureusement la porte de l'immeuble s'ouvrit comme par magie, évitant à Rosière de taper le code en retenant son chargement du menton. Après l'extrême luminosité du soleil de juin, les yeux de la capitaine mirent un temps à s'accommoder à l'obscurité du hall d'entrée et à reconnaître la silhouette du directeur de la police judiciaire :

– Bonjour capitaine ! Vous tombez bien, j'allais vous monter les rapports toxicologiques.

– Monsieur le divisionnaire, marmotta Rosière sans toutefois oser lui rappeler l'existence du mail.

Avec sa tronche de directeur du digital, Marcus avait tout du type qui comptabilise ses pas sur smartphone et se tape un détour juste pour soigner sa ligne. Du bout de l'auriculaire, la capitaine tira discrètement sur la laisse pour que Pilou cesse de renifler les bas de pantalon du directeur et, au son croustillant des baguettes qui s'enchevêtrent, elle entra la première dans l'ascenseur alors que Marcus s'effaçait pour l'inviter à passer.

– Cinquième, c'est ça ? s'assura-t-il en appuyant sur le bouton, tête penchée pour parer les baïonnettes enfarinées.

– C'est ça, fit Rosière en rentrant son ventre.

Rien n'était jamais plus long qu'un voyage en ascenseur à côté de quelqu'un à qui on ne sait pas quoi dire. Coincée avec le bienfaiteur des nécessiteux de la PJ, Rosière avait l'impression que chaque étage affichait la hauteur sous plafond du Grand Palais. L'odeur du pain chaud, incongrue, emplissait la cabine. Enfin les portes s'écartèrent et délivrèrent les captifs pour les pousser au seuil du commissariat. Rosière, mécontente, perdit dix centimètres en ôtant ses talons.

Alors que Pilou, laisse sur le cou, traversait le salon en faisant cliqueter ses griffes sur le parquet, Merlot, plaquette de beurre doux à la main, s'exclama :

– Dieu soit loué, voici le pain !

Bras et panse en avant, discrète tache de rouge à côté du bouton manquant de sa chemise, Merlot s'avança dans toute sa superbe pour récupérer le précieux chargement.

– Ah mais cher ami, vous êtes là aussi, entrez, entrez donc, fit-il tout en empêchant Marcus de passer à force de ronds de jambe. Vous prendrez bien un café ? Un blanc sec ?

Alertée sans doute par la tirade de Merlot, Anne Capestan vint à la rencontre du divisionnaire.

– Monsieur le directeur, bonjour…

– Bonjour commissaire, je ne reste pas, je vous dépose juste le rapport toxico pour Montparnasse et Haussmann, dit-il en débarrassant un coin de bureau du plat de la main. J'ai bien eu votre message au fait, l'accès au fichier est débloqué. Vous avez quelque chose ?

Rosière propulsa un feu d'ondes nucléaires en direction de Capestan. Celle-ci lui renvoya une vague de dédramatisation et, un sourire affleurant dans la voix, répondit à Marcus.

– C'est encore un peu prématuré d'en parler. Je vous tiens au courant, dès qu'on en sait plus.

– Bien, bien. Très bien. Je ne vous retarde pas alors, fit-il en agitant ses longs doigts avant de se retirer à pas nonchalants.

Marcus reparti, Capestan s'empara du rapport toxicologique, qu'elle feuilleta rapidement, à la recherche d'une information précise.

– Immobilon, annonça-t-elle, incrédule, en levant les yeux du rapport pour contempler ses collègues.

D'abord la gommette, la sortie de prison, et maintenant l'arme du crime. Si la psychose des piqûres avait occupé jusqu'à présent le haut de l'affiche, l'hypothèse Main de Dieu venait de s'emparer du rôle-titre. Ils avaient dégoté la bonne piste. Pas de bol, pensa Rosière en frôlant l'accoudoir de son fauteuil chéri. Elle s'y installa en savourant chaque centimètre carré du velours dans son dos.

Toute l'équipe s'était agenouillée comme en prière autour de la table basse pour détailler les pages du rapport. L'appel de l'enquête, le goût du mystère. Ils étaient bien foutus de résoudre l'affaire sans même le vouloir. Satané amour d'un métier qui ne vous rendait pourtant pas grand-chose.

Evrard brandit le magazine *Elle* de la semaine, sur la couverture duquel un titre promettait de dénouer le vrai du faux dans le phénomène des piqûres.

– Et les seringues, on en fait quoi ? demanda-t-elle.

Capestan hésita une micro-seconde, avant de trancher :

– Ça, tout le monde est dessus, on ne servira à rien. On va plutôt creuser notre sillon Main de Dieu.

Elle lut le rapport du labo :

– L'Immobilon est un anesthésiant vétérinaire, à destination des méga-herbivores type éléphant, hippopotame… C'est de l'étorphine, un concentré morphinique ultra-puissant. Avec juste 0,6 millilitre, tu couches instantanément une girafe de six cents kilos. Donc pour les humains, il est potentiellement mortel dès la première goutte, en injection même micro avec un stylet, voire par simple contact avec les muqueuses, les yeux, une blessure. À tel point que les vétérinaires spécialisés ne sont pas autorisés à l'utiliser seuls. Un collègue muni de Revivon, l'antidote, doit toujours se tenir à leur côté.

Une pichenette et tu crèves, un vrai rêve de salaud, se dit Rosière. Mais on ne devait pas lâcher une arme pareille sans surveiller les dosettes. À contrecœur, Eva apporta sa pierre au sac qui allait les couler :

– Un produit comme ça, il est forcément sur liste 1. Il y a des listings relevant chaque dose en circulation. En les consultant, ça nous ferait une bonne liste de suspects.

Lebreton revint de la cuisine, sa tasse d'expresso à la main. Il but une gorgée qu'il savoura un instant :

– Tu as raison Eva. Il faut appeler l'ordre des vétérinaires. Avec un peu de chance, il y aura eu des déclarations de vol. On sait s'il était véto Roland Jacovitch ?

– Non, et quand bien même : comment aurait-il pu se procurer de l'Immobilon dès sa sortie de taule, demanda Evrard. Il n'a pas pu conserver de stock, la police a forcément fouillé après son arrestation. J'ai du mal à croire à ce retour de la Main de Dieu. Le type, il sort à peine de centrale et il prend le risque d'y retourner ? Il serait vraiment très joueur.

En la matière, la lieutenante, accro aux casinos au point d'en avoir perdu son dernier coupe-vent et d'être retournée vivre chez ses parents pendant des années, se posait en spécialiste.

– Pour moi non plus, c'est pas possible, c'est trop gros, fit Lewitz en enfournant un demi-croissant.

– Alors là, mes doudous, vous savez, intervint Rosière, la plupart du temps, les solutions les plus cons sont les meilleures. C'est l'histoire de l'alcoolo qu'on relâche direct dans une piscine de punch après vingt ans de sobriété, t'as neuf chances sur dix pour qu'il avale le bassin avec le plongeoir et les frites en mousse.

Capestan se mordait l'intérieur de la joue. Rosière savait que c'était signe chez elle de réflexion, voire de cas de conscience. Un tueur en série gambadait dans la nature, elle n'allait pas pouvoir garder l'info de côté. Et Louis-Baptiste Lebreton, héraut du droit chemin égaré dans leur brigade en colimaçon, la soutiendrait. Rosière voyait les Batignolles se rapprocher à grosses briques. Putains de bâtiments modernes, superbes de béton et de verre. La capitaine préférait son cottage du cinquième, sa bonbonnière à marlous, son remède à la solitude. Elle y avait investi toute sa chaleur et la totalité de ses amitiés. Cette enquête, ils devaient la mener, bien sûr. Mais elle ne sortirait pas d'ici. Il fallait absolument convaincre Capestan. Dans la bataille, Rosière pourrait à coup sûr compter sur Dax, Merlot, Evrard et Lewitz. Cinq contre deux, ça se jouait.

Capestan s'adressa à Dax :

– Tu as pu nous sortir le dossier sur la Main de Dieu ?

Le lieutenant, tartine de confiture en suspension, jeta des regards embarrassés autour de lui.

– Ben, euh… Le fichier ramait et…

– Et je lui ai demandé de stopper le téléchargement, coupa Rosière pour lui venir en aide.

Tout en beurrant une demi-ficelle et une partie de la table, Merlot parada à l'intention de Capestan :

– Mais pas d'inquiétude, chère amie, ma mémoire vaut bien un fichier ! Il n'est pas né l'ordinateur qui pourra concurrencer l'extrême agilité d'un bon vieux cerveau humain.

– Ah oui ? Comment s'appelait l'inspecteur déjà ?

– Spielberg ! Non… Spa… Spol… Merde alors.

Capestan posa brièvement sa main sur l'épaule de Merlot qui se frottait le crâne, puis elle se tourna vers Rosière, qui surplombait l'assemblée depuis son fauteuil.

– Pourquoi t'as arrêté les recherches, Eva ? C'est notre meilleure piste.

– Justement, comme ça, ils ne nous repèrent pas. Ils ne voient pas nos visites. On se la garde.

– Je suis d'accord pour ne pas en parler tant qu'on n'en sait pas plus. Inutile de se précipiter. En revanche, dès qu'on aura du solide, on ne pourra pas « se garder » des informations pareilles alors que deux femmes sont mortes et que la liste peut s'alourdir, il faudra avertir les collègues. Tu le sais.

– Non.

– Ah mais ça ne va pas recommencer… Tu comptes saborder l'affaire ?

Autour de la table, on aurait pu entendre une mouche péter, nota Rosière. La brigade suivait l'entame du deuxième round, comptant les points sur ses doigts pleins de beurre.

– Pas du tout. Je ne veux pas qu'on soit reconnus, absorbés par le Bastion et arrachés à cet endroit qu'on a mis des années à rénover.

– Écoute, je l'aime autant que toi cet appart, mais…

– Non. Non, Anne, tu ne peux pas l'aimer autant que moi…

La capitaine savait que ça sonnait comme un reproche, mais ce n'en était pas un. Pas du tout. Elle comprenait même très bien Capestan. Celle-ci était encore jeune, avec une carrière à reconstruire, une passion à nourrir. Et puis surtout, dans son autre maison, Anne avait une vie, avec des impatients qui guettaient son retour. Malgré l'amour qu'elle portait à son équipe, les Innocents n'étaient pas tout son monde.

Et Rosière avait d'autres atouts dans sa manche :

– Mais là n'est pas la question. Si jamais on balance notre Main de Dieu aux cadors de la Crime, tu crois qu'il va se passer quoi ? Ça fait des jours et des nuits qu'ils se paluchent des affaires de piquouses et ils nous laisseraient le serial killer qui sort du bois ? Des clous. Ils nous refileront le sale boulot, on aura brillé deux minutes, puis tout perdu pour rien.

– Tu te rends compte des informations dont on se priverait en renonçant au fichier central ?

– Honnêtement, pas grand-chose, tempéra Lebreton en décollant ses coudes de la cheminée à laquelle il s'était adossé. Le système n'était pas encore mis en place dans les années 90 et, pour la plupart, les dossiers de l'époque n'ont pas été numérisés, faute de personnel pour taper les kilomètres de P-V. Des cartons entiers ont même été opportunément perdus lors des déménagements, pour gagner du temps. Non, ce qu'il faudrait, c'est interroger les flics qui ont bossé dessus…

– Oui mais, en l'occurrence, le flic est mort et enterré au brouilly si on en croit Merlot…

– Spitberg !

Capestan but une longue gorgée de café, sans doute pour se donner le temps d'analyser la situation. Elle chassa quelques miettes sur la table, essuya une trace de confiture avec sa serviette, puis elle se leva brusquement et alla se planter au pied du tableau. Elle décapuchonna le feutre noir pour clore les débats et mitrailler l'auditoire de ses instructions.

– Evrard, tu me fais les archives de la presse à la BNF. Lebreton, tu contactes l'ordre des vétérinaires. Dax, tu vois avec le suivi judiciaire pour obtenir l'adresse de Jacovitch et tu me fais un topo sur sa famille, son passé, ses plats préférés, etc. Avec Torrez, on ira l'interroger. Tu regardes aussi s'il y a des liens avec les victimes, on ne sait jamais. Merlot, tu vas nous pêcher les vieux souvenirs des vieux flics. Rosière, tu me retrouves le juge Salto et vous lui faites une petite visite avec Lebreton. Il aura peut-être des infos qu'il n'a pas confiées à France 2. Et tant que vous serez au tribunal, vous me récupérez les minutes du procès.

– Non, non, intervint Rosière.

Capestan soupira :

– Quoi encore Eva ?

– Non, rien à voir. Mais Salto je lui ai foutu une chaude-pisse dans l'épisode 7 de ma série télé, depuis on est en délicatesse…

Capestan ne put masquer un sourire.

– OK, on ira le voir avec José, on enchaînera après Jacovitch, tant qu'à vadrouiller, on fera la tournée des popotes. Bon, tout le monde a du boulot, en avant ! conclut-elle en reposant le feutre dans la gouttière.

Elle se dirigea vers son bureau métallique sur lequel elle posa son téléphone. Avant de s'asseoir, elle demanda d'un ton qu'elle voulut anodin :

– Juste pour savoir, Dax, mais hier sur le serveur de la pénitentiaire, et tout à l'heure sur le fichier, tu as vu des traces de passage ? De la Crime par exemple ?

– Aucune trace, non, répondit Dax après avoir dégluti. Remarque j'en ai pas laissé non plus, mais moi c'est parce que c'est notre façon à nous de travailler.

– Y a plus que des jeunots là-bas ! Le mousseux leur sort du nez ! Ils n'ont pas fait le rapprochement avec la Main de Dieu. Ça va bien de mettre les vieux au rancart, sous prétexte que ça ne comprend pas les Macintosh, mais dès que l'information ne tombe pas toute cuite de la machine, ça se retrouve tout couillon et ça croit que Matt Pokora est le premier à avoir chanté *Ces années-là*, fit Merlot en piquant de l'index la poitrine de Dax.

– C'est un serial killer aussi, Matt Pokora ? demanda le lieutenant, confus.

Une demi-heure plus tard, Capestan se tenait debout dans l'antre de Torrez. Le vieux radio-cassette avait laissé place à une enceinte connectée qui diffusait exactement les mêmes Aznavour. Le capitaine, dont le torse tenait difficilement entre les accoudoirs du fauteuil, annotait une copie du rapport préliminaire de l'identité judiciaire.

– Dax a logé Roland Jacovitch, il crèche à côté de la place des Fêtes. Tu viens l'interroger avec moi ?

– Je vais te répondre non.

– Mais je vais insister.

– Et je vais donc m'y résoudre, mais si tu te casses une jambe, tu ne viendras pas te plaindre.

– M'en fous, j'en ai deux, sourit Capestan.

Puis, en désignant le rapport sur le sous-main en carton tailladé par d'innombrables coups de cutter, elle enchaîna plus sérieusement :

– Je ne sais pas s'ils ont isolé des traces d'ADN sur les victimes, mais il faudrait qu'on puisse prélever celui de la Main de Dieu pour comparer.

– Avant que notre brigade obtienne le budget pour des kits de prélèvement…

Torrez avait raison. Capestan fixa le pot à crayons en papier-alu bosselé de fleurs vernies par des petites mains appliquées. Ces mêmes mains appartenaient aujourd'hui à une ado qui appelait pour demander de valider ses paniers sur Shein comme si sa vie en dépendait. Le temps passait, mais le temps pressait aussi.

Capestan devait solliciter Beretti pour disposer des moyens nécessaires à une enquête pareille. Après tout, c'est ce qu'avait promis Marcus : le retour à la normale.

Avec les années, l'habitude était prise de travailler en dehors des clous, malgré tous et parfois contre tous. La commissaire n'était même pas sûre de savoir retrouver les procédures en cours en 2022, elle n'avait plus rédigé un P-V depuis des lustres et, si elle avait bien brûlé ses quatre-vingt-dix cartouches annuelles nécessaires au port d'armes, elle l'avait fait en cachette, dans des clubs d'amateurs, sans plus fréquenter le sous-sol de la PJ ou même le stand porte de la Chapelle, le « McDo », comme l'appelaient les collègues. Depuis le départ de Buron et surtout après des années à jouer au chat et à la souris avec lui, elle n'était plus certaine de se souvenir de comment on fonctionnait avec la hiérarchie. Le nom du nouveau ministre de l'Intérieur, c'est généralement dans les journaux qu'elle l'apprenait.

Après une dernière seconde d'hésitation – en forme d'adieu à l'exclusivité ou au commissariat, elle ne savait pas trop –, Capestan sortit son portable de sa poche et composa le numéro du Bastion.

Quand elle décrocha, Beretti était essoufflée et mit un certain temps à situer son interlocutrice :

– Commissaire Capestan… Ah oui ! Ah ben, finalement, vous tombez bien, tiens. Je vais vous transférer le listing des vétérinaires. Vous me les appelez tous, vous demandez un relevé de leur stock d'Immobilon et leur emploi du temps le jour du meurtre. Vous commencez par Paris, vous élargissez à l'Île-de-France, puis à tout le pays par cercles concentriques. Éventuellement pays limitrophes. Qu'est-ce qu'il y avait d'autres aussi… Ah oui, les zoos bien sûr. Vous démarrez par les zoos. Vous m'envoyez des mails pour me tenir au courant, surtout vous ne m'appelez pas.

– En fait, je ne vous téléphonais pas pour ça, nous avons…

– Ah désolée si je vous parais brutale, coupa Beretti, mais je ne peux pas me payer le luxe d'enrober en ce moment. Je n'ai pas trop de temps pour écouter des histoires de policiers délaissés. Sans compter que ça a du mal à m'émouvoir, moi-même j'aimerais bien qu'on me délaisse un peu, mais non, jamais, pas une minute. Quant à vos prétendus imbéciles, ça ne m'émeut pas davantage, avec la crise des vocations et les difficultés de recrutement, on n'a plus que ça nous aussi. Les petits jeunes qu'ils m'ont envoyés là, ils connaissent même pas le nom des doigts. Pratique pour relever les empreintes : « C'est lequel l'annulaire, chef ? » Non, vraiment, Capestan, je refuse de vous plaindre vous et votre brigade. Donc vous suivez la cadence et vous me faites vos pages de listing, comme tout le monde.

Capestan la trouva bien bavarde pour quelqu'un de débordé, sans doute une façon de décharger l'adrénaline. Elle comprenait le fond, mais rectifia la forme :

– Commissaire, je ne vous ai jamais demandé de me plaindre et je ne comptais pas me défiler pour le sale boulot non plus. Simplement, nous avons trouvé une nouvelle piste et…

– Ah non. Non, non, non. Vous n'avez pas trouvé une nouvelle piste, on en a déjà huit cent cinquante-quatre des pistes, je n'ai certainement pas besoin d'une nouvelle piste. Donc si vous avez quoi que ce soit que je ne vous ai pas explicitement réclamé, surtout, vous le gardez pour vous. Je ne veux pas en entendre parler, vous ne m'emmerdez pas avec ça, je suis claire ?

– Extrêmement claire, oui.

Décidément, si les Batignolles et les Innocents tombaient d'accord, il ne restait plus à Capestan qu'à se mettre au travail la conscience en paix. Mais toujours sans moyens.

Penché sur son caisson de bureau, Torrez farfouillait le tiroir du bas. Il se redressa en jetant une boîte en carton sur le sous-main. Des tests Covid.

– Pour prélever l'ADN, voilà déjà les écouvillons. On pourra toujours les porter nous-mêmes à l'analyse. Si ça matche, l'affaire est résolue, conclut Torrez sur un ton funeste qui démentait l'optimisme du propos.

Il repoussa son fauteuil, éteignit son enceinte en coupant le chiquet d'Aznavour qui parlait d'un temps que les moins de vingt ans ne pouvaient pas connaître – aujourd'hui, il aurait fallu chanter les moins de cent ans et, curieusement, ça flinguait toute nostalgie. Puis il déplaça sa silhouette ramassée jusqu'au porte-manteau perroquet et décrocha sa veste canadienne.

– Bon, on se le coince, ce serial killer ?

11.

Capestan referma la portière avec précaution, renonçant au plaisir énergique de la claquer sous peine de voir entièrement se démonter l'antique Peugeot. Torrez vérifia pour la troisième fois le levier de vitesse et le serrage du frein à main avant de s'extraire à son tour du véhicule, qu'il verrouilla avec une clé. Les voitures de fonction de la brigade des Innocents dataient d'avant l'invention du bip et du frein de parking automatique. On pouvait légitimement parler de siècle dernier et chaque trajet diffusait sa dose de suspense.

– Quand je pense que c'était direct en métro, soupira Torrez.

La Main de Dieu habitait dans le 20e arrondissement, à deux pas de la place des Fêtes.

– Le problème c'est qu'en métro on ne peut pas l'embarquer au besoin.

– Le problème c'est qu'avec cette voiture on ne peut pas trop non plus.

Capestan, se rendant à l'évidence, opina, tout en consultant Plans sur son téléphone.

– C'est la première à droite. Au 38.

Capestan et Torrez avancèrent rue Pixérécourt, où de petits immeubles fissurés de quatre étages jouxtaient d'énormes résidences des années 70. Ça avait poussé dans tous les sens et les tags pullulaient. Ils s'arrêtèrent devant le 38, une large porte de tôle verte éraflée. Bien sûr, ils n'avaient pas le code.

Heureusement le système était cassé.

Plutôt que d'une cour, il s'agissait d'une allée, un chemin pavé bordé d'anciens entrepôts transformés en locaux associatifs, en lofts décatis, voire en squats. Des plantes en pots, comme des restes de coquetterie, se fondaient dans la masse des lierres grimpants et des carcasses de vélos rouillés. Au fond, un immeuble étroit de trois étages bouclait l'allée. Sous la sonnette du deuxième, une étiquette autocollante propre annonçait sobrement Jacovitch. Capestan vérifia machinalement que le pistolet qu'elle n'avait plus le droit de porter se trouvait bien dans son holster et jeta un coup d'œil à Torrez qui secoua la tête négativement. La brigade ne sortait plus armée depuis longtemps, pour la simple et bonne raison qu'ils n'y étaient plus autorisés. Capestan avait conservé chez elle, envers et contre toute réglementation, le Smith & Wesson Bodyguard offert par Buron à son entrée dans la PJ parisienne. Elle avait longtemps dormi avec l'arme sous son oreiller, doudou d'acier contre terreurs de flic, mais avec les enfants dans l'appartement, elle avait dû se résoudre à l'enfermer dans un coffre, suivant les recommandations d'usage. Torrez, lui, même face à la menace d'un serial killer, aurait encore préféré venir en caleçon plutôt que de prendre le risque d'abattre une collègue d'une balle perdue.

Capestan appuya sur le bouton de sonnette.

Un homme voûté ouvrit la porte et, sans marquer d'étonnement, les invita à entrer. Il les précéda dans un couloir sombre qui aboutit à un salon quasiment vide, éclairé par une lampe de chevet. Le long des murs ocre couraient quelques cadres, conférant à la pièce sans meubles une allure de galerie. D'un geste, il désigna deux tabourets pliants posés contre le mur. Capestan et Torrez les ouvrirent en veillant à ne pas se coincer les doigts. L'homme s'assit sur le bord de son fauteuil, un voltaire au velours lustré et aux accoudoirs de bois travaillé. Il se racla la gorge.

– Pardon pour l'austérité, mais je me réhabitue d'abord à l'espace. Le reste, je verrai plus tard. Vous êtes du contrôle judiciaire ?

– Non, PJ. Où étiez-vous mardi après-midi entre seize et dix-huit heures ? demanda Torrez sans préambule.

Dans un jeu de duettistes bien huilé, le capitaine brusquait l'interrogatoire et prenait la main, laissant à Capestan le soin d'observer, de capter les émotions, d'analyser les expressions. Ils n'auraient plus jamais de première impression. Ils ne prendraient jamais plus Jacovitch par surprise non plus. Pour excaver le cœur des informations, ils donnaient le coup de burin capital, celui qui ne doit pas partir de travers.

– Je…

Les yeux écarquillés de la parfaite innocence roulaient dans leurs orbites, Jacovitch semblait réellement pris au dépourvu et chercher loin dans son crâne ce qu'était un mardi et ce qu'il avait pu en faire.

– Il y a trois jours, insista Torrez. Non ? Rien ?

– Mais pourquoi ? C'est loin…

– Ben voyons. Et hier, c'est loin hier ?

Jacovitch contemplait le capitaine sans répondre. Un bruit attira son attention, provoquant un froncement de sourcils.

– Madame, monsieur, bonjour. Je suis sa fille, Emma Ferney. Je peux vous aider ?

La jeune femme, éponge à la main, venait de s'encadrer dans la porte du salon. Elle était belle et portait avec assurance des vêtements de prix, semblant surgir d'une pub pour la classe business d'une compagnie d'aviation. Seules des traces ténues de tristesse et de timidité dans ses grands yeux ronds froissaient cette illusion de papier glacé.

Ainsi elle était là, près de son père. Dax n'avait pas trouvé trace de séances de parloir en prison, en dehors de celles de la maman de Jacovitch. Capestan s'était demandé si cette femme justement, la grand-mère qui avait dû élever la petite Emma, avait voulu la protéger en lui évitant ces visites. Et si Emma, une fois adulte, n'avait pas légitimement voulu tirer un trait sur une trop lourde ascendance. Avec le temps et la liberté pourtant, elle avait, semble-t-il, décidé de renouer.

Sans attendre de réponse des policiers, Emma Ferney se pencha vers son père.

– Papa, tu ne te souviens pas d'hier ? chuchota-t-elle. On était tous les deux, on s'est promenés dans la Mouzaïa.

– C'était hier ? s'assura Jacovitch.

– Oui. Et mardi aussi. Et là, avant que ces messieurs-dames de la police n'arrivent, on s'apprêtait à repartir. On fait le même parcours, tous les jours.

– J'aime beaucoup ce quartier.

La brève confusion du début faisait désormais place à une assurance presque heureuse et Jacovitch se redressa pour regarder Torrez et Capestan.

– Vous étiez avec votre père, hier et mardi, madame ? Vous en êtes certaine ? demanda Torrez d'un ton qui présentait bible et code pénal sur lesquels jurer.

Emma Ferney baissa les yeux mais répondit fermement :

– Je ne peux pas confondre avec une autre date, il vient de sortir.

Capestan dévisagea la jeune femme un moment, puis consentit à adresser un coup de menton à Torrez afin qu'il note l'alibi. Le capitaine serra les dents, mais gratta du crayon sa feuille de carnet. Il sortit ensuite son téléphone et présenta l'écran à Jacovitch :

– Vous reconnaissez cette gommette ?

Le père fixa longuement l'appareil. Il demeurait immobile, impavide, mais Capestan voyait son thorax se soulever et ses narines frémir discrètement. L'homme prenait de longues inspirations par le ventre. Il recula dans son fauteuil, s'y adossant avec lenteur. Derrière lui, la fenêtre à meneaux et les vitraux cathédrales brillèrent sous l'éclat du soleil qui avait percé les nuages. Dans le silence de ce salon vide et aveugle, cette lumière produisit un drôle d'effet. Ou peut-être était-ce le regard de Roland Jacovitch qui avait viré au noir, avec la pupille aussi dilatée que s'il venait de subir un fond d'œil. Capestan se demanda si le serial killer prenait des médicaments, des drogues, ou si elle se trouvait face à un de ces tueurs atteints de schizophrénie. Toujours est-il que le touchant vieillard avait quitté la pièce. Dans son siège se tenait désormais en majesté un être livide et froid.

– Cette gommette est la signature de la Main de Dieu.

– De vous donc ?

Torrez n'était pas du genre à se laisser impressionner par une quelconque aura maléfique, il baignait dans la sienne depuis des décennies maintenant et on ne le détournait pas de ses objectifs à coups d'ail ou de crucifix.

– De la Main de Dieu qui se pose où elle veut, répondit la voix sépulcrale.

– C'est ça, aux Galeries Lafayette donc. Vous avez recommencé à tuer, alors ? Pourquoi ?

– Non, je n'ai pas tué, fit Jacovitch dans un sourire où deux trous noirs remplaçaient les canines. Mais la vie est un éternel recommencement vous savez, la mort aussi.

Torrez dodelina imperceptiblement du chef et, bien qu'il ne le prononçât pas, des années d'amitié permirent à Capestan d'entendre le « blablablabla » qu'il marmonnait.

– Comment choisissiez-vous vos victimes à l'époque ?

L'homme tenait l'extrémité sculptée des accoudoirs dans le creux de ses mains et leva les paumes avant de répondre, en signe d'apaisement ou de prophétie peut-être.

– C'est le destin qui choisit, pas moi.

– OK, je vois. Où vous êtes-vous procuré l'Immobilon ?

– Je vais vous demander de sortir, je suis fatigué.

Le regard de Capestan se détacha de Roland Jacovitch pour survoler les cadres. Une affiche ancienne du film *Mogambo* disait quel genre de nostalgie berçait le suspect. Un Clark Gable vieillissant – auquel on avait dû le comparer dans sa jeunesse et dont il conservait une moustache fine – maniait le fusil en jouant des sourcils. Les femmes à ses côtés étaient des panthères à la Ava Gardner ou des ingénues à la Grace Kelly. Capestan se demanda laquelle des deux espèces les meurtres visaient plus particulièrement. Aujourd'hui dans son voltaire, le sosie de Clark avait encore grandi des oreilles et avalé son casque colonial, qui formait un petit ventre sur son corps amaigri par les privations. On peinait à imaginer dans ce sexagénaire le jeune homme grand, brun, à la peau mate et aux muscles nourris, qui s'affichait dans le cadre suivant. Une photo sans doute prise par son épouse disparue.

– Où est votre femme ? Pourquoi n'est-elle pas réapparue ? Vous l'avez tuée ? demanda subitement Capestan.

La Main de Dieu la fusilla d'un regard brillant, semblant hésiter entre le droit de vivre ou de mourir de la policière. Emma Ferney se tendit, à l'écoute.

– Je n'ai pas tué ma femme, articula-t-il. Vous n'avez jamais découvert de cadavre à ce que je sache.

Capestan garda le silence. En effet, le cas de la disparition de l'épouse était flou, mieux valait revenir sur l'affaire en cours et ne pas diluer les efforts. L'objectif était d'empêcher cet homme de tuer à nouveau, et de trouver une preuve qui le renvoie dans sa cellule avant qu'on n'ait le temps d'y changer les draps.

– Vous permettez que je prélève votre ADN ?

Jacovitch cligna des yeux, revenant à une confusion légère. Il se tourna vers sa fille. Elle lui posa une main sur l'épaule.

– Il y a vingt ans, ça se pratiquait moins, aujourd'hui c'est devenu systématique. N'est-ce pas ?

– Oui, dans les affaires de meurtre, c'est la procédure, confirma Capestan en retirant l'écouvillon de son sachet plastique après avoir consciencieusement masqué la boîte SARS-CoV-2. Je vais frotter l'intérieur de votre joue.

La fille fronça soudain les sourcils.

– Ce ne sont pas des spécialistes d'habitude qui s'en chargent ?

– Non, non, éluda la commissaire.

Leur prélèvement remballé, les policiers repartirent en demandant à Roland Jacovitch de respecter ses restrictions de déplacement. Sa fille ayant fourni un alibi, ils ne pouvaient embarquer l'homme sans avoir pris au moins la peine de vérifier.

Avant qu'ils n'aient atteint la porte cochère, Emma Ferney les rattrapa dans l'allée. Elle saisit le bras de Capestan. D'une voix pressée, gorge serrée, elle jura :

– Ce n'est pas lui. Je vous promets, ça ne peut pas être lui. Il était avec moi. Il ne ferait pas de mal à une mouche. Vous voyez bien qu'il n'est plus que l'ombre de lui-même, il n'est plus rien, il est vieux, malade.

Capestan refusait de la croire et cela dut se voir, car la fille renchérit.

– Vous me l'avez enlevé une fois déjà, s'il vous plaît, ne recommencez pas.

– Il avait assassiné dix-sept femmes. Il s'est enlevé tout seul, madame.

Les yeux d'Emma s'embuèrent en un instant.

– J'avais huit ans, ma mère venait de disparaître. Vous l'avez emporté sous mes yeux.

Torrez baissa le front sur ses grosses chaussures de marche, le flic n'avait pas d'états d'âme mais le père de famille nombreuse avait la glotte qui coinçait. Il secoua à peine la tête avant de la relever pour plonger ses yeux dans ceux de la femme qui attendait une réponse, depuis vingt ans peut-être.

– Je suis désolé pour vous. Tout ce que je peux vous promettre, c'est d'enquêter sans parti pris.

Il marqua une pause avant d'ajouter :

– Mais ça, je vous le promets vraiment.

12.

Sur le port Victor, là où les quais de Seine avaient abandonné toute ambition touristique pour se vautrer dans l'industriel malodorant, le juge Salto illuminait les silos crasseux de sa silhouette blanche. Il était sans aucun doute le seul magistrat dans les cinquante juridictions à la ronde à oser les costumes en lin et le panama pour aller repêcher les cadavres du fleuve. En l'occurrence, sa haute taille dominait un aréopage de policiers, tous plus emmerdés les uns que les autres, ainsi qu'un long sac de bâche contenant à coup sûr un corps imbibé de vase.

– Je vois, tout le monde est débordé, manque de personnel, de temps, de motivation. Un clodo, c'est pas assez chic pour la Crime, et trop chiant pour la Fluviale, je comprends hein, c'est pas fun fun comme enquête, c'est pas là qu'on va attraper des rebondissements ou les manchettes des quotidiens. Mais comme il s'agit d'un humain, il va bien falloir que je saisisse une brigade moi, non ?

Alors qu'un capitaine en civil haussait les sourcils en se grattant le front, un lieutenant s'éloignait pour relacer ses baskets, tandis que tous les autres consultaient leur portable avec la dernière des concentrations.

– Allez les gars, je peux pas changer de juridiction moi. Ou alors si ? On le rejette à l'eau et on attend qu'il dérive jusque dans le Val-d'Oise ?

Un flic, moins aguerri que les autres, eut le mauvais réflexe de relever la tête. Salto sourit et le désigna d'un index bondissant :

– Et boum, ce sera pour la Fluviale, félicitations brigadier !

Tout le petit monde se dispersa en maugréant, soupirant, respirant enfin, et Capestan et Torrez en profitèrent pour s'approcher. Depuis qu'il avait témoigné dans *Faites entrer l'accusé* dix ans plus tôt, le célèbre juge d'instruction avait encore changé. Il avait finalement retrouvé sa maigreur d'antan et son œil fureteur. Capestan lui avait toujours trouvé un regard particulièrement intelligent dès lors qu'il évoquait métier, enquêtes, magouilles politiques, financières, tenants, aboutissants, et un air d'étonnement naïf dès qu'il s'agissait de plaisanter ou de deviser de la pluie et du beau temps. À tel point que la commissaire se demandait si le trépidant magistrat n'était pas doté de deux cerveaux distincts, l'un aussi affûté que l'autre était candide.

– Monsieur le juge, bonjour, commissaire Capestan et lieutenant Torrez de la PJ. Nous voulions vous…

– Quelle brigade ?

Comme à chaque fois depuis dix ans, Capestan hésita un instant, ne sachant trop quoi répondre. Au juge, il était plus difficile de balancer le premier acronyme venu en espérant que ça passerait.

– Le groupe de la rue des Innocents.

– Connais pas.

– Normal. Nous avons vocation à rester discrets.

Le juge Salto eut le haussement de sourcil amusé du type que son époque ne surprend plus. De l'index, il souleva la visière de son panama :

– Qu'est-ce qui vous amène ? Vous voulez mon clodo ? proposa-t-il en souriant de toutes ses dents écartées.

– On aimerait vous parler de la Main de Dieu.

Le sourire se referma aussitôt. Même les dents semblèrent se resserrer.

– C'est vieux, ça.

– Quatre femmes ont été touchées cette semaine et…

– Oui, j'ai lu ça. Je croyais que c'était en lien avec les piqûres qui se propagent.

– Oui, en effet, c'est la piste privilégiée pour l'instant. Mais de notre côté, nous avons trouvé des similitudes avec l'affaire Jacovitch, et on aimerait explorer cette voie. Avec votre concours si vous le permettez.

– « Nous », c'est qui déjà ? Pourquoi je n'ai pas été prévenu de votre démarche ? On compte près de mille cas sur le territoire, vous en avez isolé quatre au hasard et vous venez me trouver au milieu de ma journée pour ressortir un dossier enterré ?

Le divisionnaire Marcus avait appelé Capestan un peu plus tôt ce matin pour venir aux nouvelles et lui dire qu'il avait été très heureux d'apprendre que Beretti les avait mis à contribution. La commissaire regretta de ne pas avoir saisi l'occasion pour lui demander d'intervenir en leur faveur auprès du magistrat. Ce n'était pas très élégant en effet de venir le surprendre au pied d'un cadavre.

– Désolée de vous prendre au dépourvu, mais ces quatre cas, nous ne les avons pas isolés au hasard. Il n'y a pas de piqûres justement, *a priori* juste un contact.

– C'est le cas sur la plupart des autres : on ne relève pas de traces.

– Certes. Toujours est-il que lorsque vous avez évoqué l'affaire chez Christophe Hondelatte en…

– Et voilà, on y est. La télé. C'était une erreur, je ne la referai pas, laissez-moi maintenant, j'ai plein de corps à refiler dont tout le monde se fout, fit le juge en les dépassant par la droite pour rejoindre l'ombre des arbres et les marches qui regagnaient le quai d'Issy-les-Moulineaux.

– La Main de Dieu est sortie de centrale la semaine dernière. On a retrouvé une gommette près de la dernière victime, cria Capestan au dos du juge.

Ce dernier stoppa net son ascension, se retourna lentement, et descendit marche après marche pour retrouver la fournaise où l'attendaient Capestan et Torrez.

– Il est sorti ? C'est impossible, il a été condamné à perpétuité, avec une peine de sûreté.

– Oui. De vingt-trois ans. Révolus mardi. Le jour du meurtre à Montparnasse.

Capestan n'aurait pas cru cela possible mais les yeux du juge virèrent au rouge et les cernes se creusèrent presque instantanément.

– Vous n'êtes pas les seuls à ses trousses, n'est-ce pas ?

Capestan ravala sa susceptibilité. L'inquiétude, l'angoisse même, n'étaient pas feintes. Salto n'avait pas voulu se montrer désobligeant.

– La Crime enquête également sur ces quatre affaires. Deux des femmes sont mortes et deux autres sont encore à l'hôpital, mais elles ne sont plus en danger.

– Il serait bien foutu de retourner les achever, cette ordure.

– En revanche, pour l'instant, nous sommes les seuls à avoir fait le rapprochement avec la Main de Dieu. Or il possède un alibi. Ça peut donc n'être qu'un hasard ou un copycat. C'est pour ça qu'on est venus vous voir pour en apprendre un peu plus.

Salto prit une profonde inspiration, remplissant ses poumons des particules d'huile, d'essence et de plaquettes de frein que charriait la Seine sur ses berges. Les chaleurs extrêmes de ce mois de juin faisaient vibrer le bitume et les plaques de goudron qui comblaient les trous un peu partout. La veste de lin crème parut plus froissée, plus jaunie qu'au premier abord. Le tressage du panama s'effilochait sur la nuque.

– Les magazines évoquent souvent les « bulles de rêves », eh bien moi, cette période je l'ai vécue suspendu dans une bulle de cauchemar. Avec le recul, c'est pire encore. Une sensation de flou, de terreur.

– Il vous menaçait ? fit Capestan d'autant plus étonnée que la réputation de courage du juge l'accompagnait en tout palais.

– Non. Non, pas moi bien sûr. Uniquement les gens qui croisaient mon chemin. Au hasard.

Salto leva légèrement la main pour parer à toute interruption. Capestan comme Torrez s'alignèrent en position d'écoute, le crâne fracassé par le soleil plombant, et ne bougèrent plus d'un pouce.

– Cet été-là, plusieurs cadavres sont tombés dans les rues de Paris et on ne savait pas pourquoi. Debout l'instant d'avant, les jeunes femmes se retrouvaient étendues à terre, en insuffisance respiratoire. Des victimes sans lien entre elles. La police ne savait pas où chercher, mes propres requêtes n'avaient ni queue ni tête. Les autopsies n'étaient pas ce qu'elles sont aujourd'hui, le fichier central n'était pas informatisé et à l'époque on parlait peu de tueurs en série. Pourtant une série, il y en avait une. Pas de trace de piqûres, de bleus, de balles, de couteau, de cyanure. On n'était même pas sûrs qu'il y ait meurtre, on a cherché du côté des virus, des bactéries, de la vache folle. Il n'y avait pas encore Internet, mais pour semer la panique la presse faisait déjà très bien le boulot : les Parisiennes n'osaient plus sortir, tous les échelons de la Justice me vrillaient les tympans chaque matin, pendant que l'Intérieur hurlait sur les bataillons de police. Évidemment, ça ne faisait pas avancer l'enquête. Et puis il y a eu la première gommette. La deuxième, la troisième… Un jour, ça a basculé, le tueur a décidé de jouer avec moi. J'allais au cinéma, une spectatrice s'écroulait trois rangs devant. Je regardais Notre-Dame par une fenêtre du palais, une touriste sombrait au cœur de la foule. Le soir, je fermais mes rideaux, une promeneuse de chien mourait sur le trottoir d'en face. Je n'osais plus sortir, plus bouger, plus regarder personne. J'interdisais à ma femme et à mes filles de quitter l'appartement.

Salto se frotta la nuque sous son panama. Il observa un court silence l'œil collé au pavé, avant de redresser le menton pour revenir à son récit :

– À force d'analyses, on a fini par détecter l'Immobilon. Ça nous a menés à une vétérinaire près de la place des Fêtes, là où les meurtres avaient commencé. On a cru que c'était elle, mais en fait c'était son mari qui volait les stocks. Il l'avait sûrement assassinée d'ailleurs, mais, ça, on n'a jamais pu le prouver. Pour les meurtres, en revanche, on a retrouvé ses empreintes partout, jusque sur la gommette : il n'a pas pu nier.

Les mains enfoncées dans les poches de son costume en lin qu'il déformait, le juge Salto fixa une vaguelette perdue sur la Seine.

– Je ne peux pas croire qu'il soit déjà ressorti, dit-il pour lui-même.

Lentement, il revint sur les deux policiers et les examina, l'œil plissé.

– Vous n'arriverez jamais à l'arrêter. Il va tuer sans que vous puissiez rien y faire. Vous l'avez déjà interrogé, n'est-ce pas ?

Capestan hésita un instant, avant d'admettre :

– Oui.

Le juge Salto secoua lentement la tête.

– Et pourtant vous êtes là, avec moi, pendant qu'il respire chez lui. Les mains libres.

Sur la photo, la femme fuyait, un bébé dans les bras. Elle ployait sous les humiliations et les cris des harpies autour, ses larmes mouillaient le crâne chauve du nouveau-né et la détresse déformait son visage. La haine aussi. Cette même haine qui tenait le rictus des mégères au second plan, six femmes levées en rang serré, le poing brandi et les yeux brillant d'une lueur dont les couleurs usées du cliché n'avaient pas terni l'éclat, les réjouissances de l'hallali.

En arrière-plan on distinguait, fondues dans la lumière d'un ciel gris, les maisons proprettes d'un village tranquille, un village où l'on n'enlève pas les maris si facilement.

13.

Pilou était un vieux chien désormais. Son poil était plus rêche, plus gris, et sa silhouette évoquait clairement un boudin blanc piqué d'une grosse tête d'un côté et d'une queue battante de l'autre. En dehors de sa gamelle et des poteaux avoisinant les boucheries et fromageries, peu de passions l'animaient encore, mais il continuait de suivre sa maîtresse vaille que vaille, refusant obstinément de rester enfermé dans la grande maison de celle-ci, dog-sitter ou pas. Rosière n'avait jamais su lui résister, elle l'embarquait donc, marchant à pas lents et pestant contre l'infini relais des micropipis qui l'obligeaient à stopper plus souvent qu'un vélo de facteur. Elle envisageait parfois de se broder un panneau « Arrêts fréquents » sur le dos du manteau. Sans compter qu'au final il fallait porter le chien neuf fois sur dix et qu'il commençait à peser son poids le doudou, se dit-elle en se contorsionnant pour atteindre le bouton du cinq. La cabine vitrée entama son ascension. Rosière grattait le cou de son pacha, qui accueillait la flatterie avec cet air satisfait de qui sait la mériter, quand un mouvement sur le palier du quatre accrocha l'œil de la capitaine.

« Mais qu'est-ce qu'il fout là, lui ? »

Qu'est-ce qu'il foutait là, lui, nom de Dieu ?

Les neurones de Rosière cavalèrent dans toutes les synapses pour dégoter une explication. Quand ils revinrent totalement bredouilles, la capitaine se jura de creuser le sujet, à la pelleteuse si nécessaire, pour obtenir une réponse.

Avant de passer la porte du commissariat, Rosière détacha le mousqueton de la laisse et, le souffle coupé d'être ainsi penchée plus longtemps que son âge ne le préconisait, elle ôta ses escarpins pour les déposer dans son casier à chaussures. Ces casiers, à l'origine, se situaient dans l'entrée de l'appartement, mais les mocassins de Merlot à eux seuls avaient provoqué le déménagement du meuble entier sur le palier. Sous prétexte de « gagner de la place », avait argué la diplomatie de Capestan. La diplomatie de Rosière avait surtout pensé que si jamais elle se faisait gauler ses pompes Louboutin à 2 000 balles, uniquement parce que Merlot puait des pieds, ça allait chier. D'autant qu'une fois dans l'appart il gardait ses chaussettes, donc on n'avait rien résolu du tout. Et pourtant Rosière lui avait acheté une paire de mules.

Sa laisse ôtée, au lieu de partir tel un dard comme en ses jeunes années, Pilou gagna le salon en se dandinant, reniflant des chaises, des jambes d'humain et des pieds de bureau au hasard, avant de finalement rejoindre ses croquettes, tel un politicien qui entre dans son QG de campagne, tapote des épaules et serre des pognes sans jamais quitter du regard le tableau des sondages. En chemin, le corniaud opéra un brusque crochet à la vue du rat le plus gras de Paris, Ratafia, animal domestique choyé – mais non brossé – par le trompetant capitaine Merlot.

– Chère amie, te voici ! dit ce dernier. Nous n'attendions plus que toi pour entamer l'apéritif.

– Merlot, il est quatorze heures, tous les collègues sont au café.

– Exactement, il n'est jamais trop tôt pour bien faire. Viens trinquer mon Eva ! insista-t-il en soulevant un ballon de blanc.

Malgré la chaleur, Merlot conservait son blazer bleu marine, attribut de l'homme d'importance, sur lequel ses éternels pin's du Rotary et du Lions jouaient aux rosettes de Légion d'honneur. Au-dessous, sa chemise parsemée d'auréoles et sa cravate tachée rappelaient le sanglier sous le mondain, mais le front haut et le verbe noble disaient la joyeuse nature encore à l'œuvre dans l'infatigable bonhomme.

Rosière lui adressa un signe de tête pour l'inviter à une conversation plus discrète :

– Dis-moi Merlot, il te reste des amis à la mairie ? Je viens de voir le Bourbon Marcus dans les escaliers et j'ai une saloperie d'intuition. Je voudrais que tu passes quelques coups de fil pour moi.

– À tes ordres, chère amie, je connais encore le Tout-Paris, sois-en certaine ! Je t'écoute, annonça-t-il en vidant son verre d'un trait.

Désormais les carnets de Merlot étaient surtout remplis de morts et de retraités. Lui qui grenouillait au cœur, du temps de la Mondaine, s'était retrouvé éjecté sur les bords par la grâce de cette force centrifuge qu'on appelle la jeunesse. Mais sur ces bords justement, les papis étaient nombreux à tourner sans savoir comment s'occuper, ils seraient ravis d'aider.

Une fois Merlot reparti en grande pompe pour sa nouvelle mission, Rosière s'avança vers la cuisine, où elle percevait la belle voix de basse de son éternel binôme Louis-Baptiste Lebreton. Debout, main dans une poche, tasse de café dans l'autre, son épaisse mèche de cheveux sans cesse coiffée vers l'arrière et sans cesse retombée dans ses yeux, il s'adressait à Capestan qui avait décalé sa chaise pour faire face au commandant. La commissaire avait fini son propre expresso, mais continuait de jouer avec la tasse.

– Ta recherche ADN, tu es obligée de la faire passer par le labo, affirma Lebreton.

– Ils m'ont annoncé trois semaines de délai. Trois semaines ! J'ai aussi vite fait de compter les génomes moi-même.

– Non mais il n'y a qu'au cinéma que la recherche ADN prend deux heures. Tu le sais que c'est long, surtout en ce moment. En plus, l'ADN pour l'ADN ça ne sert à rien, il faut pouvoir le comparer à celui qui a éventuellement été relevé sur les victimes.

– Ça, on peut espérer qu'ils nous le feront passer dans les dossiers.

– Les photocopies, précisa Rosière en cliquetant la table de ses faux ongles vermillon.

Capestan leva les yeux au ciel en souriant.

Lebreton sembla réfléchir, ou plutôt hésiter à livrer le fruit d'une réflexion aboutie depuis dix bonnes minutes déjà. Sa conscience devait procéder à son éternel examen bien/mal/procédure/chienlit.

– On peut peut-être essayer quelque chose, ce ne serait pas tout à fait légal, mais…

Chacun se tut. Lebreton fit la moue, se demandant de toute évidence dans quoi ils allaient se fourrer encore et comment il était possible qu'en plus cela vienne de lui, le dernier reliquat de morale encore à l'œuvre entre ces murs. Mais le fait est que le commandant était également le seul à continuer d'étudier les nouvelles techniques en cours en Europe comme outre-Atlantique. Or, il y a peu, le FBI avait décidé de s'emparer d'une énorme base de données privées.

Depuis plusieurs années, les particuliers américains, et des européens désormais, s'étaient entichés de quête génétique. Moyennant quelques dollars, ils envoyaient leur ADN à des sociétés qui, en retour, leur révélaient la part de sang indien, espagnol ou ivoirien dans leur séquençage, ainsi que l'éventuelle existence d'un cousin éloigné en Floride. Ce qui n'était au départ qu'une entreprise de mode était devenu, au détour d'une affaire de police, la plus grosse data civile jamais espérée.

Alors que dans les années 80 des dizaines d'agents s'étaient cassé les dents sur le meurtre d'une jeune femme en Oregon, une enquêtrice avait eu l'idée de comparer les traces génétiques découvertes à l'époque avec celles récoltées par une de ces sociétés commerciales. Et elle était tombée sur un échantillon d'ADN commun, donc appartenant à la même famille que le meurtrier. Après quelques recoupements et une filature, ils avaient enfin arrêté l'assassin, qui avait dû maudire son cousin féru de généalogie. Depuis, des dizaines de cold cases avaient ainsi été résolus et on présumait déjà que cet engouement de la population pour les tests ADN signerait la fin des serial killers, ou en tout cas de leur impunité.

C'était extrêmement discutable d'un point de vue éthique, mais pourquoi ne pas importer le procédé, proposa Lebreton du bout des lèvres.

– Ben ça marche beaucoup moins bien chez nous, opposa Rosière. Le commerce ADN est interdit ici, donc il faut balancer ton pognon chez les Ricains et ça rend méfiant. Résultat, il y a moins de particuliers, donc moins de données de comparaison.

– Ce n'est pas grave, remarqua Capestan. On ne le recherche pas, on le connaît. On veut juste son empreinte génétique. Ça prend combien de temps ?

– Justement, avec une société commerciale, on doit pouvoir négocier de meilleurs délais qu'avec le labo. Qui aurait les contacts et parlerait assez bien anglais ? demanda Lebreton.

– *I've got and I do. I'm* même super *fluent in english* mes *darlings*. Je suis éditée par MacLehose aux States depuis plus de vingt ans, je vais passer un coup de fil sous prétexte de recherches littéraires, ils auront sans doute des tuyaux.

– Top. J'ai l'écouvillon, tu me dis dès que tu en as besoin.

Capestan se leva, ragaillardie par ces perspectives prometteuses, et passa dans le salon pour inscrire cette nouvelle démarche au grand tableau.

Après avoir refermé le capuchon du marqueur d'un mouvement du pouce, la commissaire demeura debout à survoler les notes et les questions soulevées par le début de l'enquête. Elle examina brièvement le planning : Lewitz et Dax tapaient aux portes dans la Mouzaïa pour vérifier l'alibi de la Main de Dieu, Evrard était à Lariboisière depuis qu'une des victimes avait donné des signaux de réveil et Torrez avait pris le premier quart de filoche de Jacovitch. La brigade allait rapidement se trouver en manque d'effectif et la commissaire regretta une fois encore que le capitaine Saint-Lô soit ainsi retenu entre quatre murs. Après tout, elle en connaissait des plus fous et lui au moins se prenait pour un vaillant mousquetaire, pas un génie du mal.

Elle relut le compte rendu rédigé par Torrez sur leur interrogatoire de la Main de Dieu. Elle se souvenait avoir éprouvé une micro-gêne, pas grand-chose, à peine une miette sur une toile cirée, une touche de pinceau qui n'appartenait pas au tableau. À l'écoute de ses sensations, Capestan passait de ligne en ligne, craignant qu'une nouvelle lecture, par l'effet du par cœur, n'étouffe l'infime étincelle de surprise qu'elle cherchait à ranimer. Et c'est alors qu'elle atteignait le plus fort de sa concentration, cette éphémère transe du cerveau, que les trois notes invariablement gaies de son portable résonnèrent dans sa poche.

C'était Evrard. Capestan décrocha.

– Du nouveau ?

– Elles sont réveillées. Beretti vient d'arriver pour recueillir leurs témoignages.

– Elle t'a vue ?

– Non, bien sûr que non.

Personne ne voyait jamais Evrard. Elle pouvait arriver quatorzième qu'on se pensait toujours treize à table. Sa pâleur, son châtain, sa taille, sa voix, son absence de beauté, de laideur, de relief, de lumière… Elle se déplaçait comme suspendue dans le gris de la ville, traversant les assemblées sans jamais imprimer les rétines ou frapper les tympans. Seul Dax l'apercevait, la contemplait même, grâce à son super-pouvoir de super-amoureux. Sinon Evrard était la discrétion incarnée, la candidate idéale des filoches et surveillances, et toute la Crime de Beretti l'avait sans doute dépassée sans même la distinguer des Peugeot du parking.

– Tu peux monter pour te renseigner sur leur état ? Est-ce qu'elles seront capables de répondre sans trop se fatiguer ?

– J'y vais, je te rappelle.

– À tout de suite.

Capestan réfléchit, elle ne pourrait se rendre elle-même à l'hôpital car elle devait encore transcrire leur entretien avec le juge Salto tant que la mémoire restait fiable. La commissaire retourna dans la cuisine, où la voix de Rosière leur parvenait depuis la terrasse : sur un volume très très américain et un accent très très français, elle discutait ADN avec son agent new-yorkais. Lebreton, lui, s'était installé à la table de la cuisine avec les minutes du procès fraîchement récupérées, les dossiers Opéra et Montparnasse, un plan de Paris et une carte de France sur lesquels il avait collé des gommettes rouges aux emplacements des meurtres de 2022 et des gommettes vertes pour ceux de 1997 à 1999. Il releva la tête.

– La dernière fois, il a frappé aussi en province : Avignon, Pau, Hyères, Chambéry… Là, il reste sur Paris.

– Il a vieilli, le train le fatigue, répondit Capestan en souriant. Dis-moi, les rescapées des Galeries Lafayette se sont réveillées. Je ne sais pas trop encore si elles sont en état d'être auditionnées, mais Evrard est sur place. Tu la rejoindrais le cas échéant ou tu as quelque chose ?

– Oh, j'ai encore douze gommettes à coller et deux cent trente vétos à appeler, mais je pense que tout peut attendre.

– C'est bon ! les interrompit Rosière. Mon agent connaît l'un des fondateurs de AncesTree, on va bénéficier d'un délai VIP.

– Formidable, fit Capestan avant de décrocher le nouvel appel d'Evrard.

– C'est bon ! La plus jeune des deux est encore un peu dans les vapes, il ne faudra pas s'attarder. Mais la seconde est suffisamment en forme pour avoir fait remarquer à Beretti que ses hommes étaient mal rasés. Je l'ai aussi entendue invectiver les infirmières, les médecins, les plantons de la PJ. Je pense qu'on peut y aller sans problème, ce ne sera pas une sinécure, mais il n'y a rien à craindre pour sa santé.

– Parfait, Lebreton te rejoint d'ici vingt minutes.

– Pas la peine, Dax est venu déjeuner avec moi.

– Ah ben non, attends, je…

– Quoi ?

Capestan ne pouvait décemment répondre à Evrard : « Non, non, surtout pas ton copain, il va dire n'importe quoi, et sur les trois minutes autorisées il va lui demander deux fois ce qu'elle a pensé des plateaux-repas. » Aussi biaisa-t-elle :

– Lebreton tient absolument à poser ses questions. Il part tout de suite.

Le commandant, toujours à ses gommettes, se contenta de lever le pouce pour à la fois accepter la mission et approuver le mensonge de politesse. Puis il se redressa et étira ses longs bras au risque d'envoyer valdinguer le plafonnier. Rajustant la ceinture de son jean, il s'apprêtait à partir quand la voix curieusement haut perchée de Merlot stoppa son élan.

– Mes amis ! Mes amis ! Arrêtez tout ! C'est terrible ! C'est affreux !

Merlot, à petits pas contraints par ses chaussettes qui semblaient taillées dans une serpillière, débarqua dans la cuisine, le souffle court et l'œil affolé. Capestan, Rosière et Lebreton se figèrent, jamais ils n'avaient vu le capitaine dans cet état. Dans un silence compact, ils guettèrent les révélations du capitaine :

– Marcus ! Le directeur ! Trahison !

– Quelle trahison ? Qu'est-ce qu'il a fait ? s'inquiéta Capestan.

– Il veut qu'on aille au Bastion !

Les épaules de Capestan se relâchèrent. La mémoire de Merlot se creusait de trous de plus en plus béants.

– Oui, depuis le début. Pour nous réintégrer.

Rosière posa sa main sur le bras de la commissaire pour l'interrompre et inviter Merlot à poursuivre :

– Pourquoi ? demanda-t-elle.

– Parce qu'il a acheté en dessous.

– Du Bastion ? fit Lebreton en fronçant les sourcils.

Rosière tapa dans ses mains dans un grand claquement de bagues.

– J'en étais sûre, le fumier ! Il a acheté en dessous de chez nous ! Je l'ai vu sur le palier tout à l'heure. C'est ça Merlot ?

Le capitaine opina, secoua la tête, opina derechef et passa ses paumes sur ses joues lisses.

– Il a acheté le quatrième étage et il veut qu'on parte pour percer un duplex.

Capestan sentit tout son sang lui descendre dans les pieds.

– Mais comment c'est possible ?

– La Ville.

Merlot prit une grande rasade d'oxygène avant de développer :

– Le gros des logements sociaux relève de l'AP-HP, mais une partie est gérée par la préfecture, dont notre immeuble. C'est d'ailleurs pour cela que nous avons échoué dans cet antre à l'époque, ils ne savaient pas quoi en faire. Et aujourd'hui ils s'en débarrassent pour économiser sur les rénovations. Marcus était bien placé pour avoir vent de la mise en vente, il s'est aussitôt porté acquéreur du logement vacant et l'a obtenu pour une goulée de vin.

– Et maintenant il suffirait de libérer notre étage pour renouveler l'opération, compléta Lebreton.

– Voilà.

Le crâne de Capestan se vida, transformé en chambre d'écho. Il avait suffi d'un shoot d'énergie pour se laisser piéger, une seule piqûre d'ambition. En réalité, le directeur n'avait pas parié une seconde sur leurs compétences, il n'avait pas espéré un instant leur réhabilitation, il avait juste tracé le chemin le plus court jusqu'à son confort personnel. Rosière avait beau retenir sa jubilation pour ne pas l'enfoncer, la commissaire savait qu'elle avait péché par naïveté, par envie d'y croire surtout. Cynique, le divisionnaire avait profité de la descente professionnelle de Capestan pour régler ses petites affaires d'élévation immobilière et la policière s'était ridiculisée auprès de son équipe en lui emboîtant le pas. La honte, la culpabilité, la colère allumèrent des fumerolles dans l'estomac de Capestan et le tourbillon n'allait pas tarder à remonter jusqu'au cerveau. Elle s'efforça d'inspirer. Il ne fallait céder ni à la rage ni à l'inconséquence. Dans l'histoire désormais, ils avaient une enquête à mener. Des victimes et leurs familles attendaient des réponses que la brigade seulement était en mesure de leur apporter. Dans son machiavélisme, Marcus avait ranimé une flamme, que Capestan ne soufflerait pas. Au moment où elle allait prendre la parole pour raffermir ses troupes, Rosière la devança :

– Putain, je te jure qu'il partira avant nous, l'enfoiré. Et à grands coups de pompe dans le cul.

14.

L'aide-soignante sortit griller sa clope et Evrard la suivit du regard avec envie. En arrêtant la cigarette, la lieutenante avait eu l'impression de trahir son camp, de rejoindre les fayots et les rabat-joie. Elle ne regrettait pas vraiment, mais elle aurait donné n'importe quoi pour retourner juste un soir fumer en boîte, en buvant un gin-tonic frelaté au milieu d'amis qui te crient dans les oreilles et de murs qui bougent autour de la musique trop forte, elle rêvait de revoir des stroboscopes sur une robe neuve qui sentirait le tabac et la transpiration, elle voulait aller trop danser en 2000, qu'on lui passe du Cher et du Moby et qu'on la largue au petit matin sur des trottoirs qu'elle traverserait en zigzag. Evrard pouvait sentir tout ça dans les vapeurs d'essence d'un briquet et la fumée d'une Benson. Sa madeleine de noctambule.

Elle se tourna vers le lieutenant amoureux à ses côtés et lui passa la main dans les cheveux. Il sourit en retour, heureux. Evrard avait tout échangé contre Dax et une maison à Penmarc'h.

15.

La porte vitrée s'écarta à l'entrée de l'hôpital et aussitôt les odeurs de désinfectant, de haricots bouillis et de serpillière humide assaillirent le nez de Lebreton. Le personnel en blouse blanche, affairé, croisait des civils en tee-shirt, égarés. Le commandant consulta le panneau de répartition des services avant d'entamer l'interminable succession de couloirs entrecoupés de portes battantes. Sous ses pas, le lino brillait, miroir en plastique reflétant une lumière de néon.

Le long de la cloison du service réanimation, Evrard et Dax l'attendaient sur des chaises moulées. Ils se levèrent à son approche.

– Dans la chambre 14, Ségolène Toupac peut nous répondre mais elle est fatiguée, il va falloir faire court, prévint Evrard.

– Elle a déjà répondu à Beretti ?

– Oui.

La lieutenante se racla la gorge pour masquer sa gêne avant de poursuivre.

– Quand Dax a vu Beretti, il lui a couru après dans le couloir pour lui demander si elle avait eu des infos intéressantes.

Lebreton ouvrit grand les yeux. Dax ne cessait jamais de l'impressionner par son intense résistance aux tactiques les plus basiques. Alors que tout le monde dans la brigade travaillait la discrétion, il semblait se balader avec une grappe de ballons à l'hélium aux couleurs de son équipe. Ce qu'on n'osait penser tout bas, il l'articulait sans complexe, de sa voix forte et innocente, inapte aux roueries les plus vitales. Dax était le perpétuel éléphanteau dans un magasin de nitro.

– Et alors ?

– Alors, enchaîna Evrard, ça ressemble assez au procédé des seringues dans les boîtes de nuit et sur les festivals, même si elles n'ont pas ressenti de piqûre. En tout cas, elles non plus n'ont pas pu identifier qui que ce soit, ça s'est passé trop vite, avec trop de foule autour.

– Beretti a donné pas mal d'infos…, s'étonna Lebreton.

– Ben oui, y a qu'à demander, remarqua Dax. On demande jamais alors, forcément, on a toujours l'impression qu'on nous cache des choses, mais si tu demandes pas, forcément, on te répond pas, c'est quand même logique, non ?

En son for intérieur Lebreton dut admettre, en effet, que c'était logique. La porte de la chambre 14 était ouverte pour permettre la surveillance médicale, mais Lebreton s'annonça en toquant.

– Oui, invita une voix ensuquée.

Ségolène Toupac avait le teint vert et les cheveux plaqués par la sueur. Une odeur de Bétadine flottait dans la pièce et les auréoles jaune orangé sur les bras et les mains, d'où partaient les différents tuyaux, indiquaient la provenance de ces effluves.

– Bonjour madame Toupac. Mes collègues et moi sommes de la police judiciaire et nous enquêtons sur les agressions aux abords des Galeries Lafayette. Nous aimerions vous poser quelques questions, si vous le permettez.

– Encore ? Je ne viens pas de répondre à l'instant ? s'interrogea-t-elle.

– Si, je suis désolé. Mais nous avons besoin de quelques précisions supplémentaires.

Âgée d'une soixantaine d'années, Ségolène semblait se remettre difficilement de son empoisonnement, de son agression aussi sans doute. Elle fixa les policiers de ses grands yeux bleus légèrement vitreux.

– Non, j'en ai assez, je suis fatiguée, je voudrais qu'on me laisse tranquille.

– Je comprends, cependant cela faciliterait l'identification du…

– Si on sait pas qui c'est, on pourra pas l'arrêter, faut nous aider, coupa Dax.

– Je sais bien, mais je n'ai rien vu ! Je n'ai même rien senti. Je n'ai pas de trace de piqûre, personne ne m'a bousculée, en tout cas pas plus que d'ordinaire devant les grands magasins. Je…

Elle s'était endormie. D'un coup. En sursaut, en somme. Les trois policiers demeurèrent sans bouger un instant, désarçonnés par la subite défection d'un témoin capital.

– Bon, ben, y a qu'à aller réveiller l'autre, proposa Dax.

La chambre 17 avait elle aussi la porte ouverte, mais personne dans le service ne voulait manifestement plus la surveiller, puisque la patiente assise sur le lit appuyait avec rage sur le bouton d'appel.

– Ah vous voilà ! souffla-t-elle en les découvrant. Ça fait vingt minutes que j'appelle pour faire pipi !

– Heu…, hésita Dax en se tournant vers ses collègues.

– Allez ! On se remue ! C'est pas Dieu possible d'avoir affaire à tant d'empotés. Et le docteur ? Elle devait me rendre visite à midi et il est près de quinze heures !

– La doctoresse alors, souligna la lieutenante Evrard dont le féminisme était sensible à la justice des mots.

Elle avait dû forcer sur sa voix atone pour couvrir le son de la télé, branchée sur LCI.

– Ah je vous en prie, c'est tout de même un monde ce que la démagogie de l'époque fait subir aux oreilles ! Non, on dit « le ministre », « le colonel » et « le docteur est en retard ». Au lieu de dépasser vos attributions et vos compétences en corrigeant les patients, amenez-moi plutôt aux W-C.

Alors que Dax, bonne pâte, s'approchait déjà pour accompagner le témoin aux toilettes, Lebreton intervint :

– Non, excusez-moi madame, mais nous sommes de la police judiciaire. Nous sommes ici pour vous poser quelques questions.

– Ah mais entendez-vous entre collègues, c'est pas vrai ça ! Il y a une heure à peine, le commissaire Beretti s'est présentée à moi avec des hommes dans un accoutrement à la limite de la correction.

– Absolument, mais nous appartenons à une autre brigade et enquêtons en parallèle, repartit le commandant imperturbable.

– Je vois, vous vous mettez à trente pour ne rien trouver du tout et vous importunez les victimes faute de découvrir les coupables.

Petra Piver n'était pas du genre à ménager son auditoire ou son entourage. Du coin de l'œil, Lebreton apercevait les ruses de sioux des soignants pour éviter de passer devant sa porte. Dans la cabine infirmerie, sa lampe d'appel devait clignoter en permanence sans que cela n'émeuve plus personne. Peut-être finalement avait-elle dû à une épaisse peau de crocodile sa résistance au poison.

Lebreton s'interrogea sur le meilleur moyen d'aborder l'entretien. Après des années en tant que négociateur du Raid, le commandant était rompu aux relations avec les forcenés les plus redoutables, ce n'était pas une mamie acariâtre qui allait l'impressionner. Avec ce type de profil, il pouvait se révéler utile de faire preuve d'autorité et d'aller directement à l'épreuve de force, de jouer sur l'ancestral respect du mâle, le vrai qui ne féminise pas le vocabulaire. Plus les gens étaient agressifs avec le petit personnel et plus cette méthode fonctionnait. Cependant, Mme Piver accordait manifestement beaucoup d'importance à la mise et aux marques de déférence, le plus efficace serait sans doute finalement de la brosser dans le sens du poil, de flatter, tel maître Renard, un corbeau aux plumes hérissées. Lebreton rajusta sa veste et posa sa belle voix de basse :

– J'entends bien madame, et votre agacement se conçoit. Cependant, nous avons à cœur de vous faire justice. Vous me paraissez porter une attention vigilante à ce qui vous entoure, je soupçonne que vous avez noté des détails qui auront échappé aux autres témoins.

Mme Piver, sourcils immuablement froncés, se rengorgea et consentit à relâcher son bouton d'appel.

– Eh bien ma foi, puisque vous me le demandez, j'ai remarqué en effet la présence d'un homme qui me suivait de près. Je trouvais cela incorrect, mais au moment où je m'apprêtais à me retourner pour lui dire son fait, il m'a dépassée en me bousculant.

Lebreton se raidit :

– Vous avez pu distinguer ses traits ?

– Pas vraiment. Il portait une de ces affreuses capuches qu'ils ont tous aujourd'hui. Presque aussitôt, j'ai ressenti une vive douleur et je me suis écroulée.

– Sa taille peut-être ?

Elle fit bouffer une mèche de cheveux gris sur son crâne rond avant de répondre :

– Non… grand… ou moyen plutôt…

– Jeune ?

– Je ne saurais pas vraiment dire…

– La capuche de quelle couleur ?

– Blanche… ou sombre peut-être…

Lebreton s'approcha du lit en veillant à ne pas heurter le moniteur et les perfusions. Il sortit son téléphone de la poche intérieure de sa veste et fit apparaître un cliché de Jacovitch.

– Ça pourrait être lui ?

– Ça pourrait, j'imagine, fit-elle en s'emparant du mobile pour se le caler sous le nez. Mais sans mes lunettes je ne risque pas de savoir. Vous là, soyez aimable, elles sont sur la table, ajouta-t-elle en agitant ses doigts en direction d'Evrard.

Dax, qui se tenait en silence depuis le début, se colla subitement à Lebreton, comme si le fruit de ses réflexions ne pouvait souffrir une seconde d'attente supplémentaire.

– C'est quand même bizarre. D'habitude les serial killers, ça attaque les jolies jeunes filles, pas les vieilles à moustache.

Lebreton se statufia. Il n'était pourtant pas homme à se laisser surprendre et, de Dax, il s'attendait à tout, mais ce pavé venait de lui envoyer toute la mare sur la tête. Il jeta un coup d'œil à Mme Piver qui, les yeux écarquillés, virait au cramoisi. Alors que Dax rouvrait grand son clapet, Lebreton s'empressa de le couper.

– Lieutenant, je ne vois pas de quoi vous parlez, nous en discuterons plus tard

– Mais si ! La Main de Dieu, il visait des trentenaires, pas des mémés courtes sur pattes.

Lebreton pivota de toute sa carrure pour faire écran entre Dax et Petra Piver.

– Dax, Dax, Dax, ce n'est ni le moment ni l'endroit, signifia-t-il alors que la malade était à deux doigts de s'étrangler.

Dax balaya la mise en garde d'une paluche apaisante :

– T'inquiète pas, à cet âge elles sont toutes sourdes. Mais vraiment, je trouve ça curieux, pas toi ?

Lebreton ne put s'empêcher d'y réfléchir, car à défaut de tact la remarque ne manquait pas de sens. Cette seconde de réflexion ayant entamé la vigilance du commandant, Dax en profita pour se relancer.

– Ça peut pas être le même tueur. On a affaire à un autre genre de perversion. Il est pas bien le mec là, pour s'attaquer à ça, fit-il en désignant la victime d'un pouce qu'il croyait discret.

– Je ne suis pas sourde, je vous entends même très bien jeune malotru ! piailla Mme Piver toute tendue sur son lit médicalisé.

– Oui, bien sûr madame, cria Dax à son oreille, ne vous énervez pas !

Puis s'adressant de nouveau au commandant :

– Un homme sans traits, grand ou moyen, qui pourrait être Jacovitch mais pas sûr… À cet âge, la mémoire… En vrai, elle yoyotte, elle se souvient de rien la dame.

– Mais si ! Mais bien sûr que je me souviens ! Et je n'ai que soixante-huit ans jeune homme, cessez vos insinuations !

Dax la dévisagea d'un air sincèrement étonné :

– Soixante-huit ? J'aurais pas dit. Vous vous souvenez de quelque chose alors ?

– Bien entendu ! À la réflexion, l'homme était très maigre. Je n'ai pas senti de piqûre, c'était plus comme si on me touchait du doigt, dit-elle en pointant un index décidé.

La Main de Dieu.

Lebreton se demanda un instant si la stratégie de Dax – bien qu'involontaire – n'allait pas finalement se révéler plus payante que la sienne. Les blessures d'orgueil semblaient électriser les souvenirs.

– Il a dit quelque chose ?

– Non, je n'ai rien entendu.

– Oui, forcément..., observa Dax.

– Ah, mais ça suffit maintenant avec vos remarques désobligeantes, je vais en référer à vos supérieurs moi ! fit-elle en agitant la carte de visite de Beretti.

– Ah non, nous, pour se plaindre faudra s'adresser au commissaire Capestan.

– À *la* commissaire Capestan, précisa Evrard.

– Sortez tous d'ici, cria Mme Piver en leur lançant la carte à la figure avant d'attraper son plateau d'un air menaçant.

Dax rentra sa tête dans son cou, prit la main d'Evrard d'un côté et le bras de Lebreton de l'autre :

– Je crois qu'on ferait mieux de partir. N'oublie pas ton téléphone.

De toute évidence, ça ne servait en effet plus à rien de rester, toute flatterie était désormais impraticable. Lebreton, tout en rempochant son appareil, se demanda s'il serait même possible pour eux de revenir un jour compléter l'interrogatoire. Rosière seule ou Capestan peut-être. Eux trois, en toute hypothèse, étaient définitivement grillés. En sortant, comme s'il avait lu dans ses pensées, Dax le rassura d'une tape dans le dos.

– T'inquiète, ça lui passera son coup de grisou. Ma mamie c'était pareil, elle ne supportait pas les remarques.

Non seulement elle était dure de la feuille, mais en plus elle était susceptible.

Une voix éraillée et scandalisée leur parvint depuis le fond de la chambre :

– Je ne suis pas sourde !

16.

Assis sur un banc rue Pixérécourt, face à l'allée donnant sur la maison de la Main de Dieu, Merlot admirait le lever du soleil en caressant son rat, blotti sur ses genoux. Les lueurs orangées lissaient les tags sur le toit des immeubles, les nettoyeuses charriaient leurs rivières de canettes vides et de papiers gras, l'air piquait un peu la peau, le capitaine était bien. Ratafia émit un faible couinement. Merlot l'attrapa sous les pattes de devant pour le hisser nez contre museau.

– Mon gros pépère à moi, dit-il en le faisant doucement rouler entre ses mains. C'est terrible mon ami, figure-toi que je n'arrive pas à me souvenir si tu es Ratafia 5 ou Ratafia 6. C'est le bon côté des choses, remarque, j'oublie que tu meurs tous les deux ans. Tu as faim ? Il a faim, mon pépère ? Viens, j'ai pas pensé à prendre tes croquettes. On retourne au bureau, on s'arrêtera au Franprix sur le chemin.

17.

– Mais c'est quoi ce bruit ? Depuis quand on élève des chevaux ?

Capestan avait l'impression que la horde sauvage en entier était venue taper des sabots sur le parquet. Les murs en vibraient de trouille, prêts à décoller le papier peint.

– Flamenco, répondit Rosière dans le silence revenu. Si tu veux tes chaussures, je t'ai pris du 38, fit-elle en désignant une paire encore enroulée de papier de soie. Ce connard de Bourbon Marcus va comprendre ce que c'est d'habiter en dessous de chez nous. Fini les grasses mat'. Zapateado ! lança-t-elle comme un cri de guerre.

Et aussitôt Evrard, Dax et Lewitz frappèrent le sol de la plante et du talon avec une fureur jubilatoire, sous les aboiements courroucés de Pilou interdit de sieste.

Oreilles à l'agonie, Capestan fronça les sourcils mais sourit en pensant au petit déjeuner qui devait tressauter sur la table de Marcus :

– Arrangez-vous quand même pour qu'on ne se fasse pas virer aussi par les voisins du dessus.

Rosière acheva ses six temps, les tempes brillantes de transpiration.

– T'en fais pas, on fait ça bien. Allez pause, annonça-t-elle à sa troupe de danseurs.

Elle saisit une serviette-éponge avec laquelle elle se tamponna le visage et s'avança vers une grande ardoise Velleda qu'elle avait accolée aux panneaux d'enquête :

– On s'est organisés en quarts. Avant le boulot, j'ai passé l'aspirateur, Lewitz sortira la perceuse pendant le déjeuner, Dax et Evrard enchaîneront ce soir avec la Wii Sports et Merlot trottine la nuit puisqu'il est insomniaque.

Capestan, qui posait son sac banane sur le coin de son bureau métallique, arrêta son geste pour se tourner vers Rosière :

– Il n'est pas en filoche sur Jacovitch là, Merlot ?

– Si, si, t'inquiète, il est planifié pour la nuit d'après. Lebreton a été plus dur à convaincre, mais il a accepté de répéter sa basse ici, avec l'ampli. Quant à Pilou, j'ai arrêté de lui couper les griffes, comme ça il fait sa part quand il bouge, expliqua Rosière en couvant d'un œil attendri son chien arthritique galopant après une balle lancée par un Lewitz consciencieux. Ce serait bien que Saint-Lô revienne enfin, on ne serait pas trop de huit dans l'affaire. Dis-moi à propos, enchaîna-t-elle un ton plus bas, tu crois qu'on pourrait lui coller Torrez sur le palier au Bourbon Mescouilles ?

Capestan évita du mollet Pilou dont l'arrière-train avait glissé sur le parquet ciré et s'installa à son bureau en zinc pour allumer son ordinateur.

– Il y a une petite fenêtre pour enquêter ou on se consacre exclusivement à Marcus ?

– Non, mais ce qui est beau, c'est que cet enculé, il ne peut pas monter pour nous engueuler. Ça doit le rendre dingue, jubila Rosière en s'écroulant dans le fauteuil face à Capestan.

Lebreton revenait de la terrasse en rangeant son paquet de cigarettes dans sa poche de chemise. À neuf heures, la température frôlait déjà les trente degrés et le commandant avait relevé ses manches jusqu'aux coudes. Il adossa sa haute taille entre les deux grandes fenêtres. Elles étaient ouvertes sur la place ; au loin, on distinguait l'église Saint-Eustache qui offrait son tout nouveau ravalement à la lumière du matin. Dégagée de sa gangue de constructions seventies depuis l'avènement de la Canopée, elle trônait libre entre le ciel et le jardin des Halles, tel un gros Lego posé sur son tapis de jeu.

– Dax et Lewitz ont vérifié l'alibi de Jacovitch, commença Lebreton en faisant signe aux deux policiers de se joindre à eux.

Le brigadier relança la balle pour s'en débarrasser et se planta au garde-à-vous à la gauche de Lebreton.

– Jacovitch et sa fille ont été vus dans le quartier, mais pas le mardi en question, débita-t-il avant de nuancer : mais ça ne veut rien dire.

Capestan ouvrait la bouche pour parler, quand Rosière la coupa d'un geste de la main :

– La Mouzaïa est un coin résidentiel verdoyant, un petit village de belles maisons planté comme un mirage au milieu des immeubles du 19e arrondissement. Donc l'avantage, c'est que, abstraction faite des touristes ou des curieux, on n'est pas dans un lieu de passage : ce sont des ruelles, piétonnes, sans commerces. Si quelqu'un passe devant chez eux et qu'ils sont à leur fenêtre, les habitants remarquent. Mais, en pleine journée, ils sont au boulot et, pour le coup, personne ne peut témoigner.

– En gros, la fille de Jacovitch a fourni un alibi à son père et il va falloir qu'on s'en contente.

– Oui, j'en ai bien peur.

Evrard fit un pas en dehors de la cuisine, ôta la brosse à dents de sa bouche et, les joues gonflées de dentifrice, ânonna :

– On ne va jamais réussir à le coincer.

– Mais si, rassura Capestan.

Evrard but dans le gobelet Les Minions qu'elle tenait à la main et pivota pour aller cracher dans l'évier avant de rincer gobelet et brosse à dents sous le robinet. Elle réapparut en s'essuyant de la manche :

– Son tempo va s'accélérer, c'est inévitable. Il va tuer aujourd'hui.

– Mais non, rajouta la commissaire plus par réflexe que par conviction. Ce n'est peut-être pas lui d'ailleurs. À votre avis ?

– C'est lui, asséna Rosière en tapant le zinc d'un index dodu, orné de saphir. On devrait l'enfermer, juste par précaution, et voir si d'autres crimes sont commis.

– L'enfermer, on ne peut pas, mais le maintenir sous surveillance, oui, c'est capital.

Capestan souleva son portable pour vérifier l'heure sur l'écran. En fin de matinée, il faudrait d'ailleurs relayer Merlot.

Avant de venir, la commissaire avait fait le point sur les dernières avancées de l'enquête. L'IJ n'avait détecté aucun ADN de contact et, à l'autopsie, l'Institut médico-légal n'avait pas trouvé la moindre trace de piqûre. Le gant de la Main de Dieu pouvait donc correspondre, tout comme un bâtonnet, un coton-tige ou un stylo à insuline, tout instrument non blessant. Grâce au laser déployé sur la scène de crime, l'IJ leur avait également fait parvenir une modélisation 3D, ainsi que le relevé des différentes caméras de surveillance. Beretti, par coopération spontanée – ou parce que, après les avoir croisés, elle s'était souciée de ne pas les vexer –, avait, elle, transmis la déposition de Petra Piver et celle – plus succincte – de Ségolène Toupac. Des deux documents, comme du compte rendu de Lebreton, il ressortait un portrait flou qui pouvait correspondre à Jacovitch. Et une histoire de sweat-shirt peu précise.

La commissaire saisit la mini-tour Eiffel dorée qui trônait sur son bureau et fit tourner le sommet entre ses doigts.

– Tu as trouvé un sweat particulier sur les bandes de vidéosurveillance ? demanda-t-elle à Dax qui peignait ses cheveux courts et scintillants de gel.

– Un : non. Plein : oui. J'ai essayé de dessiner un plan de leurs parcours, c'est joli, on dirait une tête de lapin. Mais je crois pas que ça va beaucoup aider.

Capestan opina lentement.

– Et le platane de la gommette, tu l'as ?

– Angle mort.

– Bien sûr.

Après un instant de réflexion, la commissaire reposa sa tour Eiffel et remarqua :

– Pourquoi signer ses crimes avec une gommette ? Pourquoi prendre ce risque, quand on se glisse discrètement dans la foule ? La gommette n'apparaît pas à chaque fois, ce n'est pas toujours la même… Les trois premières victimes en 97 n'en ont pas. Ça ne ressemble pas à des rites de maniaque, tout ça.

Le sermon d'un prédicateur leur parvint par les fenêtres ouvertes sur la place. Des évangélistes étaient apparus ces dernières années, venant régulièrement haranguer les foules pécheresses des Halles. De nouveau, le léger frémissement qui avait saisi Capestan à la lecture de l'audition de Jacovitch se manifesta. Elle cessa de respirer pour ne pas l'effrayer et le prendre à revers.

Jacovitch avait dit « destin ». « C'est le destin qui choisit. »

Pas Dieu, pas Notre-Père ou le Tout-Puissant. La soi-disant Main de Dieu avait utilisé une terminologie laïque. Il n'y avait pas de mysticisme derrière le meurtre.

– Il n'est pas croyant. Chez lui on n'a vu aucune bible, aucune croix, pas une maternité, rien. Ces allures de grand prêtre, c'est du flan. L'habillage spirituel tout comme les gommettes ont sûrement une fonction. Mais ce n'est pas celle qu'on leur accorde.

Dax, Evrard et Lewitz haussèrent les sourcils. Rosière frotta les médailles religieuses autour de son cou, semblant hésiter.

Lebreton se détacha du mur auquel il s'était adossé.

– Oui, je suis d'accord avec toi. Et on devrait s'intéresser à la question du mobile.

– Bah, c'est un serial killer ! coupa Rosière. Il s'en cogne du mobile.

– Non. Il y a peu de rite en effet, pas de sang, pas de souffrance, à peine une scénographie… J'ai étudié la carte des meurtres et je me demande s'il n'y aurait pas une autre raison, enfouie, une vengeance par exemple.

– Attends mon coco, par vengeance tu zigouilles une ou deux personnes. Pas dix-sept. Dix-sept c'est de la pulsion de pouvoir, de l'exaltation narcissique, la joie d'être aux manettes, assis à la droite du Père et sur les genoux du diable. C'est du psychopathe label rouge rouge.

Comme les spectateurs d'un match de tennis, Evrard, Dax et Lewitz passaient de l'un à l'autre en attendant la fin du point pour savoir qui applaudir. Lebreton leva un index qui imposait réflexion et alla chercher un vieux dossier sur son bureau.

– Tenez, fit-il en étalant les feuillets sur le zinc du bureau de Capestan. C'est ce que Salto avait conservé de l'instruction.

Le commandant poussa la mini-tour Eiffel pour dégager la vue et survola les documents du regard avant de piquer sur quatre des victimes.

– Voilà, celles-ci, ce sont les premières. En repérant sur une carte, j'ai remarqué qu'il s'agissait des seuls crimes qui se succédaient sans se situer dans la même région.

– Comment ça ?

– Ce sont les quatre premiers meurtres, commis d'affilée, à quelques semaines d'intervalle, sur quatre régions différentes. Après on a cinq victimes à Paris, une à Metz, de nouveau sept à Paris. Puis c'est fini. Et aujourd'hui, elles sont toutes à Paris.

Lebreton, avec lenteur, aligna les fiches des quatre premières victimes d'un côté, puis piocha les treize suivantes dans le dossier originel des années 90 pour les étaler en dessous. Rosière, Capestan, Evrard, Dax et Lewitz se penchèrent d'un même mouvement, chacun se tordant le cou depuis sa place, pour observer les photos et lire les descriptifs.

– Vous remarquez ? demanda Lebreton.

Capestan hocha la tête :

– Les quatre premières n'ont pas exactement le même âge, mais on se situe dans une tranche de cinq années pas plus.

– Et cette tranche correspond à l'âge de Jacovitch à l'époque, ajouta Evrard. Les profils des victimes suivantes sont plus disparates.

– Oui, abonda Lebreton, heureux que tous parviennent aux mêmes conclusions. C'est possible que ces quatre meurtres aient du sens, un objectif. Un mobile en somme. Et les autres sont venus pour décorer, assouvir un besoin né des premiers meurtres…

– … Ou détourner l'attention, intervint Lewitz.

– Pourquoi pas.

– Elles ont des points communs sinon, les quatre ? demanda Evrard.

– Y a rien dans le dossier et c'est trop vieux pour obtenir des informations valables, répondit Lebreton en passant la main sur sa barbe naissante. Pas en si peu de temps en tout cas.

Rosière avait rangé les fiches des quatre premières victimes à côté de celle de Jacovitch. Elle se racla la gorge.

– Y a le cul d'un éléphant posé sur notre dossier et ça fait une heure qu'on parle d'autre chose.

– Je le vois pas, où ça l'éléphant ? demanda Capestan en souriant.

– Là, fit Rosière en pointant une ligne sur le P-V d'audition de Jacovitch. Sa femme disparue. La veille de l'arrestation de la Main de Dieu. Elle est où, elle ? Il l'a tuée ? Elle s'est enfuie parce qu'il la maltraitait ? Ou quand elle a découvert que c'était un serial killer ? Elle a pu le démasquer à la faveur d'un inventaire, c'étaient ses stocks d'Immobilon après tout.

– On ne sait toujours pas ce qu'elle est devenue, je me suis renseigné auprès des collègues, précisa Lebreton. On ne l'a jamais retrouvée, ni morte ni vivante. On a supposé qu'il l'avait assassinée : durant les interrogatoires, il n'a pas nié. Il n'a pas avoué non plus remarque, mais c'était peut-être dans un dernier sursaut de conscience pour épargner sa fille.

Un puissant crachotement suivi de la voix de Torrez les fit tous sursauter.

« … *criiich*… De mon côté, j'ai fait des recherches sur son passé. Elle n'a pas étudié en France, elle était diplômée de la faculté de médecine vétérinaire de Zagreb, en Croatie, et surtout… »

Un larsen coupa la fin de la phrase. Capestan saisit le cube rose aux arêtes arrondies dont provenait le son. Le lieutenant Torrez continuait manifestement de recycler ses anciens babyphones. Ainsi, depuis son bureau du fond, pouvait-il suivre les avancées de l'équipe sans leur porter préjudice avec sa poisse légendaire. Elle appuya sur le bouton émetteur :

– Ça a coupé, dit-elle.

Il y eut un nouveau grésillement :

« … *criiich*… Pardon, je disais donc… *criiich*… et surtout, Jacovitch est son nom de jeune fille… »

– Tu es sûr ? fit Capestan.

– Ça signifie que c'est lui qui a pris son nom en l'épousant, conclut Lebreton.

« … *criiich*… Oui… *criiich*… »

– Pourquoi il ferait ça ? Par amour ? proposa Evrard sceptique.

– Pour changer d'identité sans en avoir l'air et cacher les crimes d'une vie d'avant, supposa Capestan.

– Elle l'aurait laissé faire la donzelle ? Il l'a baratinée ?

« … *criich*… j'ai retrouvé le véto chez qui elle exerçait à l'époque, c'est à Vincennes, on a rendez-vous en fin d'après-midi… *criich*… Je lui ai demandé aussi ses relevés d'Immobilon entre 97 et 99, mais j'espère surtout qu'il nous en dira plus sur l'état d'esprit de Branka Jacovitch avant sa disparition. C'était un peu bâclé dans le dossier de Salto… *criiich*… »

Torrez avait raison et il suivait son idée. En cavalier seul mais pas trop loin, tel le baudet clopinant sur son chemin de halage, attaché à une péniche pouvant dériver à tout instant.

Chacun réfléchit un moment, tentant de se figurer la famille Jacovitch quelque vingt, trente ans plus tôt. La commissaire songea de nouveau à Emma. Celle-ci n'était jamais allée voir son père en prison et pourtant elle l'avait accueilli dès sa sortie, lui offrant un alibi sur un plateau et suppliant les policiers de croire en une soudaine innocence.

– Avec sa fille, enfant, je veux dire, ça se passait comment ? fit-elle en feuilletant les vieux documents.

– Aucun signe de maltraitance, répondit Lebreton. La petite Emma semblait très heureuse dans sa vie de famille. Elle n'a rapporté aucune violence, ni comme victime ni comme témoin. Pauvre gamine, un jour tout va bien, le lendemain sa mère a disparu, son père est arrêté.

– Elle est allée en foyer ?

– Au début, non, sa grand-mère l'a recueillie. Mais quand celle-ci est morte, Emma n'était pas encore majeure. Elle a passé trois ans dans une famille d'accueil.

– Tu dois bien gamberger à imaginer ton père assassinant ta mère, déplora Rosière qui, en la matière, connaissait les statistiques.

– Au collège, sa grand-mère avait fait modifier son nom, remarqua Lebreton, mais Emma l'avait repris au lycée, puis de nouveau elle a changé après le bac, et l'a repris, puis on finit par perdre sa trace.

– Moi aussi, pour un quatre en maths, j'ai bien failli changer de nom après le bac, observa Rosière en haussant les sourcils. Alors, elle, avec son cartable plein de cadavres, on peut la comprendre.

– D'autant que l'affaire a été très suivie dans les journaux à l'époque, ajouta Evrard. Tout le monde savait qu'elle était la fille d'un tueur en série. À huit ans, c'est un sacré poids sur les épaules.

– Quatre en maths ? s'étonna Dax en dévisageant la brillante capitaine.

Un silence où flottait la compassion s'épanouit autour du bureau de Capestan. La fille du serial killer. Une étiquette en plomb. Le pudique recueillement fut brusquement interrompu par la question de Lewitz à la cantonade :

– Quelqu'un veut un chich taouk ? Je vais chez Man'ouché…

– Chawarma ! répondit Evrard

– Riz cantonais ! réclama Dax.

Capestan soupira et consulta son smartphone. Il était à peine onze heures.

– Chich taouk. On doit comprendre ce qui est arrivé à la mère. C'est elle, la clé.

18.

Lewitz se tenait tout droit dans la queue sur le trottoir de la rue Rambuteau. Les odeurs de pita et d'épices ne titillaient aucun appétit, mais le brigadier était heureux d'avoir trouvé une nouvelle façon de fuir la conversation. D'habitude, dès que quelqu'un commençait à parler du baccalauréat, il se levait et partait aux toilettes, pour ne pas devoir avouer qu'il ne l'avait pas. Il restait des minutes entières devant le lavabo, à se laver les mains, à se demander si la discussion était passée à autre chose. Souvent, il n'avait plus de mains à laver depuis longtemps quand il osait enfin sortir et rejoindre la tablée.

Parfois, il songeait à se mettre au tabac : la cigarette était un prétexte facile pour s'isoler du groupe. Et parfois, il rêvait de revenir quinze ans en arrière et qu'un proviseur, des professeurs, ou même ses parents, lui disent : « Vas-y, continue, tu peux l'avoir. »

Depuis deux ans, il travaillait comme un fou sur ses cours du soir, et dans ce retour à l'enfance il s'encourageait tout seul. Mais l'examen était bientôt maintenant et Lewitz commençait à avoir très peur.

19.

Le rosier grimpant filait le long de sa clisse pour atteindre le toit. Les fleurs jaunes illuminaient la terrasse, mais les épines accrochaient tous les tee-shirts à leur portée et la moitié de la brigade avait des trous aux manches. Les bruits de mâchoires se fondaient dans les rumeurs de la ville qui montaient, les sonnettes de vélos, les conversations des livreurs assis par grappes sur le trottoir, les croassements des corbeaux, la musique qui s'échappait des boutiques de baskets, les chaises qu'on tirait aux tables des restaurants et les deux-tons de la police dans le lointain.

– Ça m'énerve de ne pas l'avoir vu venir avec son histoire d'appartement. Il m'a vendu du rêve, ça m'a endormie, confia Capestan à Rosière en fixant son chich taouk d'un œil contrarié.

– Du rêve ?

Capestan eut un haussement d'épaules faussement indifférent.

– Revenir dans la course, tout ça…

– Mais on y est dans la course.

– Arrête Eva, tu sais très bien qu'on est à la ramasse.

– Ben là, par exemple, on est les seuls à avoir une piste sérieuse.

Capestan s'essuya la bouche et les mains dans une serviette en papier et replaça le babyphone, qu'un coup de genou dans la table avait failli faire basculer.

– Justement on devrait être en première ligne, au lieu de bricoler comme on le fait toujours. Au bout de dix ans, franchement… Peut-être que le Palombo-Colombe-Destombes-Jesaisplusquoi avait raison et que si on avait vraiment eu envie de revenir dans le match, ce serait fait depuis longtemps.

– Ah non mais ma chérie tu vas pas te laisser enfumer par ces discours d'enculés ? C'est la grosse mode des managers à la con pour se dédouaner : je t'enterre avec une grande pelle et quatre larbins, toi t'es dans le trou, les mains liées dans le dos, mais si tu t'en sors pas, c'est de ta faute, parce que, équipée d'un minimum de volonté, t'aurais pu creuser une galerie avec les dents. Ras le cul des péteux qui suivent la route que les autres ont goudronnée et qui viennent t'expliquer la notion d'effort. Je peux pas croire qu'il ait réussi à te déstabiliser… Ah mais si ma biche, t'es en plein doute de la cinquantaine, c'est…

– Quarantaine, en plein doute de la quarantaine.

– Si tu préfères.

– Oui, je préfère, sourit Capestan, mais il n'y a aucune crise du tout. Juste, quand mes filles me demandent ce que je fais comme métier et que je réponds commissaire de police, j'aimerais que ce soit vrai.

Les sirènes s'étaient rapprochées jusqu'à gêner la conversation. Elles se turent enfin. Et aussitôt le babyphone sembla exploser sous le volume de la voix de Torrez.

« Ils sont en bas ! En face du Banana ! »

Toute la brigade se précipita dans la salle de billard, qui donnait sur la rue de la Ferronnerie. Les hanches en passant cognèrent la table, envoyant les boules rebondir sur les bandes, dans une multitude de chocs qui se faisaient écho. Des deux hautes fenêtres, bientôt, six têtes se penchèrent pour découvrir cinq étages plus bas des dos d'urgentistes, de brigadiers, penchés eux aussi, à l'emplacement de la dalle commémorant l'assassinat d'Henri IV. Ils examinaient un corps dont Capestan ne distingua rien, à l'exception d'une main aux ongles courts vernis de toutes les couleurs de l'arc-en-ciel. Claudie, la serveuse du matin, le plus express des expressos de Paris.

Capestan se redressa d'un geste brusque, pour regagner l'ombre familière de la pièce. Son cœur se mit à battre à grands coups, frappant jusque dans sa gorge, contre ses tympans, le long de ses membres. Un filet de sueur coula lentement dans son dos.

Était-ce un hasard ? Cette rue ? Cette femme à qui elle parlait chaque jour ? Capestan pivota et se précipita dans le salon pour gagner l'entrée, où elle enfila ses baskets sans même nouer les lacets. Elle dévala ensuite les cinq étages, en sautant les volées de marches, dans un élan à la limite de la chute libre. Une fois en bas, elle fonça sous les arcades pour jaillir dans la rue de la Ferronnerie où elle écarta la foule sans ménagements, provoquant la chute d'une ribambelle de téléphones. Elle passa le cordon de sécurité, puis stoppa net pour ne pas polluer la scène de crime. Les cosmonautes de l'IJ étaient déjà à l'œuvre, déposant cavaliers et laser, récoltant traces de terre et de pas, photographiant sous tous les angles pour fixer le tableau dans sa réalité la plus précise. L'analyse des éléments viendrait dans un second temps.

– Est-ce qu'elle respire encore ? demanda Capestan à l'assemblée.

Personne n'entendit, chacun dans sa logique, dans ses urgences, dans ses talkies et ses smartphones. Capestan répéta, bientôt suivie par Lebreton, puis Dax, Rosière et enfin toute la brigade qui tonnait depuis la fenêtre :

– Est-ce qu'elle respire encore ?

Un urgentiste finit par relever la tête, sourcils froncés :

– Vous êtes qui, vous ?

– Commissaire Capestan et là-haut c'est mon groupe, est-ce qu'elle est morte ? insista la policière, en nage, d'une voix qui poussa l'homme à répondre enfin, d'un ton las, presque pour lui-même :

– Oui, elle est décédée. Il y a un quart d'heure, je dirais.

– Je dois parler au capitaine des pompiers, fit Capestan en repassant le cordon pour contourner la scène et rejoindre le fourgon rouge.

Prise par la logique des seringues puis la découverte et l'exploration d'une nouvelle piste, la commissaire s'était entièrement consacrée à l'enquête, sans s'occuper de bâtir une stratégie. Il était temps d'anticiper et de préparer la riposte, pour elle, pour son équipe, et tous les SAMU de la ville. Il faudrait du matériel, lourd, mais la prochaine fois la brigade serait prête. Même si Capestan espérait qu'ils parviendraient à coincer Jacovitch avant et qu'il n'y aurait pas de prochaine fois, ni ici ni ailleurs.

Quelques minutes plus tard, les Innocents se trouvaient quasiment tous au pied de leur immeuble, sous les palmiers en plastique du Banana Café.

Un peu rabroués par leurs collègues de la Crime, ils zonaient en marge, aux limites des rubalises jaunes, n'osant pas approcher le corps, même s'ils avaient enfilé les chaussons jetables. Ils observaient alentour, cherchaient des détails, des silhouettes, relevaient les emplacements des caméras et repéraient les visages connus du quartier, afin d'aller les interroger. Lebreton était descendu muni des photos de Jacovitch qu'il présentait à des gens qui secouaient la tête en signe d'ignorance. Tous les voisins suivaient les événements depuis leur fenêtre, saluant parfois la brigade d'un signe de la main. Tous les voisins à l'exception notable de celui du dessous, Bourbon Marcus. Il n'allait sans doute plus tarder à arriver, en compagnie du juge d'instruction.

La commissaire Beretti distribuait encore ses ordres et chassait les premiers journalistes, quand elle aperçut Capestan. Sourire en coin sous des cernes creusés de soucis, elle s'approcha de la commissaire :

– Alors, vous vous servez les homicides à domicile ? Vous êtes vraiment des feignasses.

– Je la connaissais…

– Ah bon, désolée, se reprit Beretti.

– … et c'est sans doute pour cette raison qu'elle est morte.

Beretti cessa immédiatement de sourire et inclina son visage, à l'écoute.

– Vous m'expliquez ?

Capestan entreprit de résumer leurs recherches, leurs auditions, et puis elle évoqua Claudie, à qui elle parlait chaque jour, et les dernières victimes, en 99, qui tombaient autour du juge Salto.

– On s'éloigne de la piste des seringues que nous étions censés suivre, mais ça nous semblait plus utile.

Beretti fixa Capestan un moment sans répondre.

– Vous auriez dû nous en informer beaucoup plus tôt.

– On voulait être sûrs.

– Non, vous vouliez être seuls.

– J'ai appelé pour vous prévenir, vous ne vouliez pas de nouvelle piste, rappela Capestan d'un ton ferme.

À toute institution, comme à toute meute, il fallait toujours un bouc émissaire, mais le dos des Poulets Grillés avait déjà suffisamment porté pour regimber enfin.

Beretti continua de fixer la commissaire dans un silence qui tenait désormais moins de la réprobation que de la réflexion. Elle consulta son téléphone comme s'il pouvait apporter une réponse, puis se frotta les yeux et hocha la tête plusieurs fois, avant de se décider à parler, à voix basse.

– Vous allez continuer de travailler discrètement dans votre coin dont tout le monde se fout. D'abord je ne voudrais pas que la presse sorte une affaire de serial killer par-dessus celle des seringues. La population est assez affolée comme ça. Ensuite, vous avez l'habitude de vous affranchir de la magistrature, qui ne s'en aperçoit pas, puisqu'elle ne vous connaît pas. Ça vous laisse les coudées franches. Mais on se tient au courant à la minute près. Je ne veux pas d'autres cadavres.

La commissaire Beretti se redressa, comme soulagée par sa propre décision, avant d'ajouter :

– Désolée, mais les spotlights, c'est toujours pas pour demain.

Non, en effet, pour les Innocents, il s'agissait juste de prendre la responsabilité de l'enquête et, surtout, de ses conséquences. Les placardisés venaient d'être promus au rang de fusibles. L'image de Claudie allongée quelques mètres plus loin continuait de coller aux rétines de Capestan.

– On s'en tape des spotlights. Ce qu'on veut c'est un labo qui analyse ce qu'on lui envoie, des sous-marins pour les filoches et une liste de matériel que voici, répondit la commissaire en déchirant une feuille de son carnet à spirale.

Beretti saisit la feuille sans la lire et la glissa dans sa poche, en acquiesçant.

– Je vous laisse un de nos fourgons. Et pour le labo, je transmettrai vos demandes.

– On ne peut pas demander nous-mêmes, comme des grands ?

– Je transmettrai vos demandes, conclut Beretti en repartant vers un de ses hommes, cerné de reporters et de caméras, qui lui adressait un signe exaspéré de la main.

Bras croisés, Capestan la regarda s'éloigner en espérant pouvoir en effet compter sur elle, le jour où les renforts se feraient nécessaires. En attendant, la sommation du serial killer était tombée au pied de leur brigade. C'est eux qui étaient allés affronter la Main de Dieu bille en tête et c'est eux qui aujourd'hui en récoltaient le premier sang.

Le juge Salto les avait mis en garde, Jacovitch n'était pas un troubadour. C'était un fou dingue dans un corps de pépé. Alors que toute l'ampleur de l'événement commençait à se frayer un chemin dans sa conscience, Capestan aperçut le stylo que Torrez agitait au loin pour attirer son attention. Quand elle se fut approchée suffisamment, il pointa l'angle d'une arcade.

– J'ai trouvé la gommette, il y a un joli sourire dessus.

Je partirai demain dès l'aube, à l'heure où blanchit la campagne, comme disait leur poète. Je sais pourtant que nul ne m'attend. Je partirai en silence, sans valise, sans personne, pas même ma fille. Si un jour je veux revenir pour elle, alors je dois fuir maintenant. Je l'ai embrassée pendant son sommeil, son dernier sommeil d'enfant heureuse, ses derniers rêves de licorne, avant la litanie des cauchemars.

Dès que l'immeuble dormira, je descendrai les escaliers et ce n'est qu'ainsi que je pourrai sauver ma peau, notre peau. Je n'ai pas le choix.

Je suis la femme du serial killer.

20.

– Où est Jacovitch ? Qui était chargé de sa surveillance déjà ? fit Capestan en déverrouillant son portable pour appeler.

Dans sa tête, tout s'emmêlait un peu et le sourire d'une ridicule gommette s'octroyait la plus belle place, mais sa main, instinctivement, afficha le numéro de Merlot.

– C'est moi, chère amie, c'est moi, je suis là ! fit Merlot parfaitement heureux de répondre à l'appel de la commissaire.

Le capitaine, des graines collées partout autour de ses poches, avançait bras écartés, tel Monsieur Loyal entrant en piste.

– Mais si tu es là, tu n'es pas avec la Main de Dieu !

– Ah certes non, je ne peux pas me trouver partout à la fois, admit Merlot en écrasant la tête de son rat d'une caresse.

– Ne me dis pas que tu l'as lâché ! Pas aujourd'hui !

Le capitaine perdit légèrement pied, il plongea dans les petits yeux noirs de Ratafia, avant que la mémoire et une franche certitude ne lui reviennent d'un même élan.

– Mais si, bien sûr ! Je n'avais plus de graines pour Ratafia. De toute façon, que veux-tu qu'il fasse le pauvre homme, il est complètement abîmé par la prison. Il marche centimètre par centimètre, ça manque de fougue pour un tueur en série. Non, non, crois-moi, j'y ai réfléchi et j'ai préféré rejoindre la brigade. Ma présence est plus utile ici. On doit emmerder Marcus avec des claquettes, n'est-ce pas ?

Capestan, interdite, contemplait sa plus grosse faute professionnelle se pavaner dans son blazer. Ils avaient un tueur à surveiller, un seul, tout lent, tout tranquille, et, le jour du meurtre, ils ne savaient pas où il était. Comment avaient-ils pu à ce point perdre le contact avec la réalité ? La commissaire sentit ses joues chauffer :

– Tu te fous de moi Merlot. On a une femme qui vient de mourir sous nos fenêtres, on tenait le suspect numéro un et tu l'as lâché parce que ton rat avait un petit creux ? Mais faut atterrir, les enfants, au bout d'un moment ! Nos erreurs ont des conséquences, graves. Notre appart, c'est de l'anecdote. C'est pas notre maison, c'est un bureau, dans lequel on est censés bosser au service de la population, pas dépenser notre énergie à le conserver à tous crins. Faut se recentrer. Alors Lewitz, tu prends Merlot dans la voiture, vous filez aussi vite que possible place des Fêtes et vous avez intérêt à trouver la Main de Dieu sur place. Vous questionnez les commerçants pour savoir s'il a bougé et vous épluchez chaque minute de son putain d'emploi du temps du jour. Lebreton ! Jacovitch, c'est toi qui l'interroges.

Capestan claqua dans ses mains, faisant sursauter Merlot et Lewitz qui partirent aussitôt. Lebreton, d'un signe à la commissaire, fit comprendre qu'il les accompagnait. Elle hocha la tête et se tourna vers le reste de son équipe.

– Le serial killer a décidé de jouer avec nous, comme il a joué avec Salto. Il se prend pour Anthony Hopkins, il a vu trop de films, il a besoin d'exister, de briller, j'en sais rien, mais il nous vise. Ce qui signifie que, dorénavant, chaque mort est pour notre conscience. À chaque fois qu'il ira plus vite que nous, on devra encaisser les pleurs des familles. Alors on stoppe les conneries et on l'arrête.

Capestan secouait son équipe mais c'est à elle-même qu'elle en voulait. Le juge l'avait prévenue, le tueur allait vite. Elle n'aurait pas dû mettre Merlot et sa négligence sur cette surveillance. C'était une mission pour Lebreton ou Evrard. Cela ne se reproduirait pas. Désormais, elle se tiendrait prête.

Les policiers de l'identification judiciaire étaient repartis. Les Innocents, eux, restaient au pied de leur immeuble. Le Banana commençait à déplier ses mange-debout. Capestan retint son salut au barman, elle ne voulait plus désigner de victimes.

– Ce sweat, on l'a déjà vu ! lança Rosière en pointant du doigt l'angle droit de l'écran de portable de Dax.

Tous deux s'étaient installés en terrasse du Cœur couronné, la brasserie qui longeait la scène de crime. Ils visionnaient les vidéos de surveillance envoyées par le SRPJ quelques minutes plus tôt. De sa large paluche Dax protégeait l'écran de la lumière. Rosière reposa son demi sur son sous-bock pour faire signe à Capestan d'approcher. La bière valsa quelques secondes en pétillant, avant de retrouver son calme couvert de mousse. Capestan fit le tour de la table de café pour passer derrière ses collègues et observer l'écran.

Une silhouette vêtue d'un ample sweat-shirt gris au dos floqué d'une croix se déplaçait dans la foule, ralentissant parfois sans raison. La capuche bien entendu était relevée.

– On a le même hoodie sur les vidéos devant les Galeries, affirma Dax en tapant l'écran de l'index, chassant l'image.

Alors que le lieutenant swipait pour récupérer le plan, Capestan fronça les sourcils, convoquant toutes les mémoires à l'œuvre sous son crâne.

– Oui, on l'a vu, tu as raison. Mais ce motif, ça vous parle à vous ? Un groupe de rock, un jeu vidéo, une sombre faculté ?

– Rien, conclut Rosière après réflexion.

– Moi non plus, admit Dax.

Il fouilla ses poches de blouson pour en sortir un deuxième téléphone, sur lequel il scanna la croix, afin de lancer une nouvelle recherche.

– C'est un imprimé de base dans les magasins de personnalisation.

– Dans tous ? demanda Rosière avec angoisse.

– Non, juste la chaîne MixAndChic, précisa Dax.

– Avec un peu de chance, ils centralisent leurs ventes. À vue de nez, vous diriez quelle taille pour le proprio du sweat. Un mètre soixante-dix ? estima Evrard.

– Hmmm. Il a l'air plus grand aux Galeries. Ah, c'est Merlot, fit Capestan en décrochant.

– Jacovitch n'est presque pas sorti.

– Presque ? soupira la commissaire.

– Il est allé acheter du pain et se promener.

– C'est le boulanger qui l'a identifié ?

– Absolument !

– Et la promenade, combien ?

– Une bonne heure.

– Seul, sans témoin ?

– En quelque sorte.

– Oui ou non ?

– Oui.

Capestan prit une profonde inspiration. Elle se serait tapé dessus. Le calcul était rapide.

– Avec la ligne 11, ça laisse largement le temps de venir, tuer et repartir.

Rosière fit glisser ses colliers entre ses doigts, les égrenant tels des bouliers à minutes :

– Il faut compter aussi le temps d'espionnage. Notre siphonné a dû identifier quelqu'un qu'on connaissait et attendre qu'il passe sous notre pif. Ça ne s'improvise pas. Et pour le coup, une heure, c'est peanuts.

Le raisonnement se tenait. Mais le siphonné en question avait peut-être disposé de tout son temps.

– Merlot, tu as lâché la surveillance ce matin, mais hier, est-ce que tu t'es autorisé quelques pauses bistrot ou roupillon ?

– Absolument. Une pause bistrot de dix minutes, toutes les heures. Mais le café donne pile sur son allée, donc il ne peut pas sortir dans la rue sans que je le voie depuis le comptoir, j'ai mes méthodes !

– OK. Donc si je résume, ça peut être lui, mais c'est pas sûr. On aura bien avancé. Lebreton est avec vous ?

– Non, il est parti directement chez Jacovitch et, pour un grand gars flegmatique, il semblait très énervé.

21.

Lebreton frappa trois coups autoritaires à la porte, qui vibra sur ses gonds. Roland Jacovitch ouvrit presque aussitôt, le visage indifférent et le corps perdu dans un long gilet gris poché aux manches. Il tenait un vieux Nikon, dont il nettoyait l'objectif avec une microfibre.

Le commandant observa l'homme sur lequel il enquêtait sans l'avoir jamais rencontré. Il évalua sa carrure, prenant les mesures pour sa fiche anthropométrique personnelle. Puis il débrancha sa conscience et laissa l'instinct se gorger de la première impression, celle qu'il faut corriger pour ne pas céder aux préjugés, mais conserver dans ce qu'elle absorbe de micro-expressions, tensions, phéromones à peine perceptibles par le cerveau. Les sens enregistraient, le reptilien s'adaptait.

Lassitude dans le masque, instabilité dans le mouvement, défiance dans le muscle et la sudation. Jacovitch n'était pas tranquille. Soit parce qu'il devinait une visite de la police, soit parce qu'il venait d'assassiner une femme par pur plaisir du jeu.

Sans s'encombrer de formule de politesse, le commandant tendit le cliché de Claudie étendue sur le sol.

– Commandant Lebreton, police judiciaire. Vous connaissez ?

Jacovitch, après un bref recul de surprise, se pencha sur la photo, laissant apparaître une tonsure sur le haut du crâne.

– Le photographe ou le sujet ?

– Je vous conseille de la jouer autrement, répondit Lebreton sans varier d'un ton.

– Je ne la connais pas.

Évidemment. Mais Capestan, elle, la connaissait et cela avait peut-être suffi à la Main de Dieu. La Main de Dieu qui avait osé tuer à nouveau, alors qu'il se savait démasqué, repéré parmi les seringues, la Main de Dieu qui signait et se moquait. Qui utilisait sa fille comme alibi. Mais aujourd'hui, il ne pourrait pas. En chemin, Lebreton avait appelé Emma Ferney et s'était assuré qu'elle n'avait pas vu son père de la journée.

– Où étiez-vous ce matin ? demanda le commandant.

Roland Jacovitch soupira.

– Ici. Jusqu'à dix heures environ. Après je suis allé me promener, comme chaque jour.

Jacovitch observa une courte pause et, sans lâcher sa microfibre, il désigna Claudie du poing.

– C'est pas moi qui ai fait ça.

Lebreton rangea la photo dans la poche intérieure de sa veste.

– Je vais rentrer un moment et vous allez tout me répéter.

La Main de Dieu fit la moue, mais céda le passage, pointant le salon de sa chiffonnette :

– Entrez, je vous en prie.

Dans la grande pièce dénudée, Roland Jacovitch se dirigea directement vers un fauteuil rouge au pied d'une fenêtre à meneaux, la seule dont les volets n'étaient pas clos. Il régnait ici une odeur d'abandon, d'attente. L'appartement avait été nettoyé, il était habité, mais aucun cœur n'y battait. Jacovitch avait le sang froid et immobile. Pourtant à le voir trôner ainsi sur son velours, Lebreton discerna un frémissement sous la carapace molle.

Les questions du commandant se firent plus précises pour circonstancier l'emploi du temps et dénicher les incohérences. Au début Jacovitch répondit, sans développer mais sans esquiver non plus. Puis, avec comme une envie d'en découdre tapie derrière les gestes mesurés, il s'était mis à dérouler un flux de contradictions sans cesser de nettoyer son appareil photo.

Lebreton avait du mal à lire sa partition. Le suspect se baladait entre récriminations d'innocence et scénographie de dément, sur un balancier qui n'obéissait à aucune logique apparente.

Est-ce qu'un tel psychopathe pouvait se perdre lui-même dans son jeu ?

Lebreton renonça à l'écouter, pour se concentrer sur le décor. Il se leva, tourna lentement dans la pièce, étudiant les cadres accrochés aux murs. Des clichés en noir et blanc, en couleurs, reportages de guerre. Les Balkans, estima Lebreton. Des photos d'Emma enfant, aussi. Et deux clous aux murs sans rien de suspendu. Le commandant nota alors l'absence de Branka Jacovitch. La mère n'apparaissait nulle part. Elle avait été effacée, avait disparu même des souvenirs.

– Pourquoi vous avez pris le nom de votre femme ?

Roland Jacovitch recula dans son siège, surpris que la conversation quitte le terrain des meurtres et des alibis.

– Ça, ça me regarde.

– Non, passé un certain nombre de victimes, tout concerne la police. Alors pourquoi ? Vous aviez d'autres crimes à cacher ?

Après la découverte de ce nom de mariage, la brigade avait procédé à des recherches avec son état civil de jeune homme : Roland Molinaro. Elle avait abouti à un casier judiciaire vierge et un parcours sans tache de photographe-reporter de guerre. Après avoir travaillé quelques années pour l'AFP, il était devenu freelance et avait un peu pigé pour des magazines lifestyle. Tous les témoins de son passé s'accordaient sur son tempérament aimable, le tueur en série se cachait de nouveau dans la peau d'un voisin sans histoires.

– J'ai avoué tous les meurtres que j'avais à avouer.

– Où est passée votre femme ?

– Je ne sais pas. Elle nous a quittés, il y a plus de vingt ans.

Le commandant commençait à en avoir assez du discours de surface. Il était temps d'actionner les brise-glace.

– Elle ne vous a pas quitté, vous l'avez assassinée.

– Jamais ! Je n'aurais jamais fait ça.

Lebreton venait d'entendre le premier accent de vérité de toute la journée. Les premières bulles éclataient sous le gel. Le policier poussa l'avantage :

– Non, c'était un accident, ça arrive.

– Je n'ai pas tué ma femme, je vous dis.

La voix de Jacovitch quittait le ronron des phrases toutes faites, elle s'animait, se réchauffait, entrait enfin dans la conversation.

– Si elle n'est pas morte, alors elle a abandonné votre fille ? fit Lebreton, suffisamment sceptique pour en devenir accusateur.

– Non ! Enfin si. Si bien sûr. Je ne sais pas pourquoi elle n'est jamais revenue.

Deuxième accent de vérité. Et d'une certaine détresse. Le commandant se rapprocha, il se tenait maintenant debout au centre de la grande pièce vide. Pointe d'un compas qui mesurait la tristesse comme la colère grimpante.

– Ça dépend sûrement de pourquoi elle est partie…

Jacovitch referma les valves, ses lèvres se pincèrent sur ses canines déchaussées.

– On ne s'entendait plus, on se disputait souvent.

Retour du mensonge et du message calibré. Cet homme avait aimé sa femme et il l'aimait encore quand elle était morte. Y avait-il eu crime passionnel, comme on disait de ces brutes qui battent leurs compagnes ? Ou était-elle vraiment partie ? Pour lui échapper ? Le commandant donna un nouveau coup de piolet pour craqueler la gangue.

– Vous étiez en prison, elle savait que vous étiez un tueur en série. C'est normal qu'elle ne soit pas venue. Elle avait peur.

– Oui, c'est sûr, admit la Main de Dieu en serrant les dents.

Non, il ne trouvait pas ça normal, Lebreton l'entendait. Jacovitch en voulait à son épouse. De quoi ? Est-ce qu'elle aurait pu être au courant, le couvrir pendant des années, par terreur ou indifférence, puis profiter de son emprisonnement pour fuir ?

– Aucune femme ne viendrait visiter un type comme vous. Sauf si elle est complice. Elle savait ? Elle fournissait l'Immobilon peut-être.

– Non ! Elle n'a jamais rien su.

– Mais dans ce cas, pourquoi ne pas revenir au moins pour votre fille. Elle ne l'aurait pas laissée seule alors que vous n'étiez plus là.

– Je ne comprends pas, je vous assure, fit Jacovitch en reposant son appareil rutilant sur le tabouret qui lui servait de guéridon à côté du fauteuil.

– C'est parce que ça la soulageait de vous savoir en taule. Elle était enfin libre, sans boulet. Ni vous ni sa fille.

Jacovitch bondit de son fauteuil, les mains tendues, et attrapa Lebreton au cou, serrant de toutes ses forces. Sous l'effet de la surprise, le commandant faillit tomber à la renverse, mais il avait l'avantage du poids et, d'un pas de côté, il se rétablit. Il saisit les poignets de Jacovitch et les tordit pour le faire céder. Mais la Main de Dieu ne lâchait rien, ses yeux rouges brillaient de rage, il étranglait Lebreton avec une fureur qui dépassait de loin la simple réaction à une phrase de travers. Il semblait en transe et recouvrait en direct son costume d'assassin. L'idée que l'homme cherche réellement à le tuer et transporte du poison sur lui traversa soudain l'esprit du commandant. Le Glock pesait dans le holster contre son flanc, mais Lebreton répugnait à l'utiliser, il opta pour un puissant coup de genoux entre les jambes. Souffle coupé, l'œil stupéfait, Jacovitch s'écroula.

Lebreton, les mains sur les cuisses, reprit sa respiration à grandes goulées. Puis il se redressa lentement et ramena ses cheveux en arrière. À ses pieds, la Main de Dieu se tenait toujours l'entrejambe, les yeux dans le vague. Le commandant pouvait l'embarquer sur-le-champ, retour à la case centrale. Il lui laissa cependant le temps de recouvrir un minimum de force, de quoi se lever et marcher, plutôt que de se laisser traîner à terre.

Alors que le son des respirations sifflantes emplissait la pièce, Lebreton pivota pour se rapprocher des cadres de nouveau. Il voulait revenir à une photo qui sortait du lot, en couleurs. Prise depuis le cœur de la fosse, elle cadrait une scène rayée de projecteurs rouges et jaunes, avec, au centre, la silhouette de Bono, le pied du micro dans les mains, lunettes noires sur le visage.

– Parc des Princes ? demanda le policier autant que le fan, la voix encore rauque.

– Non, geignit Jacovitch. Espace Grammont, Montpellier.

Lebreton fronça les sourcils. Il se pencha encore sur le cliché, qui était signé et daté.

Et ça changeait tout.

J'avais une quinzaine d'années quand j'ai acheté une grosse loupe de bureau. Dessous, une à une, j'ai glissé mes photos d'enfance, pour tenter de distinguer le visage du serial killer. Sur les images, il est gentil, drôle, ou un peu sévère parce que je rechigne à finir du bon merlu, mais il est père. L'appareil a saisi cette vie-là.

Pourtant, quand on avait débarrassé la table et qu'il remettait son veston, cet homme partait tuer des femmes. Comment ai-je pu frôler ce gouffre sans le voir, sans le ressentir et m'en épouvanter ? J'étais gavée de confiance.

Je pense souvent aux enfants des victimes. Est-ce qu'ils se disent « Je suis la fille ou le fils de la victime » ? Ont-ils honte ? Sont-ils plus en colère que moi ? Plus tristes et misérables que moi ? Veulent-ils eux aussi avoir la chance de vivre une autre vie que celle d'héritier d'un fait divers ? Combien sont-ils quand je suis seule ?

22.

Dans le métro, José Torrez aurait aimé relire ses fiches, mais il était compressé contre la vitre du wagon, à quinze centimètres du lapin qui lui conseillait de ne pas mettre sa main sur la porte ou il se ferait pincer très fort. Le lieutenant leva le menton, ils étaient à Reuilly-Diderot, plus que cinq arrêts pour Château-de-Vincennes. Un incident voyageur sur la ligne 1 avait porté les rames à la surcharge. À chaque station, broyés par l'heure de pointe et leur journée de travail, les usagers subissaient les campagnes d'affichage étalant malades, enfants et animaux souffrants, qu'ils étaient impuissants à sauver.

La guerre en Ukraine s'était installée. Torrez le père de famille en cauchemardait chaque soir, en secret. Il voyait défiler les femmes et les enfants, longues cohortes de cibles pour l'armée russe et l'internationale des mafias de traite d'humains. Alors que les hommes étaient condamnés à défendre leur bout de territoire, les épouses, elles, devaient protéger leurs vies et celles de leurs enfants, leurs corps et ceux de leurs enfants, contre l'envahisseur, l'inévitable barbare. Et elles échouaient le plus souvent par l'éternelle et inégale répartition des forces, du nombre et des armes. Pourtant ce serait encore le courage des hommes qui serait hissé aux frontons des monuments, le courage de ceux qui possèdent un fusil pour se défendre et moitié moins de prédateurs à combattre.

À Nation, les correspondances aspirèrent la moitié des voyageurs et Torrez put enfin respirer et essuyer son front transpirant. Il se demanda comment Branka Jacovitch était arrivée en France, et pourquoi. Il se nota la question dans son calepin. Le lieutenant espérait obtenir un peu plus d'infos sur cette femme grâce au vétérinaire qu'il allait rencontrer. Ils ne savaient pratiquement rien d'elle, les dossiers d'instruction renfermaient peu d'éléments et la police débordée n'avait finalement pas beaucoup creusé cette histoire de disparition. Torrez craignait que ce ne soit trop flou ou lointain dans la mémoire de l'ancien employeur de Branka. Ça datait, et se souvenir d'un état d'esprit, de changements d'attitude ou d'une éventuelle nervosité plus de vingt ans après relevait de l'improbable. Mais il fallait tenter le coup.

Château-de-Vincennes. Torrez emprunta le couloir jusqu'à l'escalier de sortie et s'éleva enfin à l'air libre. Il laissa la haute forteresse médiévale et ses donjons flamboyants sur sa droite et traversa pour rejoindre les rues pavées du centre-ville. La clinique se situait dans la deuxième artère à gauche, rue du Midi.

Sur les deux larges vitrines, des films autocollants présentaient des chiens et des chats tout heureux de se faire opérer de la patte. Une sonnette en hauteur permettait de réclamer l'ouverture de la porte. Dans la salle d'attente, une femme retenait entre ses genoux un cocker qu'elle semblait considérer comme féroce, alors que dans l'angle opposé un homme agitait un index rassurant entre les mailles du sac de transport de son chat.

Torrez s'avança vers le comptoir d'accueil et s'annonça auprès d'une jeune femme en blouse blanche, dont l'aimable sourire étalait quantité de piercings. Le docteur Tisserant remontait de chirurgie à l'instant, il allait le recevoir dans une minute.

En effet, une minute plus tard, Torrez pénétrait dans une vaste salle au vitrage opaque, où un homme à la blouse bleue constellée de traces de sang et de bave l'attendait en rangeant de la main gauche des instruments dans leurs tiroirs métalliques. Dans la main droite, il tenait un hamster roux dont seules les joues et les deux incisives dépassaient. L'homme, de taille moyenne, âgé d'une soixantaine d'années, portait ses cheveux blancs longs et noués en chignon, à la façon d'un samouraï. Ses moustaches et sa barbe étaient taillées aux ciseaux par un barbier qui n'avait rien à envier à Le Nôtre le maître jardinier. Il tourna ses lunettes à grosse monture d'écaille vers le lieutenant et le salua de la main qui serrait le hamster.

– Le monsieur de la police ! Bonjour, que puis-je pour vous ?

– Bonjour, je suis venu vous parler de Branka Jacovitch. Une vétérinaire qui a travaillé chez vous à la fin des années 90. Vous vous souvenez ?

– Bien sûr ! Comment l'oublier ? C'était terrible. Sa disparition, son mari, sa fille… Abominable cette histoire.

En plus, ils ont parlé d'Immobilon, je ne vous cache pas que ça nous a inquiétés.

Torrez roula ses larges épaules dans sa veste et opina sans sourire.

– Justement, vous avez pu retrouver le relevé de vos stocks ?

– Oui, je vous l'ai préparé. Mais il ne manquait pas une goutte, fit le vétérinaire en tendant une dizaine de pages agrafées entre elles.

– Merci, répondit Torrez en calant les feuillets sous son bras et en cochant une ligne dans son carnet. Je vous avais demandé si elle avait des déplacements professionnels dont vous vous souviendriez ?

Le lieutenant voulait vérifier si Jacovitch profitait des absences de sa femme pour aller assassiner en paix.

– Oui, aussi, confirma le docteur Tisserant en tendant une nouvelle liasse. Elle intervenait régulièrement dans des zoos.

La porte s'ouvrit soudain à la volée et un homme très brun, assez grand, âgé d'une quarantaine d'années et revêtu lui aussi d'une blouse bleue mais immaculée, les interrompit sans autre forme de procès :

– Dis donc, qu'est-ce qu'on fait, on les pique ? Ça fait quinze jours qu'ils sont là, ça suffit maintenant. Je viens encore d'essayer de joindre leur maître, ça ne répond pas. On va pas les garder éternellement.

Parfaitement indifférents à ce qui se jouait un mètre au-dessus d'eux, deux chats noirs se glissèrent dans la pièce et commencèrent à frôler murs et pieds de table.

– En plus, ils sont sauvages comme tout, personne n'en veut, ils refusent de s'approcher. Déjà que le noir, pour un chat…

Au même moment, les deux félins convergeaient vers les chevilles de Torrez et entreprenaient d'y laisser tout un panel d'odeurs en y frottant leurs cous.

Le deuxième vétérinaire sembla alors remarquer la présence de Torrez et leva vers lui deux yeux étonnés.

– Tiens, on dirait qu'ils vous ont reconnu.

– Ça va, vous n'allez pas me faire le coup vous aussi, grommela Torrez.

Le lieutenant souleva ses pieds, sans que cela ne décourage un instant l'affection des chats.

– Revenons-en au but de ma visite si ça ne vous ennuie pas.

– Non, non, je vous en prie, faites donc, fit le quadragénaire en agitant un poignet orné de plusieurs bracelets en cuir, en argent et en pierres semi-précieuses.

– Je parlais du docteur Jacovitch, elle…

– Une belle blonde, pas commode, mais très forte avec les animaux, fit le docteur Tisserant pour resituer.

– Ah oui, je me souviens. Très belle blonde même ! Moi, je la trouvais très sympa.

– Mais de quoi tu parles encore ? Ce besoin de la ramener, je te jure ! Tu ne l'as pas connue, Jacovitch, si je te dis qu'elle n'était pas commode, c'est qu'elle n'était pas commode. Un jour, elle m'a envoyé une agrafeuse dans la figure, j'ai cru qu'il faudrait recoudre.

Torrez plissa le front :

– Elle était brutale ?

– Plutôt. Je dirais même borderline et, honnêtement, elle ne buvait pas que de l'eau. Dès la fin de matinée, elle avait une haleine à deux grammes.

– N'importe quoi. Faut enlever ton pif de la bouche des collègues, peut-être. Parce que moi aussi, je serais une femme, il y a longtemps que je t'aurais envoyé l'agrafeuse et tout le tiroir papeterie dans la gueule. Vanessa, hier, m'a encore dit que tu…

– Si t'as quelque chose à me reprocher, coupa Tisserant, tu peux me le dire en face, tu sais.

Le hamster, agité, commençait à trouver le temps long dans la pogne du vétérinaire et cherchait à s'en extraire, la peau des joues remontant entre les doigts serrés.

– Je suis en face là, tu vois pas mes yeux ? rétorqua le brun, visage fermé.

Les chats postés à l'aplomb du rongeur feulèrent, avant de pivoter, faussement indifférents, pour mieux revenir.

– Ouais, tu profites de la présence de monsieur.

– Tu crois ?

Torrez, frustré de ne plus pouvoir en placer une, interrompit ce qui ressemblait à un énième affrontement pour revenir à son mouton.

– Elle avait toujours été agressive ou ça correspondait à une détérioration de son humeur ?

– Quand on l'a embauchée, ça allait, mais ses accès d'humeur s'étaient rapprochés les dernières semaines, c'est vrai. Elle était préoccupée, elle commettait des erreurs qui ne lui ressemblaient pas. Un ara a bien failli ne pas se réveiller d'une de ses anesthésies.

Le vétérinaire brun venait d'attraper un des chats sous une patte, mais l'animal se rebiffait, sortant les griffes.

– Elle vous avait prévenu d'un départ imminent ? poursuivit Torrez. Des signaux ont pu vous alerter ?

– Non. Honnêtement, non. Elle avait deux interventions prévues le jour où elle a disparu. On n'a pas compris ici.

– Tu parles…

– Tais-toi, toi.

– T'inquiète, je m'en vais, répondit le véto dont le badge sur la blouse annonçait également « docteur Tisserant ».

Le fils. À la réflexion, abstraction faite de la pilosité, les deux hommes se ressemblaient beaucoup en effet. Le plus jeune se tourna vers Torrez et soupira, amer :

– Il ne peut pas s'empêcher de draguer, il est toujours persuadé de plaire. La vérité, c'est qu'elle n'a jamais été bien ici. Vous ne les voulez pas ces chats ?

– Non, non, c'est bon, j'ai déjà sept enfants, râla Torrez en secouant la tête.

– C'est dommage, ils ont l'air de vous aimer. Sinon, je les pique, moi, fit Tisserant fils en quittant la pièce.

Quelques minutes plus tard, Torrez ressortait en comparant le planning des déplacements de Branka Jacovitch avec celui des meurtres. Près de la moitié des dates correspondait : une information capitale qui pouvait donner lieu à plusieurs interprétations. En revanche, pour l'Immobilon, ce n'est pas là que le tueur s'était servi.

Torrez ne savait trop que penser du témoignage du vétérinaire. Branka était-elle en effet sujette à des accès de violence, avait-elle l'alcool agressif, ou était-ce la vision d'un bourrin éconduit, comme le prétendait son propre fils ?

Le capitaine avait besoin d'un temps pour faire le tri. Il avait la sensation de rater une énormité. Il soupira et se baissa pour saisir l'anse d'une caisse flambant neuve, dans laquelle deux chats noirs ronronnaient, bien contents de leur sort.

23.

Marcus referma sa boîte mail sur la tablette. Il venait de répondre à une pile de quinze courriers de reproches, de pressions, d'injonctions, de questions. Il avait déjà dû s'appuyer les appels téléphoniques du préfet et du ministère de l'Intérieur, mais aussi ceux du ministère de la Culture, de la chambre de commerce et de tous les journalistes avec qui il avait fait copain-copain au temps où il soignait sa communication ascensionnelle. Cette histoire de piqûres tenait pour moitié de la psychose, mais les rares traces réellement relevées venaient soutenir et alimenter encore l'épouvante. Les boîtes de nuit déjà éprouvées par le Covid menaçaient de s'effondrer sous ce nouveau coup, les festivals essuyaient les annulations, même les bars tremblaient désormais. Jusqu'à récemment, on avait juste observé des nausées, des vertiges. Mais maintenant des meurtres ! Tout le monde se déchaînait et tout le monde aboutissait sur sa ligne de portable à lui. Marcus prit une profonde inspiration et ferma les yeux quelques instants. Quand il les rouvrit, il sourit, contemplant son tout nouvel appartement.

Marcus aimait les grands volumes et cette lumière qui traversait les hautes fenêtres pour se refléter avec éclat sur les tapis blancs. Des canapés aux rideaux, le mobilier était entièrement blanc également, avec quelques nuances d'ivoire, de craie et de crème. Des meubles travaillés par des artisans renommés, mixés à des archives de designers : le bon goût brillait de mur à mur dans un luxe de modernité qui ravissait le divisionnaire.

D'un geste aguerri il saisit le dernier-né des iPhone et effleura l'icône Maison pour régler l'intensité du ruban lumineux Nanoleaf et baisser la climatisation d'un degré.

Sa superbe femme était à son cours de céramique et, en cette fin de journée très chargée, Marcus savoura sa solitude, la paix de son univers zen. Il s'allongea dans son canapé d'angle pour jouir pleinement de l'acoustique cristalline des enceintes connectées.

– Dis Siri, commanda-t-il à son HomePod, mets-moi le dernier son de Martin Solveig.

Après un discret grésillement d'ambiance, les premières notes retentirent des quatre coins de la pièce en un véritable torrent de trompettes et de synthé, puis une grosse voix rigolarde claironna : « Approchez ! Approchez ! On va danser le *Big Bisou*, embrassez-vous ! »

Et le chœur d'ajouter : « Big bisou, tagada tagada, Big bisou, tagada tagada… »

24.

– Ha ha ha, non mais regarde sa tête !

Dax pleurait de rire devant son Mac. Lewitz, à l'unisson, hennissait comme une hyène en tapant l'épaule de son copain. Sur l'écran, l'image à gros pixels du piratage des caméras de surveillance tremblait un peu mais permettait de profiter d'un gros plan réjouissant.

– Écoute, écoute ! Il supplie Siri de changer ! Ça y est, il s'énerve.

Marcus fixait son téléphone portable avec une rage déconcertée. Il appuyait, slippait, éteignait, redémarrait, sans que cela ne change quoi que ce soit au comportement de ses appareils. Il avait beau réclamer Biolay, Imagine Dragons ou Radio classique, Siri ne voulait rien comprendre.

– Envoie Patrick Sébastien, *Les Serviettes*…

Dax cliqua sur Deezer et aussitôt le regard affolé de Marcus les fit de nouveau exploser de rire.

– Qu'est-ce que vous faites ? demanda Rosière, prête à rire elle aussi.

– On lui passe le goût du Wi-Fi de l'immeuble.

– Hé, hé, ricana Rosière, beau boulot les gars, bravo ! Les autres sont là ?

Lewitz indiqua le couloir du pouce, en avertissant la capitaine :

– Mais il y a Torrez avec eux.

Dans la salle de billard, Capestan, les cheveux attachés en queue-de-cheval, jouait contre elle-même. Elle avait déclenché le chronomètre et essayait de descendre sous les six minutes pour rentrer les quinze billes. La guerre des nerfs entamée par la brigade contre Marcus la faisait sourire, mais, sur le fond, cette histoire d'appartement la mettait en rogne. Capestan ne supportait pas de se faire avoir. D'abord parce qu'elle appréciait moyennement qu'on la prenne pour une imbécile et ensuite parce que, malgré sa condition de flic, elle croyait en un monde dans lequel on pouvait se faire confiance les uns les autres. Et elle détestait que le premier blaireau venu jette son parpaing dans le lac. Mais ce que la commissaire regrettait plus que tout, ce n'était ni l'entourloupe, ni la vexation, ni le fait qu'un grand directeur doute à ce point de sa perspicacité. Non, c'était que cette arnaque confisque toute l'énergie de sa colère, toute l'inventivité de son équipe, privant ainsi l'enquête de ses meilleures chances. Ils fonçaient dans une ambulance et au lieu de tenir le volant, ils regardaient par la vitre. Capestan tentait donc d'oublier le directeur. Il ne perdait rien pour attendre bien sûr, mais elle avait d'abord la charge de victimes passées et à venir. Aussi, à chaque bouillonnement, elle restaurait sa concentration en vidant ses pensées sur le billard.

Sur le comptoir, son expresso refroidissait à côté du thé noir de Torrez.

Le lieutenant, lui, comparait l'ADN de Jacovitch reçu une heure auparavant des États-Unis avec ceux relevés sur les différentes scènes de crime.

– Y a rien qui corresponde, fit-il en reposant la liasse de documents sur le bar.

Il saisit son mug de thé et souffla dessus, plus par habitude que par nécessité, puis se replongea dans les plannings de Branka en espérant manifestement une épiphanie.

Lebreton, en entrant dans la pièce, eut un léger mouvement de recul à la vue de Torrez, mais, comme pour l'effacer, il gagna le comptoir d'une enjambée décidée. Rosière entra à sa suite, presque dans son dos, plaçant un corps entre elle et la Scoumoune.

– Je sors des bureaux de *Rock & Folk*, commença Lebreton. Quand je suis allé parler à Jacovitch, j'ai remarqué une photo d'un concert de U2. C'est lui qui l'a prise.

Anne Capestan releva sa canne de billard afin d'écouter, saisissant machinalement le dé de bleu pour en frotter l'embout.

– Et ?

– C'était à Montpellier, le soir du 15 septembre 1997.

– C'est le soir d'un meurtre, ça ? réagit Capestan.

– Oui, le troisième, à Paris. Le cliché fait partie d'une série parue dans le magazine, l'ancien rédacteur en chef m'a confirmé qu'il avait envoyé Jacovitch en remplacement de son reporter habituel. Pour ce matin, le meurtre de Claudie, il n'a pas d'alibi en revanche…

– À l'époque, il en avait un. Et il ne l'a pas dit.

– Exactement. Il protégeait quelqu'un.

Les policiers échangèrent des regards, chacun voyant s'évanouir sa meilleure hypothèse pour une autre, moins séduisante.

Torrez attrapa une série de feuilles et sauta de son tabouret de bar pour les étaler sur le billard, avant de vite retourner en hauteur.

– Sa femme, il protégeait sa femme, bien sûr. Et si les déplacements de Branka correspondent à certains meurtres en région, ce n'est pas parce que lui en profitait, mais parce qu'*elle* en profitait.

– Il nous reste plus qu'à tout revérifier, maugréa Rosière qui semblait ne pas y croire. C'est vraiment elle qui butait d'autres nanas, vous pensez ? Parce que, dans le dossier d'instruction, souvenez-vous, c'est sans ambiguïté : on a relevé ses empreintes à lui sur le dernier meurtre.

Torrez opina pour confirmer. Il récupéra son mug sur le bar et le but d'un trait.

– Ou alors ils assassinaient à deux, dans le genre couple maléfique à la Fourniret ?

Lebreton songea à toute l'amertume qui suintait des murs de Roland Jacovitch sans aucune photo de son épouse. Et à la fois, il continuait de s'emporter à son évocation, à jurer qu'elle ne savait rien.

– Il a avoué tous les meurtres en tout cas, sans faire dans le détail, alors qu'elle disparaissait.

– Elle est restée planquée toutes ces années, pendant qu'il purgeait et assumait tout et, de nouveau, elle tue, puisque, de nouveau, il peut porter le chapeau, proposa Capestan.

– C'est quoi cette relation de couple, sérieux ? grommela Rosière. Elle le déteste au point de l'envoyer en prison, sans visite, et il l'aime au point de ne pas se servir d'un alibi pour la protéger ? Lequel est le plus taré des deux ?

– Tu crois que c'est elle qui tue aujourd'hui ? demanda Lebreton à Capestan. C'est pas simple de réussir une cavale, très peu y parviennent. Surtout pendant plus de vingt ans, et après avoir abandonné sa fille. Honnêtement, ça me paraît peu probable. Selon moi, elle est morte.

Capestan en convenait. Des cavales réussies, on en trouvait surtout dans les films. Cela nécessitait une préparation minutieuse, ce n'était pas une histoire de décision prise du jour au lendemain. Il fallait beaucoup d'argent, en liquide. Et les relevés bancaires du couple à l'époque n'avaient rien révélé d'extraordinaire. Et puis en effet, toute la solitude et la paranoïa qu'induisait une fuite au long cours étaient encore aggravées par l'existence d'un enfant laissé à son sort.

Et pourtant, quelqu'un tuait, en ce moment, dans Paris.

– En plus, ajouta Lebreton, les victimes ont décrit un homme.

Capestan réfléchit en faisant tourner le bleu dans sa main. Là, pour le coup, elle n'était plus d'accord.

– Non. Non, non. Il faudrait revérifier dans les P-V, mais les victimes évoquent une silhouette mince, d'un mètre soixante-dix environ, c'est tout. Ça matchait avec Jacovitch, on était contents. En plus, on a pu orienter en soumettant sa photo. Mais un mètre soixante-dix, pour une femme, ça colle sans problème. Il faudrait retourner voir Toupac et Piver, pour leur demander si ça leur semble possible que l'agresseur ait été une femme. Je me demande si elles sont toujours à l'hôpital.

Capestan fit défiler les contacts sur son smartphone et s'arrêta sur Beretti avant d'appuyer. La divisionnaire, le souffle court, répondit immédiatement :

– Oui, Capestan, du nouveau ? Dites-moi que vous avez du nouveau et dites-moi qu'il est menotté.

– Non, mais on progresse. On a peut-être deux tueurs.

– C'est pas un progrès du tout, ça, c'est une double chienlit, se renfrogna Beretti au bout du fil.

– J'admets. Mais pour être sûre, j'aurais besoin de parler aux survivantes, elles sont toujours à Lariboisière ?

– Non, elles ont pu rentrer. Elles se baladent encore avec une assistance respiratoire je crois, mais à domicile. Je vous envoie les adresses. Vous me tenez au courant après ? dit-elle en raccrochant avant même sa dernière syllabe.

– Oui. Merci, répondit Capestan.

Trois minutes plus tard, le téléphone bipait et sur l'écran s'affichaient les deux adresses. La commissaire jeta un œil à la pendule bleue qui trônait au-dessus du grand miroir Southern Comfort. Dix-neuf heures, c'était trop tard pour une visite à des convalescentes.

– Eva, on y va demain ? demanda la commissaire à la capitaine à ses côtés. Louis-Baptiste est grillé et Torrez est d'accrobranche pour l'anniversaire de sa fille.

– Oh, mais c'est dommage de ne pas aller chez les victimes avec Dax plutôt, il te soigne les susceptibilités aux petits oignons. Il aurait sans doute une remarque pertinente sur la toile cirée à fleufleurs ou l'épaisseur des couches confiance.

– Arrête Eva, sourit Capestan. Départ neuf heures ?

– Attends, attends. Parce que vous êtes bien mignons à résoudre une affaire déjà résolue il y a trente piges, mais moi j'étais sur les meurtres d'aujourd'hui et j'ai la fabrique du sweat.

– J'irai, fit Lebreton.

– Et je t'accompagnerai mon ami !

Les quatre policiers sursautèrent, Rosière laissant échapper un glapissement d'effroi. Saint-Lô se tenait assis sur le rebord de la fenêtre, une main serrant encore le filin d'un grappin ayant sûrement appartenu au groupe varappe de la BRB, l'autre main faisant tournoyer un large chapeau pour saluer ses compagnons de la brigade. Il souriait, tel le Belmondo de *Cartouche*, la moustache frisant de joie, l'une de ses longues cuissardes noires pendant dans l'appartement et l'autre pliée, le talon appuyé contre le chambranle.

– Saint-Lô ! s'écrièrent Capestan, Rosière, Lebreton, en retenant un réflexe d'embrassade de peur qu'il ne tombe à la renverse.

Torrez, bien qu'heureux, se contenta d'un signe de la main avant de quitter la pièce, persuadé que sa simple présence allait provoquer ladite chute.

– Qu'est-ce que tu fais là, ils t'ont laissé sortir ? demanda Lebreton.

– Tu t'es évadé ? questionna Rosière avec malice.

D'un mouvement sec du poignet, Saint-Lô décrocha son grappin, avant de se laisser glisser dans la salle de billard.

– Non, point du tout, ma gaillarde, mais je me suis faufilé par le fenestrou tandis qu'aucun coquin n'y reluquait, fit-il avec un clin d'œil à l'intention de Rosière. Nous avons une belle affaire criminelle à ce que j'ois, vous allez me la conter devant la repue du soir.

J'avais peur de tout, chaque protection qui tombait était un enfer à venir, il fallait rester forte, barricader, couper les membres morts, éloigner les menaces.

Enfant, je passais l'été à plonger mon corps dans les eaux scintillantes de l'Adriatique et, quand je me suis réveillée femme, les cadavres flottaient sur la mer. On m'a chassée, pour un bébé, on m'a chassée et j'ai survécu. Je croyais être yougoslave, mais en réalité, même croate, je ne l'étais pas.

Je crois que c'est comme ça que je suis devenue le serial killer.

25.

Chez Ségolène Toupac, au 18, chaussée de la Muette dans le 16e, Capestan et Rosière avaient été accueillies par une garde-malade qui, télécommande à la main, leur avait ouvert la porte avec agacement. Elle avait une série en cours, les policiers l'interrompaient, ce que ne se permettait pas sa patiente qui passait quatre-vingt-quinze pour cent de sa journée à dormir. Si elles voulaient repasser, ce serait entre trois et quatre heures du matin, où soudain quelques minutes de lucidité tenaient Mme Toupac éveillée.

Capestan et Rosière avaient décliné et opté, à regret, pour la seconde adresse, celle de Petra Piver.

– Merde, c'est à perpète.

– Gouvieux, c'est pas loin, Eva, t'exagères. C'est à côté de Chantilly.

– Ben, faut prendre la bagnole. Moi, ça me fatigue de conduire, maintenant.

– Non, il y a un train gare du Nord, regarde, fit Capestan qui avait ouvert Citymapper. On en a pour vingt minutes.

– Et une fois là-bas, on finit le trajet en poney ?

Après une heure d'embouteillages à écouter les podcasts de son fils, Rosière ralentit dans une rue pavillonnaire et gara sa DS devant une maison de taille modeste. La façade, bien entretenue, avait été repeinte dans un ton brique éclatant.

Alors que les policières s'apprêtaient à sonner, la porte s'ouvrit sur une convalescente manifestement en pleine forme, cabas sur l'épaule.

– Qu'est-ce que vous faites là, vous ? fut sa salutation du jour.

– Bonjour madame, commissaire Capestan et capitaine Rosière, PJ de Paris. On a quelques questions à vous poser, on ne vous dérange pas ?

– Ben si, vous voyez bien que j'allais faire mes courses. Mais y a mon fils à l'intérieur, vous n'avez qu'à rentrer et vous lui demanderez à lui, grogna la dame en poussant le bras de Capestan pour forcer le passage.

En latérale de basket, Capestan, le visage invariablement aimable, glissa un pas de côté pour fermer l'angle.

– C'est vous qui avez été agressée, c'est vous que nous venons entendre.

– Si c'était pour entendre, vous pouviez téléphoner.

– Je commence à regretter en effet, reconnut Rosière en étouffant un bâillement.

Mais Capestan avait besoin de voir et d'écouter en direct, les informations purement auditives ne parvenaient pas pleinement à son cerveau. Sans le soutien de l'image, Capestan se sentait amputée, elle n'aimait ni le téléphone, ni la lecture à voix haute, ni la radio, ni bien sûr les podcasts du fils de Rosière, ce qu'elle se gardait bien d'avouer. À chaque fois que Capestan avait appelé pour interroger un témoin, elle avait manqué quelque chose. La commissaire était une femme du réel ou de la fiction, mais ce qui se situait entre les deux, le virtuel, les réseaux, les ondes, ne captait jamais qu'une infime partie de son attention.

Et là, sensation concrète par exemple, Piver se révélait aussi pénible que le rapportait sa légende.

– Bon, madame, nous sommes au milieu d'une enquête criminelle, d'autres femmes ont eu moins de chance que vous et sont décédées : pour éviter qu'il y en ait d'autres, je vous demande de bien vouloir nous recevoir…

Alors que Petra Piver s'apprêtait à protester, Capestan leva une paume impérieuse et haussa la voix pour couvrir toute récrimination :

– … de préférence maintenant, car nous sortons d'une heure de voiture et je ne me sens pas encline à repartir bredouille sous prétexte de vous laisser faire vos emplettes. À ce que je constate d'ailleurs, ça va mieux, sachez que je m'en réjouis, conclut Capestan dont l'attitude corporelle décidée fit reculer le témoin jusque dans son entrée.

Après un soupir, Mme Piver déposa son large sac sur la console du couloir et, tournant le dos, elle traîna des pieds jusque dans son salon où les policières la suivirent sans y avoir été véritablement invitées.

La pièce était entièrement remplie de hiboux. Des hiboux et des chouettes de toutes tailles, en plâtre, en résine, en paille, en plastique, sur des étagères dédiées, dans les rayonnages de la bibliothèque vitrée, sur les coussins brodés, imprimés sur les rideaux et en motifs géométriques sur le tapis. Trois spécimens empaillés se dressaient sur une branche arrimée à la tringle à rideaux dans l'angle droit. L'un d'eux, ailes écartées, œil rond et menaçant, semblait prêt à fondre sur le café que l'hôtesse venait de servir à regret aux policières.

– Il doit être froid, il est dans ma cafetière depuis ce matin. J'ai pas de sucre, j'en prends pas. Il est pas là votre imbécile de collègue ? dit Piver en appuyant sèchement sur la télécommande pour allumer LCI sans même y jeter un coup d'œil.

– Non, il est resté au commissariat, répondit Rosière par réflexe au lieu de défendre l'honneur de Dax. Vous collectionnez les hiboux ? poursuivit-elle à voix forte, avec un effort d'amabilité.

– Non, je collectionne les œufs Fabergé mais je les planque dans des chouettes pour pas qu'on me les pique. Bien sûr, que je collectionne les hiboux. Je comprends que vous n'ayez encore arrêté personne avec des questions pareilles, vous avez un sacré sens des déductions dans la police, ironisa Mme Piver dans un rire qui provoqua une quinte de toux. J'aime les hiboux, parce que c'est beau, gracieux, mystérieux. Rien à voir avec tous ces chats, ces chiens, ces chevaux même, fit-elle avec un mouvement d'humeur qui désignait le vaste dehors et toutes les écuries de Chantilly. Bon, vous n'êtes pas venues parler de mes marottes, j'imagine. Sans vouloir vous presser, la boucherie ferme à treize heures.

La télé en fond sonore agaçait Capestan qui prit sur elle pour rassembler ses esprits.

– Bien sûr. Je sais que vous ne vous souvenez pas bien, mais…

– Oh mais ça va pas recommencer avec vos insinuations désagréables. Ça se voit, que je suis pas gâteuse quand même !

– Je n'ai jamais insinué le contraire…

– Oui, ben si vous croyez que votre collègue s'est gêné ! Je me souviens de tout et y a rien à se souvenir. C'est pas un oubli, c'est une réalité. J'ai éprouvé une sensation en effet, mais bien avant de manquer d'air. J'ai été effleurée cinq bonnes minutes avant, mais c'est pas le genre de détail auquel on prête attention devant les Galeries Lafayette.

L'œil rond du hibou sur sa branche mettait Capestan au défi de répondre à cette évidence.

– Je comprends. Néanmoins, vous avez évoqué une silhouette d'un mètre soixante-dix et j'aimerais aujourd'hui que vous convoquiez vos cinq sens. Replacez-vous dans votre corps à cet instant-là. Étiez-vous entourée de gens plus grands, plus petits ? Gros ? Minces ? Jeune, vieux ? Y avait-il une odeur de sueur ou de parfum ? Féminin peut-être ou plutôt masculin ?

– C'est une femme ?

– Je ne sais pas, c'est à vous que je demande.

La commissaire ne voulait pas trop orienter les questions pour ne pas induire les réponses, mais elle avait besoin que la victime repense les différents aspects. Souriante malgré le ton rogue de son interlocutrice, la commissaire plongea les yeux dans ceux de Mme Piver, qui se floutèrent un instant et partirent explorer sa mémoire.

– Dans mon souvenir, tout est moyen autour de moi, ni grand, ni petit, ni gros, ni maigre, ni jeune, ni vieux. Mais un parfum féminin pourquoi pas, en effet. Même si devant les portes des Galeries…

– Vous n'étiez pas côté beauté et parfumerie, vous étiez devant le magasin général.

– Oui, alors, oui, un parfum. Mais ça pouvait être n'importe qui autour, objecta Petra Piver, visiblement contrariée.

Capestan se demanda si l'hypothèse d'avoir été ainsi agressée et diminuée par une congénère plutôt qu'un costaud n'était pas en train de vexer l'acariâtre. Cette dernière avait manifestement du mal à l'admettre, mais l'idée gagnait sa raison avec de plus en plus de force : elle s'était fait descendre par plus petite qu'elle. On pouvait distinguer le cheminement de l'offense dans le pincement d'amertume au coin des lèvres.

La commissaire eut soudain la certitude qu'elle ne s'était pas déplacée en vain. Le tueur en série était bien une tueuse.

– Bonjour mesdames, salua un homme d'une trentaine d'années avec une amabilité qui n'aurait pas pu l'associer à sa mère.

Ses grands yeux, ronds et bruns, surmontés de sourcils broussailleux, dominaient un nez petit et pointu. À défaut de ressembler à sa mère, il ressemblait à un hibou, pour compenser peut-être.

Le visage ouvert, il s'avança dans la pièce et tendit une main affable à Capestan, qui se leva de son fauteuil pour la serrer, et à Rosière, qui resta enfoncée dans le sien à bâiller comme un hippopotame en son bassin. La commissaire allait devoir conduire au retour si ça continuait, pensa-t-elle en étouffant elle-même un bâillement. L'homme, l'œil amusé, couvrit à son tour de la main sa bouche grande ouverte et commenta avec bonne humeur :

– Un bon bâilleur en fait bâiller sept, dit-il alors que sa mère, bec fermé, entendait ne céder en rien.

Il portait avec une certaine élégance une veste de costume noire en lin, sur un jean et une chemise blanche légère. Sur sa cravate Harry Potter, les petites chouettes Hedwige trahissaient la probabilité d'une offrande maternelle.

– Je vois que maman vous a servi son essence de pneu, mais préférez-vous un café correct ? Je m'en fais couler un pour ma thermos, proposa-t-il en agitant une gourde isotherme qui, avec son logo du British Museum, avait miraculeusement échappé à l'obsession.

– Non, merci, nous avons terminé, répondit Capestan sous l'œil courroucé des hiboux et le verbe virulent du journaliste télé.

– J'espère bien, il me reste à peine trente minutes pour aller à la boucherie.

D'un pouce autoritaire, Piver coupa la chique des intervenants plateaux et se leva à son tour.

– Voulez-vous qu'on vous dépose ? invita Rosière, la paupière lourde, tout en se dirigeant vers l'entrée.

Droite comme un I, son cabas déjà sur l'épaule, Petra Piver déclina avec humeur.

– Je sais marcher.

– Vous vous remettez bien, observa Capestan pour partir sur une note positive.

– Vous trouvez ? Je suis restée une semaine à l'hosto et j'ai arrêté de me trimballer ma bouteille d'oxygène hier seulement. Je tousse encore au moindre effort, et vous trouvez que ça va ?

– Pas du tout, je…

Mme Piver claqua la porte derrière elle et descendit les trois marches du perron en grommelant.

– La police… Vous feriez mieux de trouver le coupable que de dire aux victimes qu'elles ne sont pas à plaindre !

26.

Torrez décrocha le mousqueton pour le clipser sur la ligne de vie de l'accrobranche. Il s'était senti ridicule à se harnacher ainsi pour se retrouver à deux petits mètres du sol, mais quand aux premiers rondins suspendus il avait failli vriller, les sangles en nylon lui avaient paru subitement adéquates. Ses six aînés filaient devant, enchaînant filets, cordes et tyroliennes, rapides comme le vent, alors que sa benjamine de huit ans, tout aussi agile, le pressait derrière.

Loin des arbres du Parc floral, son esprit continuait de buter sur les deux vétos, comme une mouche se cogne aux vitres dans la cuisine. Soudain le capitaine réalisa : le fils était bien trop jeune pour avoir connu Branka Jacovitch.

Mais de qui parlait-il alors ?

Torrez posa machinalement son pied sur la planche et aperçut le tronc couché. Un tunnel. Étroit. Le policier n'était pas sûr que ses épaules passeraient à l'intérieur et était tout à fait certain que ses genoux ne descendraient pas aussi bas. À cinquante ans, il avait des jambes et des bras de Playmobil : plus rien ne pliait.

– Papa ! Tu viens ? cria son fils loin devant.

Le filin d'acier trembla sous les doigts crispés. Torrez plaça toute sa concentration dans sa voix mâle de père responsable :

– Non, j'attends la petite !

27.

– Combien ? hurla Lebreton.

– Cinq ! beugla le vendeur en retour.

– Hein ?

– Cinq !

Le bruit de la machine à broder, estampillée Excellence 3000 Ultra Silence, aurait couvert le départ des 24 Heures du Mans. Le gérant de la boutique MixAndChic était penché sur son fil rouge et n'avait pas levé le nez depuis l'arrivée des policiers. Il avait plusieurs commandes de retard, alors on pouvait bien seringuer et assassiner dans tout Paris, il avait douze maillots des Red Sox à piquer, il piquerait douze maillots des Red Sox. Sous ses bras tatoués d'hirondelles, la sueur auréolait déjà son tee-shirt noir. Il portait une casquette de base-ball à l'envers pour ne pas être gêné par ses boucles brunes quand il travaillait.

– Qui est venu les chercher ? cria Lebreton.

La patience d'airain du commandant s'effritait désormais et, de ses phalanges serrées, il tapa un coup sec sur la banque d'accueil :

– Vous pouvez vous redresser ? On en a pour cinq minutes, mais c'est urgent.

Saint-Lô tira nerveusement sur ses longues moustaches et fit tourner sa canne entre ses doigts. Le sémillant capitaine n'avait nul besoin du moindre soutien pour galoper et l'ustensile renfermait en réalité une épée qu'il maniait avec une habileté sans équivalent. Le port d'une telle arme n'était bien entendu pas autorisé et, par réflexe, le cerveau de Lebreton ne pouvait s'empêcher de le relever, mais il avait depuis longtemps renoncé à s'en formaliser.

Le récent internement de Saint-Lô n'avait visiblement pas plus porté ses fruits que les précédents et le capitaine, pour une raison que tous ignoraient, à commencer sans doute par lui-même, continuait de se croire né à la fin du XVIe siècle et intégré à la police comme mousquetaire du roi. Ses anciens collègues de PJ, sachant que cela l'insupportait, le surnommaient d'Artagnan et avaient poussé la blague jusqu'à ajouter quatre cents ans d'ancienneté sur ses fiches RH, au grand désarroi de Buron, l'ancien directeur général.

– J'arrive, j'arrive, fit le vendeur sans bouger d'un iota.

– Tu vas répondre, maraud ! tonna soudain Saint-Lô en bondissant sur le comptoir.

Il dégaina son épée et, d'un seul mouvement leste, il sectionna les fils de la machine avant d'appuyer sur le bouton stop de la pointe de son arme. Il sauta à pieds joints à deux centimètres du gérant et posa la lame d'une dague, apparue comme par magie, sur son estomac.

– Qui ? Quelle adresse ? Et peins-nous un vivant portrait, ou je t'embroche !

Dix minutes plus tard, les deux policiers avaient obtenu toutes les informations nécessaires. Ils se tenaient sur le trottoir de la rue des Archives dans le haut Marais, devant la boutique d'impression qui occupait un long bâtiment bas, entièrement vitré. L'ombre était courte et Lebreton comme Saint-Lô collaient quasiment la vitrine pour se protéger d'un soleil brûlant. Du bout de sa canne, Saint-Lô désigna un café doté d'une terrasse abritée et dont la devanture de bois peinte en vert garantissait des « crêpes à toute heure ». Le demi-pression devait obéir aux mêmes horaires, se dit Lebreton, qui hocha la tête à l'intention de son collègue. Mus par le même instinct de survie, les deux hommes prirent un élan discret avant de s'élancer à l'assaut de la prochaine flaque d'ombre.

Une fois à l'abri sous la bâche rayée jaune, assis autour d'une table ronde, ils sourirent de contentement et attendirent en silence le passage de la serveuse, qui ne tarda pas à se planter devant eux.

– Une cervoise, je vous prie, gente demoiselle, commanda Saint-Lô.

– Deux, ajouta Lebreton.

Face au regard dépité de la jeune femme, qui en voyait d'autres, Saint-Lô capitula :

– Un godet de beaujolais.

– Un demi-pression. Et un cendrier s'il vous plaît.

Ils patientèrent encore jusqu'à l'arrivée de leurs verres et la première gorgée, pour enfin commenter ce que leur avait peu spontanément révélé l'imprimeur.

– Cinq sweat-shirts commandés au lieu d'un. Cela pourrait servir à noyer le poisson et tromper les caméras, sorte de tour à la Lupin.

– Oui-da. Mais les vêtements sont tous de même gabarit, ce peut être pour une seule personne qui ne veut point manquer. Le vilain tient à toute force à revêtir ce blason pour commettre sa forfaiture.

Lebreton sortit une cigarette de son paquet aux photos jurant qu'il allait le regretter. Il l'alluma à un briquet orange, qu'il reglissa à côté des Craven, et aspira une longue bouffée avant de ranger le tout dans sa poche.

– Le ou *la*, rappela le commandant en relâchant une volute de fumée. D'après l'imprimeur il ne symbolise rien de particulier, c'est une de leurs créations, ils voulaient un modèle à tonalité gothique parce qu'il y a une clientèle.

Sur le trottoir les piétons passaient au ras de leur table, avec autant d'indifférence que pour frôler du mobilier urbain.

– L'enlumineur s'est inspiré d'une imagerie ancienne qui le dépassait peut-être ?

– Peut-être. Enfin il n'y a ni main ni index ou pouce de Dieu dessus. C'est du vent. Commandé sur Internet, réglé en espèces par la poste, sous un faux nom évidemment.

– Mais point une fausse adresse, puisqu'il a bien fallu recueillir la marchandise. Allons compagnon, précipitonsnous à bride abattue ! fit Saint-Lô en sortant un billet de 20 euros du revers de sa manche. Aubergiste !

Lebreton écrasa son mégot, vida son verre d'un trait et remercia Saint-Lô qui, d'une main auguste, l'avait dissuadé de sortir son portefeuille.

– Je préviens Capestan, fit le commandant en déverrouillant son smartphone. Même s'il ne faut pas trop se faire d'illusion, on va sans doute tomber sur une boîte aux lettres fantôme.

3, place Gambetta dans le 20e. Était-ce l'adresse de Branka ?

Une heure plus tard, Lebreton et Saint-Lô attendaient une partie de l'équipe dans un appartement au deuxième étage d'un immeuble de la place Gambetta. Les lieux étaient vides, abandonnés depuis un moment déjà, et des panneaux de chantier à l'entrée annonçaient une réhabilitation imminente en un ensemble d'habitations, commerces et bureaux. Pour l'instant, ce n'était que désaffectation lugubre avec vue dégagée sur la large place arrondie du 20e arrondissement et sa fontaine monumentale de verre et d'acier.

Après avoir été annoncés par le raffut de leurs pas sur l'escalier de bois vieillissant, Capestan et Rosière, de retour de Gouvieux, débarquèrent à leur tour dans l'espace restreint du deux-pièces.

– Vous avez trouvé quelque chose ? demanda Capestan à Lebreton et Saint-Lô.

Après un coup d'œil circulaire, la commissaire, telle que ses collègues avant elle, se déplaça à la fenêtre comme aimantée par la vue joyeuse et ensoleillée. Les piétons allaient et venaient, évitant les vélos, patientant aux feux ou tentant des sprints hasardeux. Ils entraient dans les bars, la pharmacie, se dirigeaient vers le MK2 de la rue Belgrand ou plongeaient dans la station de métro devant la mairie. Un petit garçon, sans doute très impatient d'atteindre le kiosque à journaux, devançait sa mère de deux mètres. De là où elle était, Capestan put voir que la jeune femme haussait la voix pour rappeler le fugitif et sourit quand il s'arrêta en sautillant sur place.

– Non, on n'a rien trouvé à part ça, répondit Lebreton en désignant une gommette rouge sur l'encadrement de la fenêtre.

Capestan eut à peine détourné les yeux pour apercevoir la gommette que d'instinct elle se retourna sur la jeune mère au loin.

Avant même que la femme ne s'écroule sous le regard stupéfait de son fils, la commissaire se mit à crier.

– Non !

28.

Capestan bouscula ses collègues pour se ruer vers la sortie. En sueur, elle dévala les escaliers à une vitesse qu'elle n'aurait pas imaginée possible et sprinta vers la porte de l'immeuble, qui mit une éternité à obéir à l'impulsion du bouton électrique. La policière se faufila dans l'entrebâillement pour jaillir à l'air libre et traverser en un seul élan le trottoir, la rue et la place, grimpant sur le bassin de pierre, poussant les passants, enchaînant les écarts pour esquiver les voitures et vélos qui freinèrent dans une succession de crissements de pneus, de coups de klaxon et de tintements de sonnette.

Un cercle commençait à se former autour de la jeune mère à terre et de l'enfant en pleine panique, qui pleurait et regardait en l'air, les joues écarlates et baignées de grosses larmes rondes. Il cherchait désespérément une aide, une explication, quelqu'un qui lui dirait : « C'est rien, c'est rien, elle va se relever. »

– Poussez-vous ! Police ! aboya Capestan, en dégageant la foule.

Arrivée près de la femme, elle s'agenouilla et écarta avec délicatesse l'enfant en psalmodiant doucement : « C'est rien, c'est rien. » Elle essuya ses mains moites contre son pantalon de toile et épongea son front dans la manche de son tee-shirt. Puis, en inspirant, expirant profondément pour recouvrer une respiration calme et cesser de trembler, elle ouvrit le zip de la banane qu'elle portait serrée sous son bras. Elle saisit un petit coffret en aluminium matelassé qu'elle ouvrit avec précaution pour en retirer une seringue et un flacon dont elle aspira lentement un millilitre de produit. Après une nouvelle inspiration et une mise en apnée, avec le geste sûr de qui n'aura pas de seconde chance, la commissaire planta l'aiguille dans le torse et injecta d'une seule pression toute une dose d'antidote à l'Immobilon.

Le fils avait redoublé de pleurs en apercevant la piqûre, mais l'attention entière de Capestan était dédiée à la mère et à la reprise des signes vitaux. Quand la jeune femme respira de nouveau et retrouva enfin des couleurs, Capestan put pleinement relâcher son propre souffle. Ses oreilles se débouchèrent et elle perçut la sirène du SAMU qui se rapprochait. L'un des policiers de la brigade avait appelé le numéro mis en place par la commissaire en collaboration avec les pompiers après le meurtre de Claudie. Ça avait été une gageure d'obtenir suffisamment de doses de Revivon pour équiper à la fois les SAMU et la brigade en une seule journée, mais en cette minute où une femme rouvrait ses yeux sur le ciel de Paris, Capestan se serait félicitée cent fois si elle avait eu l'esprit à l'autocongratulation.

La policière rassura le petit garçon et, une fois que la maman fut totalement hors de danger, elle se leva pour survoler la foule du regard. L'adrénaline rétrécissait encore son champ de vision et pulsait derrière ses pupilles, la colère s'était glissée dans les artères, remplaçant la peur, bouillonnant à brûler les parois. La tueuse devait être loin depuis longtemps, mais Capestan la cherchait. Ce n'était pas un jeu de serial killer, c'était une guerre.

– Tu ne t'en tireras pas comme ça ! cria-t-elle à celle qui, quelque part, l'observait peut-être.

29.

Après avoir relevé les traces papillaires et prélevé les cheveux aux rares endroits que les Innocents étaient sûrs de ne pas avoir touchés, la brigade scientifique avait quitté les lieux, abandonnant l'appartement aux investigations de l'équipe de Capestan, que Dax, Lewitz et Evrard avaient rejointe.

Merlot était de nouveau délégué aux planques devant chez Roland Jacovitch, maintenant que la tension s'était relâchée sur ce suspect. Ce dernier n'avait pas bougé de la matinée.

La commissaire Beretti, que Capestan avait maintenue informée des différentes avancées de l'enquête, avait appelé pour passer un savon, ou plutôt une savonnette, faute de temps disponible. Le directeur Bourbon Marcus avait téléphoné à sa suite et Capestan l'avait senti, lui, beaucoup plus irrité, alors même que la commissaire avait sauvé la vie de la jeune mère. Il avait fini par se radoucir, s'inquiétant du confort de la brigade dans ses bureaux, s'enquérant de leur matériel et, surtout, de leur bonne réception Wi-Fi. S'abstenant de le rassurer sur ce dernier point, Capestan avait souri intérieurement avant de saluer le divisionnaire et de raccrocher.

Lebreton, mains dans les poches mais front soucieux, marchait dans la pièce. Il s'en voulait d'avoir mené la troupe dans ce piège, et Rosière avait beau lui rappeler que c'était elle qui avait identifié la boutique, le commandant ne se pardonnait pas ce piètre résultat.

– Il avait prévu nos mouvements…

– Elle, rappela Capestan. C'est sûrement l'épouse de Jacovitch puisque lui n'est pas sorti. Mais tu as raison, elle avait anticipé nos recherches et porté son sweat à dessein, attendant que le motif nous mène à la bonne adresse.

– Mais comment savait-elle qu'on y serait pile à ce moment-là ? Tu crois qu'elle nous suit ?

– Oui, sinon Claudie ne serait pas morte sous nos fenêtres. Elle faisait partie des rares à savoir qu'on enquête…

– Rares ? Y a un paquet de monde au courant, ma cocotte…

– Marcus ! C'est Marcus qui a fait le coup ! piailla Dax.

Rosière opéra un demi-tour brusque et froufroutant en direction du lieutenant :

– Pourquoi tu dis ça ? Tu as entendu quelque chose sur son HomePod ?

– Non, fit-il en secouant fort la tête. Mais à chaque fois qu'on a une affaire un peu importante, le coupable fait partie de notre entourage. Donc là, le seul nouveau, c'est lui.

Rosière, Capestan et Lebreton contemplèrent leur collègue en silence, puis sourirent doucement, semblant s'autoriser un temps de repos, cette pause dans le drame qu'imposait toujours la candeur du policier. Cet homme était précieux.

Lebreton fut le premier à reprendre :

– Mais elle ne peut pas nous suivre tout le temps. On la repérerait. Elle a dû monter un système d'alerte dans l'appartement. Il faut qu'on le trouve.

Aussitôt Lewitz fouilla les larges poches de son pantalon baggy pour en extraire loupes, lampes torches, aimants, détecteur de tension. Pendant ce temps, Lebreton poursuivait sa réflexion à voix haute.

– Elle avait anticipé nos investigations, car…

– … elle pariait sur notre intelligence, intervint Capestan qui n'avait pas quitté Dax des yeux.

– Comme dans les bouquins, nota Rosière. Les psychopathes adorent se mesurer aux cerveaux des policiers.

– Dans les bouquins. Parce que dans la vraie vie, ce sont des imbéciles la plupart du temps, nuança Lebreton. Tu vas pas me dire que Guy Georges, hein…

– Non, je vais pas le dire en effet, ricana Rosière en agitant son éventail jaune à plumes orange. Mais là, on parle d'une tronche qui connaît l'Immobilon, sait le doser, le manier, et a réussi à échapper à la police pendant des lustres. Et même à faire porter le chapeau à un gugusse qui ne la trahit pas. On n'est pas du tout dans la brute qui obéit à ses impulsions. Il y a du calcul, de la mise en scène, du raffinement. Pas de sadisme, certes, mais pas d'état d'âme non plus pour frapper une mère devant son fils. Je maintiens : nous sommes dans la configuration d'une joueuse, qui devance nos déductions, façon partie d'échecs.

– Oui, fit Capestan songeuse. Et on va lui changer les règles.

La voix chantante de la victoire résonna entre les cloisons :

– J'ai trouvé l'alarme !

Aussitôt Lebreton, Saint-Lô et Evrard rejoignirent Lewitz dans l'entrée. Le brigadier, heureux, désigna de son tournevis un fil détaché de son cache.

– C'était très bien masqué, mais ce n'est pas l'œuvre d'un pro. Le matériel ressemble à celui des boîtes de jeu Petit Scientifique de mon adolescence.

Lewitz, dont tout le monde attendait le fruit des connaissances avec impatience, savoura cette attention respectueuse et développa :

– Pour Noël, j'avais eu une fabrique d'alarmes électroniques lumineuses. Je me souviens, il y avait des minicircuits, des diodes rouges, une pince et des plans pour relier les fils. J'en avais installé une sur le tiroir de mon bureau et une à la porte de ma chambre.

– Ça marchait ? demanda Dax, intéressé.

– Non, pas bien, admit Lewitz encore vaguement déçu à cette évocation.

– Tu étais taillé pour une carrière de détective ou de surveillant pénitentiaire, plaisanta Evrard.

– Là, le système est plus élaboré que dans ma jeunesse, forcément, mais ça vient d'une boîte de modélisme, j'en mettrais ma main à couper. Attends ! fit Lewitz en engageant la pointe du tournevis dans la gaine du fil.

Il tira jusqu'à délivrer toute la longueur et aboutir à un petit boîtier calé dans un trou creusé sous une affiche. Avec précaution, il s'en empara et l'exposa dans sa paume, avant de l'examiner à la recherche d'une marque.

– Là ! Berki France.

Aussitôt la moitié de la brigade s'empara de son smartphone pour googler la marque.

– Ce sont des systèmes pour enfants, qui ont l'avantage de ne pas nécessiter de soudures… Regardez, leur boutique est à Montmartre. On y va, lança Evrard en saisissant son sac.

– Non, non, attendez !

La commissaire les avait rejoints dans l'entrée. D'un geste de la main, elle imposa le silence et s'approcha de Dax. D'un ton calme et lent, elle demanda :

– Toi Dax, tu ferais quoi ?

Le lieutenant rougit comme une pivoine au printemps. Sous l'effet de la pression, des gouttes de transpiration perlèrent à la racine de ses cheveux fixés par le gel.

– Heu… Je sais pas. J'irais à la quincaillerie, c'est eux qui vendent les caches pour les fils.

– Mais c'est complément con, observa Rosière.

– Non, c'est parfait, on va faire ça, décida Capestan.

30.

– Tu fais quoi, là, Anne ? demanda Rosière dans la file d'attente du Brico-Pro de la rue Orfila.

Autour d'elles des ouvriers de chantier en combinaison de travail étudiaient avec intérêt différentes épaisseurs de placo, un rayon plus loin deux jeunes filles étaient plantées devant un mur entier de vis, chevilles, écrous, discutant des meilleures correspondances. Le magasin bourdonnait d'activités et de bonnes intentions.

– La serial killer utilise notre intelligence pour nous faire tomber dans des traquenards. Si on devient bêtes, c'est elle qui est piégée. On n'est plus prévisibles, on n'aboutit pas aux mêmes endroits, elle ne peut plus nous devancer et attendre l'occasion de tuer.

– D'un autre côté, en achetant des clous au lieu d'interroger des témoins, on risque aussi de ne pas résoudre l'affaire et de laisser galoper la fumière.

– C'est un risque.

– À un meurtre par jour, c'est plus que ça.

Capestan se mordit l'intérieur de la joue. Rosière n'avait pas tort bien sûr, mais la brigade ne pouvait pas continuer de suivre docilement l'escape game d'une malade sans se rebeller.

– Madame, je peux vous aider ? demanda la quincaillière alors que Dax jouait de ses larges épaules dans la queue en s'excusant pour les rejoindre.

– Bonjour madame, commissaire Capestan, j'aimerais savoir si…

À l'évocation de la police, la vendeuse, cheveux blonds attachés en chignon, salopette bleue et visage avenant, s'était redressée pour marquer toute l'attention qu'elle comptait accorder à leur requête. Capestan hésita soudain, c'était tellement absurde qu'elle ne savait même pas comment poser la question. Dax, souriant et fier, l'encouragea avec force mouvements de menton.

– Est-ce que dernièrement quelqu'un d'environ un mètre soixante-dix est venu vous acheter de quoi installer des fils électriques autour d'une porte ?

– Pardon ?

– Dans un cache, gros comme ça, précisa Capestan en écartant le pouce et l'index d'un demi-centimètre.

– « Dernièrement », aujourd'hui ?

– Non, ce mois-ci. Sans doute une femme.

La quincaillière regarda la commissaire avec l'air de s'inquiéter pour la santé mentale de la police nationale. Mais comme Dax la fixait avec un espoir éclatant, elle consentit à répondre :

– Il suffit d'une baguette et de colle. Je dirais donc une bonne centaine.

– Merci beaucoup madame. Au revoir.

Dans la rue Orfila, le soleil et la chaleur faisaient luire les carrosseries des voitures garées le long du trottoir. Sur leur terrasse en bois, les chaises rouges du bistrot *Aux petits oignons* accueillaient les premiers affamés. La commissaire aurait tout donné pour trois expressos cul sec.

Dax, aussitôt sorti du magasin, se réjouit :

– T'as vu ? Cent ! On est carrément sur la bonne piste.

Capestan doutait évidemment de la méthode, mais ne voyait pas d'alternative. Rosière, qui avait assisté à l'échange avec la quincaillière en simulant un profond intérêt pour un pack de lampes torches à led, ne put retenir un commentaire :

– Anne, je ne me retape pas deux fois la même honte. On ne peut pas échapper à un minimum d'enquête sur l'appartement, dans…

– Je vais te dire comment ça va se passer, l'interrompit la commissaire.

Capestan désigna Dax de l'index et le lieutenant s'accrocha aussitôt à son smartphone pour exécuter les instructions au fur et à mesure.

– On va chercher à qui appartient le deux-pièces, ça va nous prendre un certain temps et on va finir par tomber sur Airbnb. On réclamera une commission rogatoire pour obtenir les données sur le locataire. Comme ça prend une éternité et que tout le monde tient à nous enquiquiner, on va finir par pirater le site et obtenir ainsi un nom et une adresse…

Dax transpirait comme un dingue sur son appareil, tapant, slippant, retapant.

– Yves Ledorat à Saint-Germain-en-Laye, 7, avenue Taillevent, annonça-t-il.

– … Et quand on se pointera là-bas, une gommette sanguinolente se foutra de nous. Et un autre corps tombera, parce qu'en obéissant à nos obligations, nous aurons obéi aux prévisions de la tueuse.

Rosière se tut, la moue sceptique, le collier cliquetant sous les ongles laqués. Capestan enfonça le clou :

– Je n'irai pas à Saint-Germain-en-Laye. Je ne visiterai pas non plus les magasins de modélisme, d'alarmes, de jouets. On pourra toujours visionner des heures de caméras de surveillance, mais ce ne sera pas la peine de s'exciter sur le moindre détail. Les scènes de crime sont des théâtres pour flics de Panurge. Je n'achèterai pas de billet.

Capestan observa une pause et posa la main sur l'épaule du lieutenant Dax à ses côtés.

– On doit penser autrement. Et pour ça, c'est lui le plus fort.

Elle sentit l'épaule se raffermir sous sa paume. Rosière soupira en levant les yeux au ciel. Puis elle se baissa pour gratter longuement le crâne de Pilou. Elle finit par se relever et demander :

– Dax, mon chou, tu ferais quoi, toi, maintenant ?

– J'irais bien prendre une douche.

On n'était pas arrivé, quand même, pensa Capestan.

– Non, je veux dire pour l'enquête, insista Rosière. Comment tu t'y prendrais pour choper notre salopard ?

– Ah.

Le lieutenant rougit de nouveau. Au bord de la panique, il pinça son nez de boxeur, puis une joie lumineuse détendit enfin son visage :

– Je louerais tous les appartements qu'Yves Ledorat de Saint-Germain-en-Laye a visités, comme ça il pourrait pas s'en servir pour tuer, il serait bien emmerdé.

Rosière rajusta machinalement le col de son chemisier de soie orangée.

– Les louer, je ne sais pas, mais étudier son historique, ça ne peut pas nuire

– Dax, c'est ton idée, c'est toi qui t'en charges, fit Capestan avant d'ajouter en souriant : Si tu veux prendre une douche avant, pas de problème, rien ne presse.

Néanmoins, Rosière avait raison sur un point : ils ne pouvaient pas se contenter de jouer l'immobilisme avec pour seul objectif d'éviter de marcher dans les pas du tueur. Capestan réfléchit un moment, suivant le trajet des passants en tenue légère sur le trottoir opposé.

– Il faut que notre force d'investigation s'exerce sur l'ancienne affaire. C'est elle la base. Nous devons trouver le péché originel. Qui tue et pourquoi : argent, jalousie, amour, vengeance ?

– On doit surtout retrouver la piste de la mère, mais on n'a toujours rien. Ça date du siècle dernier cette histoire, et même du millénaire dernier. Autant dire que le temps a éteint les témoins, vrillé les souvenirs et déchiré les documents, remarqua Rosière avec sa grandiloquence coutumière.

– Elle n'a jamais été déclarée décédée. Donc à l'époque, ils avaient dû lancer un avis de recherche, une alerte. Qui se chargeait de centraliser les renseignements ?

– L'OCDIP a gardé l'affaire un long moment, mais dans l'idée ils poursuivaient plutôt un cadavre : ils contactaient les hôpitaux, fouillaient les bois, les étangs, les décharges... Or à Paris, la Seine est large, les chantiers nombreux... Dans ces années-là, il n'y avait ni caméras ni instagrameurs : si tu voulais planquer un corps, ton gros enjeu c'était de pas croiser les voisins. La fliquette qui s'en occupait naviguait sans cesse entre deux cures de désintox, ça n'a pas dû aider. En plus, ils avaient leur coupable en prison et une grand-mère pour garder l'enfant, ils ont fini par abandonner. Ils n'ont pas vraiment creusé l'éventualité d'une cavale.

– J'aimerais bien qu'on lui parle, moi, à cette fliquette. On sait où elle est aujourd'hui ? Elle est toujours en exercice ?

– Il faut demander à Merlot, c'est lui qui était sur ce boulot.

Capestan sortit son mobile de la poche extérieure de sa banane et échangea une minute avec le capitaine qui tenait sa planque depuis le bistrot de la rue Pixérécourt. Elle raccrocha, embêtée, et prit le temps de ranger son téléphone avant d'annoncer la couleur :

– Elle est au château du Courbat.

Rosière, pâlissant sous le choc, se récria :

– Ah putain, non, moi j'y vais pas !

31.

Dans l'habitacle de la bagnole, le silence était opaque. Rosière caressait le dos de son chien comme pour le consoler d'un malheur, dont il se tamponnait bien la truffe. Lebreton, avec sa belle mine grave de dieu grec, conduisait en souplesse, la vitre ouverte pour laisser la fumée de sa Craven s'échapper et rejoindre les rares nuages qui cotonnaient dans le ciel.

Les policiers, moral en berne et trouillomètre à zéro, se rendaient au tristement fameux château de Courbat.

S'ils appartenaient eux-mêmes à une brigade de répudiés, flics au placard, méprisés et flemmards par mission, ils connaissaient un lieu où la police se vivait plus mal encore : l'ANAS Le Courbat. Un domaine perdu dans la campagne tourangelle. Ce centre de soins accueillait les flics au bout du rouleau, les burn-outés, les stressés-post-traumatisés, les toxicos, les désespérés qui envisageaient de manger leur flingue à chaque repas. Ici, une équipe de médecins, de psychiatres, d'ostéos, d'infirmiers de toutes sortes essayaient de les réparer. Quelques-uns s'en sortaient, pour quelque temps.

Lebreton quitta l'autoroute à Blois et enchaîna les départementales vers Le Liège. Là, ils roulèrent de plus en plus lentement jusqu'à une vaste forêt où se cachaient un château du XVIIe et son parc. On apercevait des terrains de volley et un centre équestre. Esprit Gîtes de France pour gueules cassées de la fonction publique.

Après avoir claqué la portière pour gagner le bâtiment principal, Rosière aperçut au loin un groupe de patients dans un garde-à-vous de guingois, qui répondaient à l'appel d'une voix éraillée. Dans leurs survêts et claquettes, ils se tenaient au bord d'un étang et Rosière se demanda si, avec tous ces candidats à la noyade, le choix de l'environnement était bien judicieux. Autant les pousser à la baille direct.

Ils longèrent ensuite diverses salles de soins jusqu'à aboutir au bureau d'accueil, où ils demandèrent à parler à la major Sylvie Rémi.

– Elle est à la piscine.

– Pardon ? laissa échapper Rosière en souriant.

– Pour la rééducation, répondit le monsieur que les guignols ne faisaient pas marrer, dans l'aile gauche.

– Merci beaucoup monsieur, conclut Lebreton en effleurant le coude d'Eva pour l'inviter à le suivre.

Au détour d'un couloir, ils découvrirent un atelier poterie. Un flic à moustaches donnait tout ce que la terre lui avait laissé de concentration pour cesser de trembler sur le tour, mais l'argile, pour la centième fois sans doute, fila entre ses doigts de dépressif pour gicler en crottes de lapin sur le sol maculé. Cet homme, qui ne s'était sans doute jamais emmerdé à regarder une assiette de toute son existence, semblait jouer sa vie sur la confection d'un vase. En dépassant la salle, Rosière entendit les mots apaisants de l'éducateur : il fallait respirer, de la glaise il y en aurait d'autre.

Elle se demanda si la policière serait capable de se souvenir de quoi que ce soit ; 1999 c'était loin. Certes, celle-ci avait mené plusieurs années de recherches, mais qui s'étaient révélées infructueuses, et la mémoire n'avait pas dû s'encombrer de tout ce temps perdu. Pourtant, quand on essaie de retrouver une femme sans doute en danger, peut-être morte, on s'accroche, on s'inquiète, et Rosière espérait que la frustration aurait laissé quelques traces.

Le bassin était vide d'occupants et l'eau parfaitement lisse. La lumière du jour se reflétait par endroits, mais dans cette transparence immobile, on distinguait nettement la faïence des carreaux et les lignes de nage au fond, noires. Le vert des pelouses et les arbres pimpants, derrière les baies vitrées cintrées, contrastaient avec l'œil triste et le dos voûté de Sylvie Rémi qui ceinturait son peignoir râpé. Cheveux courts, un peu gris d'aujourd'hui, un peu blonds d'hier, silhouette empâtée et visage bouffi, Sylvie avait cette dégaine des athlètes qui ont lâché l'affaire pour se consacrer à la bibine.

Les policiers s'approchèrent, se présentèrent et exposèrent le but de leur visite. Sylvie Rémi désigna une table basse et trois fauteuils en plastique dans lesquels ils s'installèrent. Rosière sortit son smartphone et le posa sur la table après avoir fait apparaître sur l'écran la page de notes contenant les dates et différentes références du dossier, et surtout la photo de l'épouse de la Main de Dieu.

– Branka Jacovitch, 1999. Vous étiez chargée des recherches, c'est bien ça ?

Sylvie se pencha brièvement sur l'image, puis se renfonça dans son siège.

– Oui. Je l'ai retrouvée d'ailleurs.

– Pardon ?

Deux cents pages de dossiers, et *ça* ce n'était noté nulle part ? Rosière fixa Sylvie Rémi sans comprendre.

– Mais je dirai rien.

– Quoi ?

Le visage parfaitement inexpressif, pas émue pour deux ronds, la major exposa son point de vue :

– Personne ne m'a écoutée à l'époque. Que la PJ se débrouille si elle est si maligne !

Lebreton haussa un sourcil, intrigué. Rosière agita la main en signe de dénégation.

– Vous savez, nous, la police, on en est à peine. Vous pouvez nous parler, personne ne nous écoutera non plus.

– Pourquoi ne vous a-t-on pas crue ? Elle était vivante ?

– Non, morte.

Rosière masqua un sursaut. Leur enquête misait sur une cinglée, pas un macchabée.

– Dans ce cas, reprit Lebreton patiemment, un corps est un corps, lorsqu'on le retrouve, ça se voit non ?

– Non. Pas forcément.

– Heu… si, fit Rosière.

– Non, des fois, il faut imaginer.

Rosière jeta un œil de côté, à la recherche d'indications médicales ou d'une boîte de médicaments.

– Déduire, insista Sylvie.

– Vous êtes singulière, fit Rosière pour amadouer son interlocutrice. Vous semblez penser très différemment des collègues.

Sylvie ne put s'empêcher d'opiner. Les marques de considération, les admirations voilées ne devaient pas lui tomber sur le museau tous les quatre matins.

– De l'Immobilon, c'est une arme de vétérinaire, on est d'accord ?

– On est d'accord, confirma Lebreton en se rapprochant.

– Il tuait des bonnes femmes par palettes, on est d'accord qu'il n'avait aucun respect pour rien ?

– On est totalement d'accord.

– Sa femme, elle disparaît. Alors deux solutions, fit Sylvie en tendant deux doigts gonflés, aux ongles jaunis par le tabac. Un, elle est vivante et dans ce cas quand le gars est en taule elle réapparaît pour récupérer sa fille, on est d'accord ?

– On est toujours d'accord, firent les deux policiers captivés.

– Deux, elle est morte. Mais ! fit Sylvie en levant un index qui exigeait une attention totale. Mais ! Mais il ne l'a pas tuée comme les autres, sinon on l'aurait ramassée sur un trottoir en insuffisance respiratoire. Son cadavre à elle, il n'a pas voulu nous le laisser. Peut-être pour que sa fille ne sache jamais qu'il avait assassiné aussi sa mère. Je ne sais pas trop quelles sont les raisons d'un taré pareil, toujours est-il qu'il n'a pas voulu l'exposer. Donc il a voulu la faire disparaître. On est d'accord ?

Rosière et Lebreton opinèrent mollement, se gardant de préciser qu'une troisième option leur était apparue : elle tuait par palettes équivalentes. Mais comme Sylvie ne reprenait pas, ils sentirent qu'ils ne s'en tireraient pas comme ça.

– On est d'accord.

– Je suis véto, je veux faire disparaître un corps, je fais quoi ?

Il n'y avait pas de figure de style, Sylvie avait l'air d'attendre réellement une réponse. Qui échappait à la capitaine.

– Je donne ma langue au chat.

– Non, sourit Sylvie, je donne mon cadavre aux lions.

– Hein ?

– Je le balance aux fauves du zoo de Vincennes.

Rosière et Lebreton, interdits, laissaient cette hypothèse cheminer jusqu'à leur cerveau. Lebreton fut le premier à aboutir à l'inévitable conclusion :

– Vous avez vu le corps dévoré par les lions ?

Le visage de Sylvie se ferma de nouveau.

– Non, je suis arrivée trop tard. J'ai juste vu des os.

D'un coup, le charme retomba. Rosière, déçue, s'assura malgré tout :

– En voyant des os dans l'enclos des lions, vous en avez déduit que c'était le corps de Branka Jacovitch ? Vous ne les avez pas fait analyser ?

Cette fois, Sylvie se renfrogna vraiment et Rosière sentit qu'elle risquait de la perdre.

– Allez, vous êtes comme les autres. Laissez-moi, lâcha Sylvie qui se releva en arrangeant les pans de son peignoir pour resserrer la ceinture.

– Non, non, je vous crois, fit Rosière en lui attrapant le poignet pour la retenir.

Le contact provoqua une décharge électrique dans le bras entier de Sylvie. Elle le retira sans ménagement, prête à baffer sans doute. Rosière leva deux paumes apaisantes :

– Je suis désolée.

Lebreton, de sa voix de basse à endormir les bébés tigres, appuya les excuses de la capitaine :

– Nous sommes désolés. Nous sommes venus vous écouter, pas vous juger. Nous serions les plus mal placés pour le faire. Le serial killer a repris ses activités, il assassine d'autres femmes qui n'ont rien demandé. Et il assassine autour de nous, on ne peut pas se permettre de suivre les pistes qu'il nous laisse aujourd'hui, ce serait au risque de tomber dans d'autres pièges. On est obligés de se raccrocher au passé.

– On est obligés de réparer les erreurs du passé. Et ne pas vous écouter en était une. Pourquoi ces os n'ont-ils pas été analysés ?

Sylvie se rassit avec l'air surtout de songer qu'elle n'avait rien de mieux à faire, aucune urgence, aucun intérêt pour rien, à quoi bon partir ?

– Ils ont été analysés. Mais pas tous. J'avais demandé aux soigneurs de récupérer l'ensemble des ossements de l'enclos. Quand je suis arrivée avec mon sac au labo, ils se sont foutus de moi. Il y a juste un collègue plus sympa que les autres qui a accepté de procéder aux analyses sur trois ossements. Au bout de deux jours les résultats sont tombés : bœuf et mouton. Évidemment il a refusé de poursuivre.

Rosière jeta un coup d'œil à Lebreton : ils s'étaient déplacés pour rien. Elle allait entamer un premier mouvement de départ, quand Sylvie précisa :

– Je les ai gardés. J'ai pas pu les jeter. Ils sont dans ma cave. Si vous les voulez, je vous file la clé.

Rosière n'osa pas dire non, pour ne pas la blesser, mais son hochement de tête, d'évidence, déprima leur interlocutrice.

– Ça fait des années que je dors au-dessus d'un tas d'os. Si je n'y croyais pas vraiment, je ne me serais pas imposé ça. Même les soigneurs ont reconnu que ça ne correspondait pas à ce qu'ils donnaient aux animaux. Mais non, rien à faire. Cette histoire continuera de me pourrir la vie encore des années.

Rosière réalisa qu'ils venaient de raviver une sale plaie sans le vouloir.

– C'est pour ça que vous êtes là...

– Ah non, non, non. Pas du tout, fit Sylvie avec un sourire tellement triste qu'il en devenait amusé. Non, ici, j'y suis à cause du Bataclan. J'étais dans les premières sur place après l'attentat.

La policière sembla s'extraire du présent, quitter les eaux de la piscine, le vert des arbres, la compagnie de ses interlocuteurs. Elle parla, comme répétant en boucle une histoire maintes fois confiée, espérant un jour la vider de son contenu.

– Dans une grande salle de spectacle comme ça, on croit qu'après les mitraillettes, le bruit de la mort, c'est le silence. Mais non. Le bruit de la mort, ce sont des centaines de portables qui vibrent près des corps, des centaines de familles qui ont écouté les infos et qui s'inquiètent et qui appellent. Comme personne ne répond, elles rappellent sans fin et les centaines de portables vibrent encore et encore. Ce son qui remplit l'espace, tous ces chagrins à venir, ces essaims, je les entends encore, même pendant mon sommeil.

Sylvie resta les yeux dans le vague un moment, avant d'exploser en larmes :

– Mais putain, pourquoi j'ai choisi ce métier !

Un long temps s'écoula sans que ni Rosière ni Lebreton ne tentent le moindre mouvement. Sylvie Rémi renifla, marmonnant à propos d'abeilles, avant de lever les yeux et de les découvrir à nouveau :

– Pourquoi vous êtes là vous déjà ? Ah oui. Jacovitch. Ça fait du bien de parler serial killer, remarque, ça rafraîchirait presque.

Elle se redressa totalement, essuya son nez et ses larmes dans sa manche de peignoir.

– Bref, on m'a retiré le dossier et je suis allée gratter des P-V au fond d'un bureau pendant quelques mois pour me faire oublier. Je ne sais pas si vous voyez le topo.

– Si, si, on voit très bien. Merci beaucoup, major. Et en effet, on veut bien la clé de votre cave.

Alors que les policiers s'apprêtaient à partir, le smartphone sur la table afficha Capestan en fond d'écran et se mit à vibrer. Rosière n'eut pas le temps de saisir l'appareil, Sylvie l'avait attrapé, jeté sur le carrelage avec rage et écrasé de sa claquette avant de shooter pour l'envoyer à l'eau.

Rosière, médusée, regarda son iPhone à mille boules couler au fond du bassin, sans rien oser dire.

32.

Le pin's de Totoro brillait comme un sou neuf sur la veste en jean de Joséphine. Elle portait sous le bras une reproduction du Fujiyama encadrée en blanc, qu'elle avait décrochée du mur de sa chambre pour illustrer son exposé sur le Japon. À chaque réveillon, il fallait lui offrir de nouveau le volcan, sous prétexte que c'était gage de bonheur pour l'année à venir. Anne Capestan se demandait parfois d'où sortait cette passion pour l'Empire du Soleil-Levant chez sa fille, qui avalait des mangas par bibliothèques entières et projetait de se rendre sur place dès que sa tirelire le lui permettrait – ce qui laissait un peu de marge pour préparer les valises.

Parfois aussi, Capestan songeait à sa grand-mère qui avait été prisonnière dans un camp en Indochine et vouait aux Japonais une haine tenace. Un jour où Joséphine brandissait son bonsaï d'anniversaire, son arrière-grand-mère avait douché son enthousiasme d'un : « Peuple de sadiques. Même leurs arbres ils les torturent. » Joséphine n'y était pas revenue, même si cela n'avait en rien entamé sa passion. La haine s'éteignait ainsi de génération en génération, jusqu'à s'effacer totalement et rendre les guerres plus absurdes encore. Pour quelques anciens qui sursautaient en entendant de l'allemand, combien d'étudiants Erasmus fous de joie ? Tout le monde s'étripait pour libérer Paris, et trois décennies plus tard des ados en voyage scolaire franco-allemand se coinçaient leurs appareils dentaires à force d'embrassades sur les autos-tamponneuses, parfaitement ignorants des terreurs de leurs parents.

Est-ce que deux générations suffisaient ? Une ?

– Maman, tu me rends mon cartable ?

– Ah oui, tu fais bien de me le rappeler.

Comme une fois sur deux, Capestan s'apprêtait à repartir avec le volumineux Eastpak jaune. Elle posa une bise inachevée sur les cheveux de sa fille qui se précipitait déjà dans la cour, et salua quelques parents avant de remonter la rue de la Verrerie pour gagner le commissariat.

Depuis l'entrée, elle entendit un brouhaha de conversations et, en pénétrant dans le grand salon, elle découvrit la moitié de sa brigade penchée au-dessus d'un grand sac de sport dont le zip ouvert dévoilait un enchevêtrement d'os de toutes tailles.

– Ça c'est du poulet, fit Dax.

– Un mètre au garrot, c'est un ptérodactyle ton poulet. Non, c'est du bœuf, argumenta Evrard.

– Pilou couché ! Va-t'en ! Non ! Repose ça tout de suite ! Pilou ! Je vais me fâcher.

Souriant de toutes ses dents, Capestan s'adressa à Rosière :

– T'as dévalisé le Muséum d'histoire naturelle ?

– Non, ce sont les restes de Branka Jacovitch.

Les yeux de Capestan s'arrondirent d'effroi :

– Tu plaisantes ? Qu'est-ce qu'ils font là ?

– Les restes supposés de Branka Jacovitch, corrigea Lebreton. C'était dans la cave de la flic chargée des recherches. Sur une intuition un rien obsessionnelle sans doute, elle en est arrivée à la conclusion que Jacovitch s'était débarrassé des restes de sa femme en les balançant aux fauves du zoo de Vincennes. Destin de véto ayant épousé un serial killer.

– Ça se tient, remarque. Et le sac ?

– Elle a fait récupérer les os dans la fosse aux lions, mais sur les premiers spécimens analysés, il n'y avait que du squelette animal, ils ont laissé tomber et l'ont traitée de frappadingue. La question, c'est : est-ce que nous aussi on veut passer pour des blaireaux en les donnant à analyser ?

Alors qu'un peu plus loin Saint-Lô jouait à lancer des fers à cheval autour de la bouteille de Merlot, Capestan arbora une moue de grosse indifférence à sa réputation. Elle demanda :

– C'est vous qui avez rencontré la frappadingue. Qu'est-ce que vous en dites ?

– Bof, on passe déjà pour des blaireaux, un peu plus, un peu moins…

– D'accord, j'appelle Beretti, décida la commissaire en glissant la main dans sa poche pour en retirer son portable.

Elle interrompit son geste :

– Attends, on pourrait opérer un tri préliminaire quand même, histoire de ne pas nous ridiculiser totalement. Quelqu'un connaît un médecin spécialisé, ou un paléontologue, pour sélectionner les plus humanoïdes ?

Dans un silence où chacun sondait sa mémoire sans rien y trouver d'autre que des copains flics et des amis barmen, la voix de Rosière s'éleva :

– Un paléontologue, non. Mais je connais un boucher.

Personne n'osa rien ajouter, dans l'attente de la réaction de Capestan. Rosière précisa :

– Rue Rambuteau, ils sont très aimables, très compétents, ils reconnaîtront sûrement les bêtes et, par élimination, n'est-ce pas…

– Excellente idée, Eva. Te voici officiellement en charge de la phase identification.

Une lumière clignota au-dessus de l'ordinateur de Dax qui bondit :

– Ils prennent leur café dans le canapé, vite ! Vite !

Aussitôt Evrard, Saint-Lô et Merlot accoururent, tandis que Lewitz et Rosière lâchèrent le sac, qu'ils abandonnèrent à son sort pour se précipiter vers l'écran. Après un temps, Rosière revint sur ses pas pour prendre Pilou dans ses bras avant qu'il ne rogne un fémur.

– Vas-y, vas-y, lance ! dit-elle alors que Lebreton et Capestan les rejoignaient à pas mesurés.

– Sur elle ou sur lui ? demanda Dax.

– Sur lui, voyons ! Elle n'y est pour rien sa femme, souffla la capitaine.

– Non, non ! objecta Evrard, sur elle, il se sentira encore plus mal, elle va le saouler pendant des mois !

Jouer le dommage collatéral n'était pas très fair-play et tout le monde regarda la lieutenante de travers.

– Oh ça va.

Les policiers se penchèrent sur l'écran où s'affichait en cinémascope le salon design du directeur Bourbon Marcus.

– Go ! fit Dax.

D'un clic de souris, l'ordinateur pirata l'interface connectée et lança l'aspirateur robot du divisionnaire. Comme par enchantement, l'appareil quitta son socle puis, tout en rondeur, zonzon décidé et brosse en avant, il se dirigea vers le tapis immaculé. La voix de Marcus jaillit des enceintes du Mac :

– Mais, qu'est-ce qui lui prend de démarrer tout seul, lui ?

Le robot accéléra alors en rase-motte, droit sur les pieds du directeur :

– Mais il m'attaque ! Le salaud, il m'attaque, c'est quoi ce bordel ?

Après un demi-tour plein de bips, l'aspirateur obliqua à pleine vitesse, hoquetant du moteur :

– Aaah, il vient vers moi ! Éteins-le ! Mais éteins-le ! glapit l'épouse de Marcus.

– Mais tu vois bien que je n'y arrive pas !

Des bruits de tibias qui cognent dans une table basse éclatèrent dans les haut-parleurs :

– Aïe, puis j'arrive pas à l'attraper, il bouge tout le temps ! Saloperie de robot !

– Toi et tes gadgets ! Ça marche jamais ces trucs !

– Mais si ! Si, ça marche, aïe ! C'est celui-là, ah putain il bouffe les fils de la télé ! Vite ! Ma télé !

– Maintenant ! ordonna Rosière.

Aussitôt les volets électriques descendirent de toutes les fenêtres en simultané, plongeant l'appartement dans le noir. La femme de Marcus passa directement à l'hystérie :

– Ahhhhh ! Mais c'est quoi ça encore ! Aaah je vois plus rien, fais quelque chose !

– Mais je fais, je fais, tu vois bien ! Mais je vois rien !

– Mais allume ! Bon sang, allume !

– Dis Siri ! Lumière ! Lumière ! Dis Siri ! S'il te plaît… Dis Siri allume, allume s'il te plaît, Siri ! Siri ! cria Marcus en se tapant le front contre sa bibliothèque.

Aussitôt Dax envoya les éclairages et rubans connectés de toutes les couleurs, qui se mirent à valser façon boule à facettes.

– Je remets *Big Bisou* ? demanda le lieutenant à Rosière, alors que les copains hennissaient de rire autour.

– Non. Non, je pense que ça ferait trop. Restons sobres, conseilla Rosière en écrasant une larme.

– En tout cas, le système son/vidéo, c'est de la supercame. La caméra embarquée sur l'aspirateur, elle rend vachement bien.

– La caméra embarquée ? demanda Capestan qui jusque-là s'était contentée de découvrir le dispositif en rigolant. Une caméra embarquée, Dax ?

Le lieutenant remua sur son fauteuil, un peu gêné.

– Oui, pas une GoPro, ce serait trop visible, c'est une mini mini mini…

– Mais vous êtes entrés chez le divisionnaire par effraction ?

– Très discrètement, on savait qu'il n'était pas là. Saint-Lô est passé par la fenêtre…, intervint Rosière.

– En rappel ? Discrètement ? Devant toute la place des Halles ?

– À nuit tombée, à nuit tombée, tempéra Saint-Lô en lissant sa moustache. Avec une cape grise, aucune difficulté.

Dans le haut-parleur, la voix de Marcus, au bord de renoncer, vibra de désarroi :

– Je ne comprends pas, je ne comprends pas…, admit-il épuisé en se laissant tomber sur son large pouf de cuir italien.

Un énorme *pfffffrouuuut* retentit.

– Ah ben ça va, te gêne pas !

– Mais c'est pas moi ! geignit le divisionnaire.

Dax regarda Capestan :

– Rosière a eu l'idée de coudre des coussins péteurs dans l'assise du pouf. Ça rend bien, hein ?

Je regarde autour de moi, en essayant de ne pas avoir l'air trop nerveuse. Je ne dois pas me faire remarquer. Pas encore. Je n'aurais même pas dû venir, pas avant la fin du procès. Mais je ne l'ai pas vue depuis un mois. Un mois sans ma fille, une éternité. Elle me manque, je rêve d'elle toutes les nuits, je pense à elle qui vient de perdre sa mère et son père en deux jours à peine. Sans savoir. On ne sait jamais quand la vie va basculer. Après. Après on se dit, ça, c'était le dernier bonheur et je le prenais pour du quotidien. Je me souviens, le mercredi on l'avait emmenée au Jardin d'Acclimatation, on lui avait acheté un ballon à l'hélium Dora l'exploratrice. Dans le parc, il nous avait paru grand, sans plus, mais une fois dans le métro il prenait la moitié du wagon, on avait tellement l'air de pigeons, elle était tellement fière de son trophée scintillant, on avait ri tous les trois. Elle était sur mes genoux, je tenais son ventre entre mes bras, je sentais sa joie contre moi. Et son père, debout devant nous pour faire rempart de son corps en cas de freinage, il tenait la barre au-dessus et souriait en regardant Emma.

Je ne peux pas m'enfuir sans elle. Ce sera plus dur, sans doute impossible, mais je dois l'emmener avec moi. Ou au moins lui dire que je suis là, que je suis vivante, que je ne suis pas à ses côtés, mais que je suis tout près. Que je la regarde grandir, qu'elle peut faire des petits signes dans la rue, je la verrai, je les recevrai, et que si des bisous volent ils seront pour ses joues.

Je ne l'ai pas abandonnée.

Je ne l'abandonne pas.

Elle doit le savoir.

On a survécu à tout, toutes les deux, ça ne peut pas finir comme ça.

La haute porte arrondie de l'école élémentaire de la rue de Romainville s'ouvre lentement. Une pluie parisienne, fine et grasse, mouille la façade de pierres et de briques. Sous l'auvent apparaît la directrice, qu'aujourd'hui je ne saluerai pas. Mme Chavent. Une grande femme mince aux cheveux blancs, qui se tient en mirador, avant d'autoriser à sortir les enfants dont elle a identifié parents et nounous. Ce n'est plus moi qu'elle cherche du regard mais ma belle-mère, voûtée sous son grand parapluie noir. Mon estomac est une boule dure.

Enfin la voilà, Emma, ma lumière, si étroite sous son cartable, un Tann's qu'on était allées lui acheter toutes les deux à la bagagerie pour sa rentrée de CP. Elle avait essayé toutes les couleurs, avec méthode, en se dévissant le cou pour comparer dans le miroir. Je sens encore la boucle cliquer sous mes doigts chaque soir, quand je refermais après avoir vérifié le contenu de la trousse et les mots du cahier de liaison.

Emma a vu sa grand-mère et pourtant son œil balaye les rangs clairsemés des parents. Elle me cherche encore. Son visage s'éteint et elle se dirige vers la mère de Roland.

Je suis dans le renfoncement d'une porte cochère. Je vais attendre que toutes les deux passent devant moi pour les appeler discrètement. Une fois à l'abri dans le hall d'immeuble, je demanderai à ma belle-mère de monter la garde, et je pourrai serrer Emma dans mes bras et lui parler d'avenir, de patience, et de tout l'amour du monde.

Elles ne sont plus qu'à quelques mètres, mon œil est fixé sur la frange, sur les couettes.

Mais mon oreille perçoit des pas dans l'escalier. Et quand mes reins sentent la lame du couteau s'enfoncer, il est trop tard, je suis morte.

33.

Le sac était beaucoup moins lourd qu'à l'aller.

Lebreton, Rosière et Pilou dépassèrent les immenses boyaux rouges et bleus du Centre Pompidou pour longer le MK2 et le Leroy Merlin de la place Beaubourg. Ils avaient profité de leur passage chez le boucher pour acheter deux poulets rôtis et des pommes de terre sautées qui agrémenteraient le déjeuner de la brigade. Dans leurs sachets de papier, les volailles chauffaient les mains du commandant Lebreton.

– On aurait dû prendre du gratin dauphinois en plus, tant qu'on y était, regretta Rosière.

– On en a mangé hier déjà. On fera des carottes râpées, ce sera très bien.

– Ouais, ouais, concéda la capitaine.

Elle s'arrêta quelques secondes, le temps de dérouler la laisse du poteau autour duquel Pilou venait de renifler une senteur manifestement inspirante, puis elle reprit sa marche en discutant.

– Sylvie Rémi avait peut-être raison : il a envoyé sa femme chez les fauves.

– Oui, il y a des chances, admit Lebreton. On va vite le savoir maintenant.

– Si je devais faire disparaître un corps, je sais pas trop comment je ferais, réfléchit Rosière à haute voix avant de ricaner : comme tout le monde, j'appellerais un copain pour m'aider à creuser.

– Et je te rendrais volontiers ce menu service Eva, mais c'est impossible de me joindre au milieu de la nuit pour enterrer un cadavre : j'éteins mon portable.

– Bon. Pour creuser, je pourrai toujours demander à Pilou.

– Ou à l'extrême limite, tu n'assassines personne.

– À la rigueur.

Ils traversèrent le boulevard de Sébastopol, puis tournèrent à gauche dans la rue Saint-Denis pour rejoindre la place des Innocents après une alternance quasi rythmique de vitrines de baskets et de friperies.

Précédé d'un Pilou saluant genoux et chaussettes, Lebreton s'approcha de Capestan et décrocha avec précaution le sac de son épaule pour le déposer sur le bureau métallique. Rosière le rejoignit et ouvrit la fermeture Éclair pour désigner un os fin et long :

– Le boucher nous a dit que, ça, il vendait pas.

Sur le visage de Capestan, l'éternel sourire fit place à une expression plus sombre. Elle se leva et referma le zip doucement, comme on scellerait la housse d'un cadavre en présence de la famille.

L'espace de quelques secondes, la policière oublia le tueur. Elle pensa à la mère, elle pensa à la fille. Elle souleva le sac de sport et le rangea dans l'angle, à l'abri derrière son bureau.

Puis l'enquête revint se placer au premier plan dans son esprit. Si l'os était d'origine humaine, alors sans doute s'étaient-ils trompés de suspecte : l'épouse de Jacovitch n'avait pas pu tuer. Pas ces derniers jours en tout cas. On en revenait à Jacovitch lui-même. Il avait avoué par le passé, il avait assassiné, preuves à l'appui, il était le serial killer et il ne fallait pas chercher plus loin. L'histoire du concert de U2 relevait de l'erreur, de la confusion de dates, Capestan et son équipe étaient allés trop vite en besogne en soupçonnant sa femme. Les solutions les plus simples, etc.

Pourtant une vague sensation de féminin ne quittait plus la commissaire. Était-ce la présence du poison, qu'on disait arme de prédilection des meurtrières ? En toutes choses, Capestan se méfiait des clichés et veillait à ne jamais les prendre pour des pressentiments. Elle ne pensait donc pas que cette idée ait pu l'influencer.

– OK, on va porter l'os à l'analyse alors, dit-elle en décrochant le téléphone fixe sur son bureau pour prévenir Beretti.

– Ça sent le poulet ou c'est moi ? demanda Lewitz, mains tendues vers les sachets de boucherie.

– Oui, et les patates, confirma Rosière, c'est à qui d'éplucher les carottes ?

Une heure plus tard, le déjeuner avalé, alors que Lebreton adossé au frigo feuilletait un journal titrant sur les seringues, les cadavres et « l'incapacité de la police à endiguer le phénomène », Lewitz, lui, peinait sur un texte de Henri Bergson auquel il ne comprenait strictement rien. Il y avait bien quelqu'un qui aurait pu lui expliquer les choses, mais il n'osait pas demander. Ou plutôt, il n'osait pas avouer son secret. Quinze ans qu'il se taisait, c'était bête de craquer si près du but. Mais il avait besoin d'aide. Le bricolage, la conduite, la cuisine, il avait tout appris tout seul, mais là, c'était vraiment difficile. Les *Passeports* troisième, seconde, première, qu'il achetait l'été en cachette depuis des années pour savoir ce que les autres apprenaient, ne suffisaient plus. Le problème, c'est que s'il parlait, surtout à elle, il allait se faire chambrer. Elle allait mettre toute la Terre au courant et cette fois ses copains le verraient bien qu'il ne l'avait pas, son bac.

Rosière, assise sur la terrasse, sermonnait Pilou qui regardait ailleurs, indifférent au bout de poulet gluant de bave qu'il venait de recracher. D'un coup, Lewitz se leva, marcha directement vers la capitaine, cahier en avant, et débita sa phrase en un seul souffle.

– Eva, je m'en sors pas et l'examen est dans dix jours. Le bac.

Rosière sursauta légèrement sur sa chaise. Elle fixa le brigadier, le texte, le brigadier, le texte. Un petit sourire avait éclos, mais elle l'effaça aussitôt en s'éclaircissant la gorge.

– Putain, Bergson, c'est pas de la tarte. Moi, c'est Descartes qui m'emmerdait.

Elle agita sa main pleine de bagues multicolores en direction de la chaise qui lui faisait face.

– Vas-y, fais voir. C'est quelle partie qui t'embrouille ?

Rosière n'avait pas ri, elle ne s'était pas moquée, elle avait ravalé sa surprise et lui expliquait comme s'il allait comprendre. Il avait perdu du temps à avoir peur d'elle.

Vingt minutes plus tard, Lewitz avait tout saisi de son texte. Dax et Saint-Lô, qui l'entouraient en finissant les crèmes caramel, aussi.

– Je vois pas pourquoi il rigole Bergson, c'est pas drôle du tout son truc, remarqua Dax.

Le lieutenant avait d'abord été stupéfait d'apprendre qu'il possédait des diplômes que d'autres gens n'avaient pas, puis l'étonnement passé, il s'était illico rangé aux côtés de son copain, intéressé par cette nouvelle quête.

– Point ne vaut notre bon Rabelais.

– Votre expertise sur les philosophes, mes choux, vous savez où vous…

– Moi, je peux t'aider en maths, proposa Dax.

– Moi en histoire, affirma Saint-Lô qui n'avait pas le bac non plus puisqu'à l'époque peu lui chalait l'instruction.

– Et toi ? fit Dax en avisant Capestan qui débarquait le front penché sur son téléphone.

– Moi j'enquête, répondit la commissaire manifestement absorbée par un mail. Les résultats viennent de tomber, le labo est formel : ce sont des os humains. Eva, Louis-Baptiste, vous préviendrez la major Sylvie Rémi à Courbat.

– Bien sûr, acquiesça Lebreton qui avait abandonné son journal et s'était redressé.

– Reste à savoir si cet humain est bien Branka Jacovitch. Ils extraient l'ADN, mais pour permettre l'identification, il va falloir le comparer avec celui de sa fille. J'ai rendez-vous avec elle dans une heure, j'en profiterai pour le prélever et l'envoyer au labo.

Capestan marqua un temps, fixant Lewitz sans le voir, avant de revenir à Rosière.

– En revanche, Eva, il y a certaines analyses que je préfère garder pour nous. Si tu le permets, on va poursuivre avec tes sources US.

– Bien sûr, pas de problème. On peut savoir pourquoi ?

Capestan dodelina de la tête, *a priori*, on pouvait savoir mais pas trop dans le détail.

– J'ai l'intention de ratisser beaucoup plus large qu'un juge d'instruction ne l'autoriserait et je ne veux pas perdre de temps en justifications superflues.

– On n'a plus l'habitude.

– Voilà, sourit la commissaire.

– Et comment vas-tu prélever ces merveilles de discrétion ?

– Avec la meilleure, répondit Capestan dans un brusque demi-tour.

Comme d'habitude trouver Evrard, même dans l'espace restreint d'un appartement, était une gageure. La pâle lieutenante, si ironiquement prénommée Blanche par des parents sans doute avides de calme, se fondait dans les décors comme une vive sur le sable. Son tempérament affirmé nichait dans une enveloppe translucide, plasma mouvant et silencieux. Un atout précieux pour qui aime bluffer, parier et disparaître.

Capestan finit par dénicher la jeune femme dans l'ombre de la salle de billard, assise dans un fauteuil et occupée à une réussite à double jeu de cinquante-quatre cartes.

– Blanche, je peux te voir une minute ? J'ai du boulot pour toi.

Evrard, immédiatement à l'écoute, leva le visage vers la commissaire.

– Bien sûr.

– Voilà, ça c'est la liste des ADN que je voudrais analyser, mais sans que les sujets ne l'apprennent. Donc je te laisse procéder comme tu l'entends. Peut-être que tu peux te déclarer pour un café informel, une donnée à vérifier, ou suivre les gens, t'introduire chez eux pour voler les brosses à cheveux... Si tu te fais gauler, pas de problème, je prends sur moi, mais...

– ... si personne ne me voit c'est mieux, conclut Evrard en survolant la liste du regard.

Elle émit un léger sifflement.

– Ah oui, ça fait un sacré panel.

– Il faut. Si, dans nos suspects, on commence à tomber sur des morts, il faut essayer tous les vivants. Le tueur nous piège, il nous surveille pendant qu'on compte les cadavres, il n'est pas loin. Lui et nous, on se connaît. J'ai donc besoin de l'ADN de tous les gens que la brigade a croisés pour pouvoir comparer avec ce qu'on recueille sur les scènes.

Les yeux toujours fixés sur la liste, Evrard demanda :

– OK, OK, mais pourquoi tu n'essaies pas officiellement ?

– Parce que c'est long et je ne fais plus confiance à personne.

– À part nous.

Capestan sourit.

– À part nous.

Evrard rassembla ses cartes sans même achever sa partie et, après en avoir tapoté la tranche contre la table, elle les replaça d'un geste familier dans une boîte de plexiglas et les empocha. Alors qu'elle s'apprêtait à partir, elle se plaqua brusquement au mur et une pièce porte-bonheur se matérialisa comme par magie entre ses doigts. Capestan tourna la tête vers la porte, sachant déjà qu'elle y apercevrait Torrez, la Scoumoune. Le lieutenant, embarrassé, s'écarta de deux bons mètres pour céder le passage à Evrard qui fila en le remerciant d'un hochement de tête. Il revint vers Capestan :

– J'arrive de l'école vétérinaire de Maisons-Alfort, j'ai vérifié : la fille, Emma Ferney, elle est véto.

– Quoi ? Mais je croyais qu'elle avait une clinique d'esthétique. T'avais checké après notre rencontre.

– Absolument, et je maintiens, elle a une clinique à Neuilly. N'empêche qu'elle a fait véto. Je suis allé à l'école avec une photo, la directrice l'a reconnue, aucune ambiguïté, elle est dans les registres.

Comme si cela faisait foi, et d'une certaine façon c'était le cas du moins pour Capestan, Torrez agita son petit carnet à spirale, dans lequel chaque mot des témoins devait être consigné avec précision. Il dépassa la commissaire pour gagner la machine à expresso derrière le grand bar de chêne lustré.

Tout en tassant le café dans la poignée porte-filtre, il entreprit de résumer le cheminement jusqu'à sa découverte :

– J'ai été bête. Quand je suis allé voir les deux vétos à Vincennes, je les ai regardés se disputer sans réagir. Ils parlaient tous les deux d'une Jacovitch. Sauf que ce n'était pas la même. Je n'ai réalisé que le lendemain que le fils était trop jeune pour avoir travaillé avec Branka au cabinet. Alors je l'ai appelé, et il m'a confirmé que, lui, parlait bien d'Emma. Il avait débarqué au milieu de notre conversation avec son père et avait naturellement songé à celle qu'il connaissait.

– Attends, attends, je ne comprends pas. Elles ont été élèves dans ce cabinet toutes les deux ? Emma y est allée exprès ?

De sa grosse pogne, Torrez verrouilla la poignée sur le percolateur et appuya sur le bouton, libérant aussitôt un arôme puissant et un bruit plus puissant encore. Il haussa la voix pour répondre :

– Non. Branka Jacovitch était diplômée de l'école de Zagreb, en Croatie, elle a travaillé chez eux en tant que docteur vétérinaire. Elle était employée par Tisserant, le père, de 1994 à 1999. Emma Ferney – Jacovitch à l'époque – a elle suivi son cursus dans l'école de Maisons-Alfort où enseigne occasionnellement Tisserant père et où Tisserant fils a étudié lui aussi. Je ne sais pas si Emma a délibérément choisi cette école en sachant qu'ils y étaient, ça, il faudra lui demander. Toujours est-il que le fils était en quatrième année quand Emma est arrivée en 2009. Il avait des vues sur elle, d'où son amertume quand le paternel a commencé à la draguer comme toutes ses étudiantes et stagiaires du cabinet.

Capestan se taisait, sans parvenir à détacher son regard de Torrez. La fille était vétérinaire. La fille avait donc eu accès à de l'Immobilon. Elle n'exerçait plus, mais n'avait rien signalé lorsqu'elle avait vu la police. Son père avait pu lui en voler pour relancer ses meurtres dès sa sortie de prison. Ou elle lui en avait délibérément fourni ? Comme l'alibi ? Ou elle était dingue elle aussi, meurtrière ? Ou ? Ou ? Ou ? Les hypothèses défilaient dans la tête de Capestan comme un millier de trains lancés à pleine vitesse entre ses deux oreilles. Il allait falloir faire le tri, peser le plausible, éliminer le fantasque et conserver le probable pour l'entretien qu'elle s'apprêtait à mener et qui venait de subir un brusque changement d'angle.

Mais qu'est-ce que c'était que cette famille ?

Torrez, sans cesser de regarder la commissaire, saisit la tasse d'expresso et souffla doucement sur la surface de mousse fine.

– Je sais. C'est le bordel.

J'enclenche la mèche de six dans le mandrin de la perceuse et savoure le clic du matériel de qualité. J'en pose l'extrémité sur la croix tracée au crayon, je démarre doucement puis je lance la percussion. Le doigt toujours sur la gâchette, je retire ensuite la mèche du mur. J'aime ce bruit de moteur. C'est le son de l'action et du renouveau.

Depuis des années, je bricole pour repartir de zéro. Je perce des trous pendant que, dans mes enceintes, Étienne Daho chante que c'est le premier jour du reste de ma vie. J'attends qu'un matin ce soit vrai, que le passé ait été englouti par l'achat d'un nouvel appartement, l'accrochage d'un autre tableau, le port d'un nouveau nom.

Je sélectionne une cheville dans la boîte de plastique transparente et la plante d'un seul coup de marteau. J'attrape la visseuse électrique dans ma poche de pantalon et j'enfonce la vis en laissant dépasser cinq millimètres. Pas plus, pas moins.

Et je positionne le cadre au verre brillant.

À chaque fois que je vois une photo d'elle, je me demande ce que ma mère est devenue, si elle est vraiment partie, si elle est vraiment morte. Je me demande ce que la guerre avait fait d'elle. Toutes ces images, ces points de bascule imprimés à l'intérieur des gens, alors qu'en dehors on ne distingue rien, à peine une cicatrice, quelques vaisseaux claqués par l'alcool. La vie suit son cours mais dedans tout s'est effondré, la maison insalubre pourrit l'âme qui y loge.

Et toi papa ? Tu n'en es pas arrivé là sans de bonnes raisons. Tout le monde hurlait au loup, au monstre, à l'assassin, mais il faut remettre les choses à leur place : tu n'as jamais tué d'enfant. Ça, ça aurait été affreux pour moi, je l'aurais pris personnellement, je crois. Mais tu n'as toujours visé que des adultes. Et les adultes sont forcément coupables. En tout cas, moi, je n'ai pas rencontré beaucoup d'innocents.

Je ne comprends pas pourquoi elle n'est pas revenue. Si c'est lui qu'elle a fui, pourquoi elle n'est pas revenue me chercher ? Est-ce qu'elle m'a abandonnée pour mieux vivre ailleurs ? Est-ce qu'elle a eu un accident ? Au collège, je baignais encore dans ces bouillons de questions. Je cherchais encore maman à la sortie.

La détresse avait creusé toutes mes défenses, m'élevant au rang de cible. La vie était devenue dure chez moi, alors elle est devenue dure dehors, l'éternelle double peine. Je rasais les murs. Et puis un jour, par miséreux réflexe, j'ai répondu : « Arrête, ou je le dis à mon père. »

Avec un papa serial killer, la menace s'est révélée sacrément efficace. Bien plus qu'avec un père policier. Soudain, je semais la terreur. J'étais toujours seule, mais plus personne ne s'avisait de me brimer. J'ai savouré, un peu, ce pouvoir du sang, l'atavisme des armes.

Avec mon aspirateur à main, j'ôte la poussière de plâtre sur la console et le parquet. Un coup de chiffon humide et il ne reste plus une trace. Tout est parfait.

Je distingue à peine ses traits sur l'image, le profil, les cheveux, mais je sais que c'est elle et ça me suffit.

Je range mes outils, maintenant je dois préparer le thé, un mélange subtil d'Earl Grey que Benoît me descend de Montmartre quand il y bosse. La cuisine est pleine de soleil. Sur l'îlot central, je dispose la théière et les tasses de porcelaine. L'horloge digitale du four indique 15 h 50, la policière ne devrait plus tarder.

Bien sûr, j'ai des choses à lui cacher, mais ça ne m'impressionne plus de mentir. Au fil des ans, c'est devenu un hobby. Une passion plutôt.

Au début, enfant, je m'inventais des copines qui riaient à mes blagues, me téléphonaient et me prêtaient le tee-shirt où Rihanna fait semblant d'avoir une moustache. Puis peu à peu, les mensonges sont sortis de ma tête pour aller se raconter aux gens. À chaque nouvelle ville, je me construisais un autre passé, un présent, j'enrichissais de tous ces détails qui sonnent vrai, j'y croyais moi-même comme on croit Jules Verne. Ça a fini par prendre beaucoup de place, ça remplis-

sait mon crâne, repoussant la réalité dans les angles morts.

Je ne suis pas vraiment mythomane, en tout cas, je ne suis pas folle. Je sais que je raconte n'importe quoi et je sais ce que j'en retire : l'attention, la consolation, la pommade en couche épaisse sur l'ego écorché. Cette folie était la seule façon de préserver le peu de santé mentale qui me restait. Le déni, solution à tout.

Dès que je suis découverte, qu'un soupçon de condescendance déforme le sourcil de mes interlocuteurs, je déménage, je me fabrique une nouvelle identité. Un jour j'ai lu l'histoire de ce type qui s'était fait arrêter à Tulle. Pendant un an, il avait exercé comme médecin urgentiste à l'hôpital, avec pour seul diplôme celui de surveillant de baignade. Il mimait le médecin, ça avait suffi. J'ai pensé que si c'était moi qui montais la clinique, aucune hiérarchie ne me dénoncerait. J'ai commencé petit. Un seul bloc, des piqûres de botox. Et aujourd'hui j'aide la moitié de Paris à mentir.

J'aurais préféré dire la vérité, j'ai toujours envié ceux qui pouvaient dire en toute banalité « mon père s'appelle Stéphane » ou « ma mère a cinquante ans ». Moi, mes phrases normales, il faut que je les invente.

Les trois notes aériennes de la sonnette d'entrée viennent me trouver dans la cuisine. La commissaire. Je me demande pourquoi elle veut me voir. La police sait tellement de choses que j'ignore.

Peut-être qu'elle a innocenté papa.

Ou qu'elle a retrouvé maman.

Ces deux espoirs ressurgissent à la moindre occasion, je ne peux pas les en empêcher. Je suis comme ces joueurs de loto qui cochent des grilles perdantes depuis vingt ans et continuent de vibrer tous les mercredis soir.

34.

Capestan avait d'abord prévu de venir seule, mais après les révélations de Torrez sur l'école véto, elle avait finalement décidé de s'adjoindre un deuxième regard qui, de préférence, n'avait encore jamais observé Emma. Cela excluait donc la Scoumoune. Comme Lebreton, amoureux de l'enquête méthodique, persistait à travailler sur l'alarme découverte place Gambetta, Capestan s'était naturellement tournée vers Rosière, qui avait pris son chien sous le bras sans discuter.

Quand Emma Ferney ouvrit la porte, elle sembla un peu surprise de les trouver à deux, mais se reprit vite et les invita d'un geste large à entrer dans son appartement. La jeune femme portait un pantalon à l'allure confortable mais élégant, assorti d'un tee-shirt blanc griffé et immaculé.

– J'ai préparé du thé, en voulez-vous ? J'ai aussi de la limonade, du Perrier, des jus de fruits…

– Un thé, volontiers, dit Capestan en acceptant le fauteuil qu'Emma lui désignait.

– Un Perrier pour moi, merci, fit Rosière en s'installant dans le siège d'à côté, Pilou rangé à ses pieds.

Capestan essayait de ne pas souiller le tapis moelleux de ses semelles pleines de Paris. Elle admira la grande pièce et ses portes-fenêtres ouvertes sur le ciel et les cimes du bois de Boulogne. Une légère odeur d'agrumes flottait dans le salon. Le cuir du fauteuil était souple sous la paume, on devait se sentir bien ici quand on n'était pas venu pour une audition dans une affaire de meurtres en série.

Emma disposa le verre d'eau pétillante et la tasse de fine porcelaine sur la table basse. Elle s'assit et, le débit impatient, posa elle-même la première question :

– Vous avez pu innocenter mon père ?

– Grâce à vos faux alibis, vous voulez dire ? répondit aussitôt Rosière.

Emma recula dans son siège, l'œil arrondi d'une parfaite innocence.

– Je ne vois pas ce que vous voulez dire, je n'ai jamais…

– Passons, coupa Rosière. Vous étiez avec lui hier après-midi ?

– Non. Non, je travaillais.

Pilou se mit à grogner et Emma se tourna vers la porte de la cuisine, d'où dépassait l'étrange tête rose d'un chat sans aucun poil. Rosière, tout en réprimant un frisson, retint Pilou contre son mollet. Le chat et son corps de lapin prêt à se faire tartiner de moutarde disparut aussitôt. Emma suivit le félin d'un regard attendri avant de revenir aux policières.

Le thé était fameux et Capestan nota le nom sur l'étiquette qui dépassait de la théière. Après une nouvelle gorgée, elle reposa délicatement sa tasse.

– Et vous travaillez où ? demanda-t-elle en souriant.

Après le premier choc de la révélation, Anne Capestan avait réfléchi et calmé la horde de soupçons qui chevauchaient dans son esprit. La fille avait voulu suivre les traces de sa mère disparue en entreprenant les mêmes études, c'était somme toute très classique. S'orienter vers l'école réputée de Maisons-Alfort lorsqu'on habitait Paris était inévitable. Quant à l'Immobilon, qu'elle en parle alors qu'on ne lui demandait rien n'aurait servi qu'à enfoncer son père, il était naturel qu'Emma se soit tue. Courir à l'accusation sur ces simples bases semblait donc prématuré. Déjà, elle n'avait pu commettre la première vague de crimes en raison d'un trop jeune âge, et pour ceux d'aujourd'hui il lui aurait fallu sombrer dans la pure folie, imiter ou se venger d'un père, imiter ou venger une mère. Emma Ferney ne semblait pas sujette à telle psychose.

Mais on ne savait jamais.

La policière avait du mal à faire le tri entre indulgence et raisonnement. Emma Ferney suscitait chez elle une profonde empathie. Dans cette jeune femme accomplie, Capestan ne pouvait détacher son regard de l'enfant brisée. Pourtant, la commissaire se devait à l'enquête, il fallait dessiner les contours du psychisme, isoler les comportements suspects des réflexes de protection. Il y avait la vérité des faits et la vérité des êtres, on ne les trouvait pas au bout des mêmes mensonges.

– Dans ma clinique, pas très loin d'ici.

– Une clinique de ?

– Chirurgie esthétique. Je fais surtout de l'embellissement, pas de la réparation, ajouta-t-elle comme par humilité.

– Sur des animaux ? C'est curieux, nota Capestan en plantant son regard.

Un léger rougissement colora le front de la fille de Jacovitch. Elle déglutit discrètement et planta son regard en retour.

– Sur des humains. J'ai fait véto, mais je me suis réorientée grâce à des formations passerelles. J'aime beaucoup les animaux, mais justement, j'avais trop de mal à les aider. Quand ils ont mal, ils ne savent pas dire où.

– Alors que les humains, une fois qu'ils sont partis, c'est difficile de les arrêter, ricana Rosière.

Capestan ignora le commentaire.

– En tant que vétérinaire, vous avez de l'Immobilon, non ?

– Non, bien sûr que non. D'abord, tous les vétérinaires n'y ont pas accès, loin de là, et ensuite, comme je vous le disais, je n'exerce plus. Sauf pour mon chat.

Capestan hocha la tête. Son interlocutrice n'avait pas paru déstabilisée plus d'une demi-seconde. Soit elle était forte, soit elle était innocente.

Rosière s'était levée avec l'air de demander les toilettes, mais elle stationnait maintenant devant un cadre rutilant dont Capestan ne pouvait discerner le contenu, masqué par la masse rousse de la chevelure de la capitaine.

– C'est qui ? demanda Rosière.

– C'est une photo de ma mère. Enfin de mon père.

Consciente du caractère brouillon de sa phrase, Emma précisa sa pensée :

– C'est une photo que mon père a prise de ma mère, il était reporter de guerre. En ex-Yougoslavie.

– Votre maman était là-bas au moment du conflit ?

– Oui. Enfin elle a fui en France rapidement, avec mon père d'ailleurs.

– Je peux ? demanda Rosière, son téléphone à la main, prête à photographier.

– Heu… Oui, bien sûr, répondit Emma.

Après un premier mouvement pour se lever, elle s'était résolue à se rasseoir, pour ne pas manifester trop de réserve sans doute. De sa main fine, elle lissa machinalement son tee-shirt et vérifia que ses deux grandes créoles étaient toujours accrochées à ses oreilles. Le ciel de Neuilly dans son dos se parsemait de nuages ronds et blancs qui moutonnaient comme un dessin d'enfant.

Capestan profita de l'interlude pour en arriver au but de sa visite :

– Avant que j'oublie, verriez-vous un inconvénient à ce que je prélève votre ADN ?

Emma fixa Capestan durant un moment qui parut anormalement long à la commissaire, avant de demander :

– Pourquoi ?

La commissaire hésita avant de répondre. D'abord parce qu'en dehors d'un « oui, je vous en prie », toute réaction lui paraissait suspecte. Ensuite parce qu'il était quand même délicat d'apprendre à une jeune femme qu'on avait retrouvé un tas d'os dans une cave et qu'on se demandait si c'était sa maman ou du poulet. Il aurait fallu explorer les limites du refus d'Emma tout en la mettant délicatement sur la voie concernant les ossements. Mais Capestan n'avait pas beaucoup de temps à perdre et, cet échantillon, elle le voulait tout de suite, pas demain. Et comme elle avait également d'autres questions qui la travaillaient et qui permettraient à Emma de cerner les enjeux, elle décida de relâcher les pincettes :

– Votre mère est-elle venue vous voir après l'incarcération de votre père ?

Emma, de nouveau, observa un long silence.

– Non, jamais.

– Pas un signe ? Ou un coup de fil raccroché peut-être ?

Emma baissa les yeux sur la table basse. Elle prit sa tasse de thé, la souleva, la reposa.

– Vous avez retrouvé ma mère ?

La voix tremblait. Capestan s'en voulut. Mais les femmes tombaient dans la ville, alors elle insista :

– En fait, sans votre ADN, je ne peux pas le déterminer avec certitude.

Emma hocha la tête. Reddition au premier espoir. Puis elle explosa en larmes. Un flot venu du fond des âges, sans retenue, sans décence. Les yeux, le nez, la bouche, crachaient des années de manque sur un visage marbré de rouge et de blanc. Emma le couvrit de ses mains, mais elle ne pouvait plus respirer, alors elle tâtonna à la recherche d'un mouchoir que Rosière lui tendit, suivi d'un deuxième et d'un troisième. Pilou souleva son arrière-train avec peine pour venir poser une truffe compatissante sur les mollets de cette humaine tellement, mais tellement triste. D'une main reconnaissante et humide, Emma caressa l'oreille du chien.

Capestan ne put se retenir de penser que Pilou était désormais collant d'ADN. Elle se dit aussi qu'Emma n'avait sans doute jamais revu sa mère, qu'elle ignorait ce qu'elle était devenue. Elle obtenait beaucoup d'infos en beaucoup de larmes.

– Ça va, mon amour ?

Dans ce déluge, les policières n'avaient pas entendu la porte d'entrée. L'homme qui se précipitait sur Emma pour l'entourer de ses bras consolateurs avait la quarantaine virile mais désuète d'un acteur de Sautet. Un second rôle dont les cheveux bien coiffés et la cravate bien mise sont là pour souligner par contraste la liberté d'un Montand ou d'un Piccoli. Emma étroitement serrée sur son épaule, il fusilla les policières du regard.

– Je peux savoir ce que vous faites là ?

– Nous sommes venues entendre Mme Ferney dans une affaire de meurtres qui n'a pas pu vous échapper.

– Partez.

Capestan marqua un temps, balançant entre remettre le mari à sa place et ne pas ajouter au marasme. Elle se contenta de sortir le kit de prélèvement ADN. Emma battit des paupières en signe d'assentiment et leva le menton.

Capestan s'approcha, observant le couple manifestement soudé, et soudain une image lui traversa l'esprit sans qu'elle puisse l'attraper.

« C'est fou, sa tête me dit quelque chose, mais où l'ai-je déjà vue ? »

Je ne comprends pas d'où cette lame est venue.

Peut-être que je suis parvenue à mon point de rupture, peut-être que toutes les caisses de réalités que j'avais laissées empilées sur les docks sont en train de charger le bateau, de l'alourdir au-delà de la ligne de flottaison.

Non, je ne l'ai jamais revue. La dernière fois, elle portait une robe noire à fleurs. Je me souviens de la légèreté du coton, du parfum frais.

J'ai envie que Benoît décolle de mes épaules, du canapé, du salon. Il est tellement empressé, tout le temps. Je serre les Kleenex en lambeaux dans mes mains, plus un seul coin de sec.

J'espère au moins que tout cela aura été utile.

35.

– Quelle horreur ce chat ! frémit Rosière une fois sur le large trottoir du boulevard Maurice-Barrès. Je déteste les Sphynx, on dirait des Valda sans sucre.

Capestan acquiesça sans y penser, son esprit entièrement absorbé par cette femme abîmée. Abîmée, jusqu'à quel point ?

– Comment tu la trouves ?

Rosière réfléchit tout en dépliant un des sacs à crottes accrochés à la laisse du chien.

– Pilou l'aime bien, observa-t-elle en ramassant une bille noire.

Tout en la regardant faire, Capestan haussa les sourcils.

– Ah ben l'affaire est résolue, alors.

– Non, sérieusement, je l'aime bien aussi. Tu la soupçonnes vraiment ? interrogea Rosière en se débarrassant du sac noué dans une poubelle.

– Je soupçonne tout le monde. En l'occurrence, c'est difficile de démêler la part de compassion dans une impression positive. Ça endort la méfiance.

– C'est l'éternel problème des jurés avec les circonstances atténuantes…

– C'est vrai, on est là pour arrêter, pas juger. En tout cas, Emma n'avait pas revu sa mère.

– Non, de toute évidence.

Capestan perçut une touche de reproche dans la voix. Elle la méritait. Sur l'avenue Charles-de-Gaulle, l'heure était à la sortie des bureaux, des jeunes cadres s'engouffraient dans la bouche de métro ou s'attablaient en terrasse pour une bière et quelques olives.

– Et tu as ton ADN, poursuivit Rosière en obliquant vers la station Sablons.

Touche plus prononcée cette fois.

– Tu ne crois pas qu'on en avait besoin ?

– Si, c'est vrai, admit la capitaine.

– Eh bien maintenant, on l'a.

Parfois il fallait accepter le mauvais rôle. Capestan n'avait pas de problème avec ça. Toutes deux descendirent les marches, Pilou dans les bras de sa maîtresse, et passèrent leur Navigo sur la borne avant d'emprunter le tourniquet. Le quai était chargé et la rame qui se présentait, déjà bondée. Les policières soupirèrent.

De son dos, Rosière tassa les voyageurs au fond du wagon. Elle se pencha vers Capestan :

– La 14, c'est kif-kif. Je te préviens, je me tape pas ça tous les jours pour aller aux Batignolles.

– Dans cette rame, tout le monde a pensé la même chose, Eva.

Une demi-heure plus tard, Rosière et Capestan arrivaient dans leurs locaux de la rue des Innocents. Torrez était déjà rentré dîner avec sa famille et Capestan n'allait pas tarder à suivre le même chemin, mais Dax et Evrard ayant élu domicile au commissariat le temps de l'enquête, la soirée s'organisait autour d'eux.

Lebreton se dirigea droit vers Capestan, il avait une tablette dans une main, un mince dossier dans l'autre. C'est ce dernier qu'il agita.

– L'identité judiciaire avait relevé les traces papillaires dans le studio de la place Gambetta, et il y a une occurrence.

– Quelqu'un qu'on a croisé ? fit Capestan intéressée.

– Non, il s'agit de Fabienne Arensoli, elle est fichée pour vente de stupéfiants. Ça date d'il y a cinq ans, mais comme l'Immobilon est un morphinique, ça mérite une petite visite.

– On sait où la trouver ?

– Elle habite rue des Saules à Montmartre. Ce qui m'amène à ça, fit Lebreton en secouant cette fois la tablette.

Sur l'écran, une jolie rue pavée et quelques boutiques aux devantures de bois coloré. Le commandant désigna la jaune vif dont l'enseigne annonçait « Berki modélisme ».

– C'est le seul magasin qui vende le modèle d'alarme qu'on a retrouvé dans l'appartement de la place Gambetta et il est rue Norvins, juste à côté. On en profitera ?

Capestan tiqua. Elle ne voulait pas suivre cette alarme. Cette alarme sonnait dans sa tête et lui criait danger depuis qu'ils l'avaient découverte. En revanche, ils ne pouvaient pas faire l'impasse sur les empreintes digitales. Ça tombait mal.

La commissaire saisit doucement la tablette. Un détail dans l'image avait accroché son attention, il naviguait dans ses synapses, ouvrait et fermait des portes, comme on retourne les cartes d'un jeu de mémo, à la recherche de la bonne paire. Capestan le laissa faire son chemin et répondit au commandant.

– Honnêtement, j'aurais préféré éviter Berki. Ça renifle le piège à plein nez. On peut toujours demander son avis à Dax, mais…

Lebreton jeta un coup d'œil sur le côté pour s'assurer que le lieutenant ne pouvait pas l'entendre, mais ce dernier était dans la cuisine, occupé à vider une jardinière sur la table. Il avait placé une feuille de papier journal sous la truelle, mais pas sous le terreau.

– À Dax ? Mais pourquoi ?

– À cause de la prévisibilité de nos…

– Ah oui, le tueur parie sur notre intelligence, donc on rétorque avec notre… notre…

– Dax.

Lebreton hocha la tête.

– Je comprends. On ne peut pas encore suivre les indices aveuglément. Je m'en veux toujours pour le sweat. Mais on ne peut pas non plus ignorer les éléments dont on dispose. Charge à nous de rester prudents.

Capestan agrandit un bout de l'image entre son pouce et son index. À quelques mètres de Berki modélisme, la devanture rouge était en bois sculpté et les lettres dorées étaient soulignées d'élégantes arabesques. Une boutique de thé. « Mumbaï Sisters ». La même marque que les sachets d'Emma cet après-midi. Paire. La commissaire tira son téléphone de sa poche, ouvrit une page Google et tapa le nom dans la barre de recherche. Trois revendeurs seulement à Paris, dont l'un rue Norvins à Montmartre. C'était peut-être un hasard. Ou un piège encore. Ou une chance.

– Bon. De toute façon, on ne peut pas faire autrement, il faut y aller. Mais pas dans n'importe quelles conditions. Je réfléchis jusqu'à demain.

– OK, je vous laisse alors, Philippe m'attend. Pour les filoches, on rajoute un tour ? demanda Lebreton en reposant la tablette pour attraper sa veste.

Capestan hésita deux minutes. À la surveillance de Jacovitch père, il aurait fallu ajouter celle de Jacovitch fille en effet. Ils pouvaient demander du renfort, mais les équipes de nuit de la PJ étaient déjà très mobilisées sur les bars, les clubs, les concerts. Il n'y avait encore jamais eu de crimes commis après vingt heures, la brigade pouvait donc se permettre d'assurer les gardes si elle restait sur un planning de jour.

– Demain, six heures, on déplace le fourgon chez la fille, à Neuilly. Premier quart pour Rosière et Lewitz, comme ça ils pourront réviser un peu la philo. Evrard démarrera le père depuis la terrasse du café à huit heures, ça suffira. Toi ou moi iront la relayer en fin de matinée. Après-demain, on fera l'inverse. Ça va pour toi ?

Lebreton leva une main nonchalante pour signifier son approbation et fit le tour des pièces pour saluer l'assemblée. Dans la cuisine, Dax continuait de soigner sa plante, attentif à ne pas salir son short de boxe en satin blanc avec du terreau. Le fameux short commençait à serrer à la taille et Evrard, revêtue elle-même d'un jogging en guise de tenue de maison, fit remarquer qu'avec les kouign-amanns il faudrait bientôt rempoter aussi le boxeur. Tous répondirent à Lebreton, dans un brouhaha de « bonne soirée », Rosière, qui se lavait les mains dans l'évier, tendit sa joue, sur laquelle le commandant claqua une bise avant de regagner l'entrée puis ses pénates.

Demeurée dans le salon, Capestan avisa Saint-Lô à sa table, qui mettait sous enveloppe les échantillons d'ADN prélevés – ou plutôt volés – par Blanche Evrard. Cette dernière était parvenue à boucler la longue liste établie par Capestan de tous les gens que la brigade avait croisés depuis le début de l'enquête. La commissaire s'approcha.

– Quand tu auras envoyé ceux-là en express vers les États-Unis, est-ce que tu pourras porter celui-ci directement au labo de la PJ, s'il te plaît ? demanda-t-elle en présentant un sachet plastique. C'est l'ADN d'Emma Ferney, tu leur dis qu'il nous faut la comparaison avec celui des ossements le plus vite possible. Comme ça, on saura si les restes sont ceux de sa mère.

– Oui-da gente dame, accepta Saint-Lô avec un fin sourire, je scelle mon ballot et enfourche mon fidèle destrier de ce pas.

– Bien le merci, capitaine.

Après avoir rassemblé les plis dans une gibecière de cuir, Saint-Lô troqua son chapeau à large bord contre un casque de vélo noir sur lequel voletaient trois plumes offertes par Merlot. Nul autre messager ne saurait se montrer aussi diligent.

Rosière patientait à côté de Dax qui tassait délicatement du pouce les derniers reliquats de terreau. Quand il eut achevé son œuvre et rapporté la plante sur la terrasse d'un air satisfait, elle lui demanda :

– Chez la fille Jacovitch, j'ai pris une photo d'un ancien cliché qu'elle a encadré sous verre. Je voudrais savoir jusqu'où tu peux me l'agrandir sans perdre trop de netteté.

Après les avoir savonnées et soigneusement rincées, Dax s'essuya les mains dans un torchon à carreaux tout en regardant l'image sur le téléphone d'Eva.

– Si c'est pour voir les dames, elles sont vraiment toutes petites. Avec le gros grain, si j'élargis ça va leur faire une tête en pixels de Mario Bros.

Rosière contempla son mobile. C'est vrai que le point de vue était lointain. Le photographe avait dû utiliser un téléobjectif. Happé par la scène et ses protagonistes, il avait shooté pour témoigner, travaillant l'ambiance plus que les profils. Mais tout dans le cadre puait le drame et, sous un foulard à fleurs écarlates, Branka Jacovitch et sa fille en étaient le centre. Rosière pouvait renifler une histoire à cent mètres, or cette foule haineuse, dominant une mère seule et repliée sur un tout petit bébé qu'elle protège du mieux possible de ces tonnerres, ça vous collait direct une atmosphère de tragédie antique. Le modèle à morts violentes, avec trois cadavres dans l'acte. Une graine à faire germer les serial killers.

– Tu pourrais essayer ?

– Bien sûr ! Tu me l'envoies par mail, on va sur mon ordi.

Alors que Rosière et Dax, suivis d'Evrard, s'apprêtaient à gagner le salon, Lewitz souleva son plat empli de merguez et de chipolatas.

– Vous me prévenez quand vous avez fini, je lance les saucisses !

Merlot qui, profitant de la douce chaleur du soir, somnolait sur un fauteuil de la terrasse, ouvrit subitement un œil.

– Il doit rester un fond de ce remarquable bordeaux pour les accompagner, n'est-ce pas ?

Le remarquable bordeaux était en réalité un infâme rouge qui tache auquel Merlot rajoutait des étoiles pour passer de buveur à œnologue. Prenant appui sur les accoudoirs, le capitaine se hissa à la verticale, observa une courte phase de stabilisation et dirigea sa panse volontaire vers le placard jouxtant le frigo. Puis, d'un geste auguste, il rassembla les verres ballon, les faisant tinter pour sonner l'heure de l'apéro.

Pendant ce temps, Dax, tel un pianiste à Pleyel, s'installait à son clavier. Rosière fit signe à Capestan de s'approcher. En deux temps trois cliquetis, le lieutenant fit apparaître la photo à l'écran et commença à la manipuler pour l'agrandir sans nuire à la définition. Au bout de quelques secondes, Capestan comme Evrard pointèrent du doigt deux des quatre femmes, dont le visage se présentait de face et pleinement dégagé.

– Elles ressemblent aux premières victimes, celles de 97, s'excita Evrard. Tu peux nous ressortir les dossiers, mon Dax ?

Au sein du commissariat, Evrard continuait d'appeler le lieutenant par son patronyme, bien qu'ils vivent ensemble depuis huit ans. Alors que Dax parcourait les touches, elle se tenait dans son dos, les deux mains posées sur ses épaules, le menton appuyé sur le dessus de son crâne. Fort de ce soutien, le lieutenant progressait à une vitesse supersonique et une multitude de fenêtres se succédaient sur son écran, s'ouvrant et se refermant comme des feux d'artifice un 14 Juillet.

– C'est ça, fit Capestan en voyant apparaître les traits figés des cadavres à la morgue.

Rosière ne put retenir un gloussement d'autosatisfaction. Cette fois, ils le tenaient leur péché originel, le bordel qui présidait aux vengeances, la durite qui avait fusillé le moteur. Elle revint à l'agrandissement.

– C'est dommage qu'on distingue mal la plupart des nanas. Je suis sûre que pour celles qui sont de dos, de trois quarts ou avec leurs fichus sur le crâne, on retrouverait aussi des dossiers. Tu peux pas améliorer l'image ? Grossis encore pour voir.

Dax s'exécuta, mais cette fois les pixels bouffaient les profils et seul Picasso aurait reconnu ses petits.

– Vous voulez que j'aille la tirer en bas chez Kodak, demain ?

– C'est pas très net, mais pourquoi pas, accepta Rosière avant de s'adresser à Capestan. Alors, qu'est-ce qu'on fait de cette information ? Moi je dirais qu'elle a une bonne gueule de mobile, non ?

– Une très très bonne gueule de mobile même. On le garde bien au chaud, on patiente juste le temps de recevoir la comparaison de l'ADN d'Emma avec celui des ossements, et on retourne voir Jacovitch père et fille, confirma Capestan en consultant sa montre. Il est un peu tard pour en informer Beretti, je l'appellerai demain. Quant au divisionnaire Marcus…

– Qu'il aille se faire foutre, coupa Rosière.

– En substance, il y a de ça, sourit Capestan. Bon, il est temps que je rentre, sinon les filles seront déjà couchées.

Rosière frotta le dos de la commissaire qui, ces dernières années, avait largement eu le loisir de s'occuper de ses enfants, mais continuait, dès dix-neuf heures passées, à sursauter dans un pincement de culpabilité, ou d'habitude, ou d'envie peut-être simplement.

La capitaine, elle, se faisait au contraire une joie de dîner là avec ses collègues, baignée par l'énergie d'une enquête, des retrouvailles, d'une soirée d'été arrosée de vin de table à griller des chipos, loin de l'écho d'une belle maison chic et vide.

Sa banane sur le torse, prête à partir, Capestan commença à saluer l'assemblée, puis revint finalement vers Dax :

– Avant de retourner voir les Jacovitch, on a encore quelques portes à fermer. Ça a donné quelque chose d'intéressant tes recherches sur les réservations Airbnb après l'attaque à Gambetta ?

Dax se replongea aussitôt dans son ordi et son éclosion de fenêtres.

– Alors Yves Ledorat a surtout regardé dans…

– C'est sûrement un faux nom, tu sais…, souligna Capestan.

– Ah bon ? Ça sonne vrai, je trouve.

La commissaire préféra ne pas s'attarder en explications superflues.

– Je t'ai interrompu, pardon, continue.

– Oui, fit Dax avec application, il a regardé place Gambetta donc, à Pyrénées, place du Colonel-Fabien, vers la mairie du 19e aussi.

Capestan fronça les sourcils.

– Pas ailleurs dans Paris ?

– Un peu Arts-et-Métiers et République.

Rosière, un verre de rouge civilement offert par Merlot entre les mains, remarqua :

– Tout est dans les environs de chez Jacovitch.

– Oui. Accessible rapidement en tout cas, opina Capestan.

– Tu penses que c'est lui ?

– Je pense que c'est de la manipulation. Soit de lui, soit de quelqu'un qui veut lui faire porter le chapeau.

– Qui ? Sa femme est morte…

– Tant qu'on n'a pas l'ADN, on n'en est pas sûrs : ces os peuvent appartenir à d'autres encore.

– D'autres sur la photo.

– Ou ailleurs. Et puis il y a sa fille.

– Non, elle, je n'y arrive pas, je n'y arrive pas, refusa Rosière en avalant une large goulée. Elle piégerait son père ?

– Elle n'est jamais allée le voir en prison. Elle nous joue peut-être une comédie avec ce subit retour en grâce. Demain on va interroger une femme qui a laissé ses empreintes digitales dans l'appart de Gambetta, elle habite à Montmartre. C'est pas loin du magasin de l'alarme, et pas loin de la boutique de thé d'Emma. On verra bien si c'est un hasard.

– Montmartre ? glapit Dax.

– Oui…

– Il y a trop de monde là-bas chef, c'est les Galeries Lafayette partout. Moi, j'irais pas.

C'est vrai que l'assassin aimait les foules : Montparnasse, les grands magasins, même Gambetta. D'un autre côté, à Paris, la densité était une règle.

– Ben t'irais où mon bonhomme ? demanda Rosière. Y a un moment, les preuves, faut se bouger les miches et aller les pêcher, elles tombent pas toutes d'une carte mère.

Dax se rembrunit.

– Montmartre, j'irais pas. Moi… Moi, par exemple, je prendrais la photo que tu as ramenée, Eva, et je ferais une enquête de voisinage, c'est la police ça aussi.

– Mais la photo, elle a trente ans et tout le monde est mort, dessus. Si elle est précieuse, c'est uniquement comme mobile, répondit Rosière.

– Quand même, fit Dax.

– Allez bois un coup mon poulet, dit Rosière pour dérider le lieutenant, qui ne se fit pas prier et accepta le verre tendu par Merlot.

Capestan était demeurée en silence. Elle toucha son sac des deux mains puis alla se planter, pensive, au pied du tableau d'enquête.

– Mission accomplie ! J'ai grand faim ! tonna Saint-Lô en débarquant dans la pièce tel Cyrano après la bataille.

– C'est presque cuit ! annonça Lewitz en passant une tête réjouie aux cheveux voletant.

– On se fait une pause « Marcus » ? proposa Dax, aussitôt acclamé par une équipe enthousiaste.

Sur le ton chuchotant du conspirateur, il confia à Rosière :

– Depuis hier, j'ai bloqué son Netflix sur Pat' Patrouille et remonté son thermostat à trente-six degrés. Je pensais commander cinq cents rouleaux de papier toilette sur son compte Amazon, fit-il en vidant la moitié de son verre.

Il appuya sur la souris et aussitôt l'écran se ralluma sur le salon du directeur. Marcus et sa femme étaient encore en train de s'engueuler.

– Hier soir, il a dit à sa femme qu'il avait deux jours de séminaire à Bruxelles. Evrard m'a fait réserver une suite nuptiale aux mêmes dates dans un hôtel de charme à Rambouillet. Quand Siri a confirmé la chambre et le champagne au milieu de leur repas, ça s'est pas bien passé…

– Merde ! lâcha soudain Evrard entre ses dents. Merde, merde, merde, merde.

Sur l'écran, Marcus, qui venait de s'asseoir sur son pouf et de subitement s'en relever, posait un genou à terre pour inspecter le siège. Il allait découvrir le coussin péteur.

– Merde, merde, merde. C'est pas bien recousu.

Saint-Lô, venu s'installer derrière l'écran avec son ballon de bordeaux, mâcha un bout de sa moustache.

– J'avions point de fil blanc.

– Ben oui, mais vert…

Une bouffée de chaleur envahit Rosière, qui se demanda si, dans leur élan potache, ils n'avaient pas poussé le bouchon un peu loin. Elle regarda à l'autre bout de la pièce Capestan qui se tenait concentrée devant le tableau, et revint à l'écran sur lequel, nez en l'air, Marcus semblait chercher des caméras.

Rosière tripota les médailles pendues à son cou.

Peut-être même bien qu'ils s'étaient foutus dans une grosse grosse panade avec leurs conneries.

Je suis le serial killer et je le serai jusqu'à la fin de mes jours, je le vois dans leurs yeux. C'est normal, j'ai tué.

Je n'avais pas pensé à tout. Je n'avais pas pensé à toi ma fille, à ce que tu allais devenir. Je n'ai pas imaginé une seconde qu'elle ne reviendrait pas et que ça se passerait comme ça. Qu'est-ce que cette histoire a fait de toi ?

Est-ce qu'elle a réveillé l'héritage de ta mère ? Est-ce que les armes passent par le sang ?

Suis-je devenu le père du serial killer ?

36.

Anne Capestan adorait Montmartre. Il y régnait un calme qui n'était plus Paris et pourtant le quartier en incarnait la quintessence. Une réserve naturelle, sorte de parc national de la capitale, le dernier endroit où l'on pouvait observer des réverbères en liberté, les dernières rues où les pavés se faisaient encore ronds sous la semelle, polis, brillants, presque dorés. Les proportions modestes, les ruelles charmantes, la colline et la vigne, les fantômes des peintres, des poètes, les devantures de café, la statue de Dalida éternellement seule sur une place déserte, les maisons devenues riches, la paix. Ici on pouvait croire que ni le Covid, ni la guerre, ni même Internet n'avaient jamais existé. Sur sa butte, Montmartre était perché.

Mais en cette fin de matinée ensoleillée, Capestan ne profitait pas du spectacle. Elle guettait chaque mouvement, frissonnait au moindre autocollant. Lebreton avec sa taille mirador se tenait à ses côtés, vigilant lui aussi.

Fabienne Arensoli, la jeune femme qui avait laissé ses empreintes digitales, les avait reçus avec un certain agacement. Ces histoires de drogue étaient derrière elle. Si elle s'était trouvée dans le studio de la place Gambetta, c'était en tant que chef de travaux : elle prenait les mesures et évaluait l'état des cloisons. Par ailleurs, elle avait un alibi pour chaque meurtre, puisqu'elle travaillait depuis plus d'un mois sur un chantier porte d'Italie avec son équipe. Capestan et Lebreton étaient repartis déçus.

Ensuite, le propriétaire du magasin de modélisme n'avait pu leur apporter aucun éclaircissement. Il ne se souvenait de personne, il avait vendu cette alarme un jour, bien sûr et encore heureux, c'était son fonds de commerce, mais il travaillait majoritairement par correspondance. Quant à la boutique de thé, la jeune femme qui y servait avait été embauchée récemment et, parmi les habitués, elle n'en voyait aucun qui puisse ressembler aux Jacovitch.

Bref, le vide d'indice, inquiétant. Cette absence de résultat ne sentait pas bon, parfum d'attrape-nigauds. Capestan cherchait Emma Ferney derrière chaque fenêtre. En planque en bas de chez elle depuis six heures du matin, Rosière et Lewitz ne l'avaient pas encore vue sortir, mais entre la porte principale, le parking, les caves et le jardin, la zone était difficile à sécuriser. La commissaire regrettait de ne pas avoir écouté Dax. Elle s'était préparée, sa seringue d'antidote à portée de main, mais elle n'aurait pas dû venir, elle le sentait.

Elle avait appelé Beretti pour la tenir au courant des dernières avancées et elle en avait profité pour demander du renfort pour la matinée. « Vous me demandez une équipe pour aller interroger des commerçants ? Et pourquoi pas le RAID ? Vous vous foutez de moi Capestan ? Si je dois ajouter un flic en protection à chaque flic qui quitte son commissariat, je suis pas près de rentrer dans le budget. Assumez vos risques, je prends les miens. »

Alors que Lebreton et Capestan remontaient la rue Norvins qui débouchait sur la place du Tertre et son marché artisanal du portrait de touristes, la commissaire l'aperçut du coin de l'œil. Elle aurait préféré ne pas la voir, car, peut-être, cela aurait tout changé.

Elle était un point de départ. Le signal avant la cohue.

La gommette rouge avait des gouttes de sueur sur les tempes.

Aussitôt, Capestan serra le sac banane sous son aisselle gauche, elle y porta sa main droite et le dézippa comme une décennie plus tôt elle aurait dégainé le Smith & Wesson de son holster. Son regard survola la foule. Son plexus se contracta, son souffle ralentit, un moment en suspension. Et elle la perçut quasiment avant que ça ne se produise, cette chute lente du corps, cette chevelure qui s'évanouit au milieu des autres et disparaît.

La commissaire s'élança, zigzagua entre les badauds et bouscula les chevalets. Les palettes pleines de gouache vinrent se plaquer à son tee-shirt avant de glisser sur le trottoir, quelques cris d'exaspération atteignirent son oreille, mais son cerveau embrasé par l'adrénaline ne retint rien du raffut. Le champ de vision de Capestan s'était rétréci, focalisé sur cette femme qu'il fallait secourir.

Et vite, pour pouvoir poursuivre son assassin.

L'antidote était précieux. Pressées, les mains de Capestan tremblaient, mais elles parvinrent à stabiliser le flacon pendant que l'aiguille perçait l'opercule d'aluminium. La touriste étouffait sur les pavés, ses yeux bleus arrondis de terreur fixaient Capestan. Pendant ce temps, dans le crâne de la commissaire, les secondes s'égrenaient, résonnant au rythme des pas de course du tueur qui devait fuir quelque part. Il fallait le poursuivre, maintenant.

Lebreton était là pour ça.

La commissaire piqua d'un coup sec dans le cœur, poussa le piston et patienta jusqu'aux premiers signes de souffle retrouvé. Puis elle se releva aussitôt et s'adressa aux compagnons de la victime comme aux curieux qui s'étaient massés autour :

– Appelez le SAMU, *dial 15* !

Elle se dressa sur la pointe des pieds pour distinguer la direction à prendre. Lebreton était parti devant. Mais quelques mètres plus loin, c'est une casquette blanche à visière rose que Capestan vit sombrer. Et un chapeau encore plus loin. Cela faisait trois déjà. Autour d'elle les gens tombaient. Le serial killer s'était vexé et l'avait convoquée pour une corrida. Capestan avait ranimé une femme place Gambetta, combien pourrait-elle en sauver aujourd'hui ?

Une bouffée d'angoisse lui cogna le plexus. Elle secoua la tête pour couper l'effet de sidération et replongea dans la foule pour atteindre les nouvelles victimes. Tout en poussant les gens sur son passage, la policière inventoria le contenu de sa trousse de secours. Avait-elle plus d'antidote que le tueur n'avait d'Immobilon ? Moins ?

Elle se précipita sur la vieille dame à terre et sans même prendre le temps de la regarder, elle planta une nouvelle aiguille dans la fiole et presque aussitôt la replanta dans le torse en parlant fort :

– *Dial one five.*

Cette fois, Capestan n'attendit pas de constater l'efficacité de l'injection, elle repartit bille en tête vers la suivante avant que d'autres badauds ne bloquent le chemin.

Trois millilitres déjà.

Le positionnement des corps, les mouvements de houle des touristes… l'instinct de Capestan analysa les données avant d'opter pour la rue du Mont-Cenis et la place Jean Marais. Le tueur – ou la tueuse – était là, forcément. Elle courut aussi vite que possible, mais elle ne pouvait pas développer sa foulée, des épaules cognaient contre ses épaules, des tabourets de peintres encombraient ses pas, des touristes posés en admiration devant les façades obstruaient le passage. À l'angle de la rue Saint-Éleuthère qui descendait en direction du Sacré-Cœur, elle distingua une nouvelle série de chutes et accéléra autant qu'elle put. Comme dans ces cauchemars où l'impuissance vous englue, où les jambes se font de plus en plus lourdes, le sol de plus en plus mou, Capestan se sentait lente, trop lente, la rage lui serrait la gorge. Si les gens suffoquaient c'est parce qu'elle ne courait pas assez vite. Son pied ripa sur le trottoir, sa cheville vrilla et la douleur électrisa le corps entier. Un nouveau shoot d'adrénaline à exploiter.

Elle arriva *in extremis* sur les trois agonisantes et planta ses seringues sans plus de précaution. Elle sentit une goutte d'antidote couler sur son poignet. Il ne fallait rien gâcher. Elle tâta son sac et sentit le tissu, plat. Il ne restait plus qu'une dose. Capestan avait anticipé un piège, pas un massacre.

En pente, la rue entière entra dans son champ de vision, telle une piste rouge prête pour le slalom. À quelques mètres de distance, quatre nouveaux corps s'écroulèrent. Dans ce paysage d'angoisse, Lebreton apparut au loin, quatre doigts levés. Quatre millilitres de Revivon, c'est ce qu'il avait dans son coffret.

La policière reprit sa course pour le rejoindre, tandis qu'il intervenait. Le tueur ne pouvait pas avoir plus d'Immobilon, il ne devait pas. Où était-il ? À la droite de Lebreton, une nouvelle touriste s'affaissa. La commissaire serra son unique dose. Il fallait que cette victime soit la dernière. Ou les prochaines ne survivraient pas.

Capestan ralentit son allure afin de décapsuler le flacon et écarta les passants autour du corps convulsé. Du coin de l'œil, elle aperçut alors le visage rougi de Lebreton trois mètres plus loin, l'appel d'air, et la chute du commandant.

Stupéfaite, Capestan se statufia. Puis ses membres commencèrent à trembler. Elle fixa tour à tour sa dernière seringue, fraîchement chargée, et la brune qui suffoquait à ses pieds. Il fallait qu'elle la sauve, mais son bras refusait le mouvement, il refusait de choisir et se tétanisait. Tout s'embrouillait dans l'esprit de la commissaire, trois secondes, elle n'avait que trois secondes pour décider de laisser mourir Lebreton.

Elle sentit une main qui lui attrapait le poignet et décrochait ses doigts de l'antidote. La voix de Torrez frappa son tympan et parvint à son cerveau :

– Attrape le tueur, je m'occupe du reste.

Capestan partit comme une fusée. Elle dévala Saint-Éleuthère et bifurqua brusquement rue Azaïs à droite de la basilique. Sans indices, elle ne discernait plus aucune piste. En sueur, au bord de l'évanouissement, elle déboula à pleine vitesse sur l'esplanade du Sacré-Cœur. La capitale immense s'étala à ses pieds, le ballon du jongleur sur la rambarde vola dans le ciel. L'escalier abyssal dégringolait vers la ville, la brigade avait sauvé toutes les femmes, mais le tueur avait cessé de semer ses cailloux. Une fois encore il avait disparu, plus rapide, sans une âme pour le ralentir.

Capestan posa ses mains sur ses hanches et se plia en deux pour récupérer son souffle, ou vomir peut-être. Elle venait de relever la tête quand elle remarqua tous les téléphones qui la filmaient.

37.

– Un tel niveau d'incompétence, ça frôle l'indécence !

Par ce curieux don d'ubiquité de l'époque, Capestan pouvait à la fois entendre Marcus qui l'invectivait dans son téléphone et le voir qui défendait son bilan sur les chaînes d'info.

La télé du commissariat était allumée sur BFM et le divisionnaire Marcus, la façade blanche du Sacré-Cœur dans le dos, une haie de micros sous le menton, fronçait les sourcils avec sérieux, se félicitant que la police ait pu secourir chaque victime avec une efficacité et une précision qui lui faisaient honneur.

– Regarde-moi cette tête de nœud, siffla Rosière, il se prend pour Zelensky à l'ONU, alors qu'il flatte du journaliste, planté dans ses mocassins à pompons.

– On ne voit pas ses chaussures, ils cadrent que sa tête, opposa Lebreton.

Le commandant arborait un magnifique bandage sur la moitié du front. Après quelques analyses et les soins nécessaires, le SAMU l'avait déclaré apte au service : il n'était pas dans un état à encombrer davantage les urgences.

– C'est exactement ce que je dis, il a une tête pour mocassins à pompons, insista Rosière.

Capestan, elle, s'en était tirée avec quelques pansements sur les mains, de l'éosine sur le coude, une cheville foulée et un orgueil brisé. En fait, seul Torrez revenait intact.

Dans les écouteurs du mobile de la commissaire, le ton était cinglant :

– Je dis quoi à ma hiérarchie, à la presse, à la population ? Ils étaient trois policiers, y en a pas un qui a été foutu d'arrêter le tueur ?

Submergée par la fatigue et un sentiment mêlé de colère et de culpabilité, Capestan sentait céder ses dernières réserves de politesse, celles qui lui tenaient lieu de prudence.

– Vous direz qu'on secourait les victimes avec efficacité et précision…

– Me faites pas chier Capestan. Je ne suis pas d'humeur. Je ne suis pas pépé Buron moi. C'est fini la réinsertion à la papa dans les beaux appartements de la ville.

Entendre un roquet comme Marcus traiter Buron de pépé avait quelque chose de profondément révoltant et donnait des envies de rendez-vous au pré à l'aube. Au téléphone, Capestan ne pouvait pas taper du gant, alors elle durcit du ton. Même le sourire d'ironie s'effaça et sa voix se mit à chercher la bagarre

– Pourquoi ? Il vous plaît notre appartement, Marcus ?

– C'est ça. Je ne suis pas là pour payer votre club-house, commissaire. Puisqu'on en parle, sachez que le cuir italien soigne un peu mieux ses coutures et je connais un coussin qui va vous péter à la gueule. Désormais, vous ferez comme les autres placardisés, vous vous serrerez à douze dans une pièce sans fenêtre à noircir des P-V jusqu'à en crever d'ennui et me remettre votre putain de lettre de démission. Votre atelier enquête et belote, c'est fini, terminé, mort de mort. Préparez vos cartons.

Ce que Marcus pensait du fiasco et de ses millions de vues sur YouTube, Capestan s'en moquait du tiers comme du quart. Ses menaces et ses vexations de bizuté ne l'émouvaient pas plus. Non, seul l'assassin l'obsédait. Désormais la moitié des Parisiennes se confinaient, terrifiées. Le serial killer avait sorti le grand orchestre et, pour provoquer la brigade, il semblait prêt à faucher des kermesses. Il se tenait là, tout près, il écoutait, il suivait, il précédait. Mais où était-il qu'elle ne le voyait pas ? Où était-elle ?

Sur le chemin du retour, alors que Lebreton encore groggy somnolait sur la banquette arrière, Torrez, pour une fois, n'avait pas lâché son éternel mea culpa de chat noir qui n'aurait pas dû les rejoindre, mais tenté au contraire de regonfler sa coéquipière rongée de scrupules. D'après le lieutenant, peu importait d'obéir, d'aller à Montmartre, à Versailles ou aux Folies Bergère, le tueur voulait tuer, et si Capestan ne s'était pas déplacée, il aurait assassiné sur son palier. Comme en 1999 au temps du juge Salto. La commissaire, peu adepte de l'autoapitoiement, n'avait pu s'empêcher de relever qu'au bout de cinq jours d'enquête ils ne pouvaient encore coincer personne, qu'un matin il n'y aurait plus d'antidote pour pallier leurs échecs, plus de bouclier, juste des cadavres. Torrez s'était tu, il avait suivi ses embouteillages en silence, doublé par les pelotons de vélos, renonçant même à sa précieuse deux-tons. Une fois garé dans le parking Sébastopol, il avait actionné le frein à main et débité son enthousiasme d'une voix monocorde : sans la mémoire de Merlot, ils en seraient comme le reste de la PJ à courir derrière des allumés en soirée ; sans la présence d'esprit de Capestan, aucun antidote n'aurait relevé les femmes à terre ; sans leurs recherches, ils ne seraient pas tous, eux, la meilleure équipe de toute la PJ, à un jour, peut-être deux, de choper un sociopathe hors cadre. Alors bon, pas de quoi se morfondre à la fin.

Torrez avait raison, bien sûr.

Au boulot. Un jour. Max deux.

– Louis-Baptiste, repasse-moi les vidéosurveillances s'il te plaît, il y a un truc qui nous échappe et ça commence à me mettre en rogne.

Lebreton avait le souvenir d'avoir ressenti une très légère sensation de piqûre, comme l'ensemble des victimes qu'ils avaient secourues, pourtant le SAMU n'avait relevé aucune marque. Il s'agissait donc soit d'une illusion collective, soit d'un stylo à injection dont les aiguilles ultrafines ne laissaient pas de trace.

– Cherchons encore Emma, ou Jacovitch, ou une tête qu'on connaît, même vaguement. En particulier quand on arrive près de toi, ça te dira peut-être quelque chose.

Lebreton fit pivoter son écran et appuya sur la barre d'espace. Le montage réalisé par Dax et sur lequel les vidéosurveillances s'enchaînaient à la seconde pour retranscrire la course démarra. Les angles variaient, on voyait les corps s'écrouler, on voyait les policiers piquer, les touristes paniquer, mais on ne voyait pas de tueur approcher. Personne ne courait devant. La brigade poursuivait les nuages.

Lebreton, jambes croisées tendues sous son bureau, dos calé sur son fauteuil, passa son pouce sur la longue ride verticale qui lui barrait la joue gauche.

– En fait, ça ne va pas si vite.

– Tu trouves ? railla Capestan qui se souvenait d'avoir lutté pour suivre.

– Non. Regarde. Si on se contente d'asperger au hasard ou de pointer, dans cette foule, on peut passer d'une victime à l'autre en marchant, et même en marchant lentement. C'était la course pour nous qui devions les sauver, mais pour le tueur, c'est une déambulation.

Capestan réappuya sur la barre d'espace et laissa défiler le film. Lebreton avait raison. Ça n'allait vite que pour eux.

– Combien de temps met l'Immobilon pour agir, déjà ?

– Pour une projection dans l'œil, sur un humain, il faut compter cinq minutes au-delà desquelles, sans antidote, on étouffe. En injection véritable, c'est immédiat. Mais sur le bout d'un stylet qu'on pique juste, ça commence à agir vraiment au bout de deux, trois minutes. À mon avis, il varie les méthodes pour ne pas créer de réaction de foule ou de repère temporel.

– OK, le tueur qu'on poursuivait n'était déjà plus là. Alors, il nous faut la même vidéo, mais trois à cinq minutes avant.

– Son poison est à retardateur, d'accord. Mais comment sait-il qu'on va arriver ?

– Parce qu'il nous glisse dans un entonnoir. En nous envoyant dans cette rue, il savait qu'on aboutirait place du Tertre. Dès lors qu'il nous avait suivis jusqu'à Montmartre, il ne lui restait plus qu'à guetter. On aurait dû écouter Dax au lieu de faire nos consciencieux. On a été stupides. Et présomptueux.

Lebreton scrutait l'écran, cherchant les mains pour distinguer un gant, mais elles étaient masquées par la cohue.

– Tu crois qu'il a remis le sweat ?

– Non, ça c'était son enfumage du début. À part la gommette, dans le fond, il n'y a pas de rite, de sacralité, torture, exposition des corps et autres maniaqueries. Le tueur est un sociopathe dans le sens où la vie des autres l'indiffère, mais tuer n'est pas un plaisir.

– Non, il n'agit pas par plaisir, mais pour un mobile dont on a la photo. On n'a toujours pas le sens en revanche.

– Oui. D'un autre côté, elles sont six dessus, et sans doute déjà mortes. Le score du serial killer dépasse largement cette seule image. Alors pourquoi ?

Des dizaines de détails flottaient dans la tête de Capestan comme des grains de moutarde dans un bocal à cornichons, mais elle ne parvenait pas à les saisir pour en faire un tout.

La photo, le bébé dessus, le nombre de victimes, le passé, le présent, la proximité du tueur, les alibis de Jacovitch, son nom d'emprunt, les études de sa fille, les Balkans, ce faux air entraperçu… Autant d'éléments qui ne s'emboîtaient pas et qui au contraire se repoussaient les uns les autres, comme des aimants refusant de coller leurs pôles.

– Il nous faut les résultats ADN d'Emma. On doit savoir si les os appartiennent bien à Branka Jacovitch.

– Vos désirs sont des ordres, chère amie ! clama Merlot avec superbe. Notre ami Saint-Lô les rapporte à l'instant du labo.

Le capitaine, estomac en avant, tendit un mince dossier sur lequel il avait abandonné quantité d'empreintes digitales. Remerciant du menton, Capestan s'en empara et l'ouvrit d'un seul geste. Elle parcourut rapidement l'exposé préliminaire pour parvenir aux conclusions :

– Emma a le même ADN que les ossements ! Sylvie Rémi avait bien retrouvé le corps de la mère.

Lebreton hocha la tête, s'avança sur son fauteuil et repoussa ses cheveux en arrière, aussitôt rabattus par le bandage.

– Ça nous donne une bonne entrée en matière pour l'interrogatoire des deux Jacovitch.

– En effet, opina Capestan. Mais attends, je vérifie autre chose.

La commissaire se dirigea vers son bureau. Elle souleva une pile de documents et sélectionna une chemise cartonnée rouge dont elle retira une feuille imprimée à en-tête américain. Celle-ci concernait l'ADN prélevé sur Roland Jacovitch le tout premier jour de l'enquête. Elle la rapporta pour la comparer au dossier d'Emma Ferney fraîchement reçu.

C'était ça. Un nouvel élément qui bousculait les autres, tout en les replaçant au bon endroit.

– La fille et le père, eux, en revanche, n'ont pas les mêmes gènes.

– Alors ça, ce n'est pas banal, remarqua Merlot.

Le capitaine, les deux mains accrochées au revers de sa veste, tapotait son torse de ses doigts tendus. La chaleur record de ce mois de juin était écrasante, mais Merlot refusait de renoncer à ses beaux atours.

– Pardon ? dit Lebreton.

– Roland Jacovitch n'est pas le père biologique d'Emma.

Le commandant toucha son bandage de la paume de la main, comme pour atténuer la surprise. Il fronça les sourcils, créant une vague de plis sur le pansement.

Après une seconde de réflexion, de l'index il pointa l'enfant sur le cliché de guerre rangé à plat sur son bureau.

– Mais attends…

Capestan hocha la tête. L'énergie des tournants d'enquête envoyait des bulles dans son sang, effaçait la fatigue, les coups et les Marcus.

– Roland Jacovitch shoote l'image d'un bébé qui n'est pas de lui. Et si tu veux mon avis, quand il prend le nom de Branka, ce n'est pas pour cacher un sombre passé, mais pour porter le même nom que sa fille adoptive.

Il restait un gros trou au milieu, mais la commissaire visualisait déjà le cadre du puzzle. Encore quelques gènes et toutes les pièces s'assembleraient. Le coupable était là, au bout d'un coton-tige.

38.

Enfant, Dax adorait cette période de l'année où il sonnait à toutes les portes de son immeuble pour vendre des timbres au profit d'il ne savait plus trop quelle association. Il se souvenait des paliers, de la curiosité : quelle tête aurait ce voisin, est-ce que ce serait une dame en robe de chambre ou un monsieur pas content ? Après, fier comme un paon, il rapportait son butin à la maîtresse, qui lui frottait les cheveux : « Toi, t'es vraiment le plus malin des malins ! »

Trente ans plus tard, Dax frappait toujours aux portes. Il ne vendait plus de timbres, il montrait une photo. Il avait déjà fini trois immeubles, il restait le plus rapide de sa classe. Mais personne n'avait reconnu les gros grains tout flous.

Après avoir vérifié la carte de police dans le judas, le monsieur entrouvrit avec méfiance son triple blindage et, comme les autres, jeta un œil au cliché avec l'air de se demander si Dax se moquait.

– Non, je n'ai jamais vu ces dames dans le quartier.

Il plissa ses yeux.

– Mais ce foulard, si, ajouta-t-il en montrant le fichu rouge à fleurs.

La fierté, de nouveau, fit rosir Dax jusqu'à la racine des cheveux.

39.

Dans l'enceinte de Torrez, la voix d'Aznavour chantait encore *La Bohème* et Capestan pensa qu'elle avait suffisamment entendu parler de Montmartre comme ça. Père attentif d'une ribambelle d'enfants conçus avec donneur, Torrez avait accueilli l'analyse des ADN de Jacovitch père et fille avec un manque patent d'enthousiasme. Pliant ses papiers avec humeur, le lieutenant grogna :

– On s'en fout de l'ADN, c'est pas ça qui fait les parents.

– Heu, les flics ils s'en foutent pas de l'ADN, José, répondit Capestan qui voulait bien brosser son capitaine dans le sens du chaume mais restait attachée aux avancements de l'enquête.

– Pfff. Moi je continue avec l'entourage des victimes, au final c'est toujours ça qui revient.

– OK, bonne idée, je te laisse bosser alors.

Capestan abandonna son lieutenant à sa maussaderie et regagna le salon, où l'équipe rassemblée autour d'Evrard regardait son écran avec un air affolé. Sur l'image en pause où Lebreton étouffait, on distinguait en haut à droite le visage désespéré de Torrez persuadé de lui avoir porté malheur. Avant tout nouveau commentaire, Capestan coupa court :

– Sans lui et son antidote, Lebreton y passait. Donc au lieu de vous découvrir un bouc émissaire, cherchez plutôt le vrai coupable, on gagnera du temps.

Embarrassés, pris en flagrant délit de médisance, les policiers se dispersèrent aussitôt, chacun retournant vaquer à ses missions.

Ainsi Rosière et Saint-Lô suivirent Dax qui leur tirait la manche depuis le début de la projection pour leur montrer un truc. Saint-Lô, rendu vindicatif par le sentiment de honte, déchargea un sursaut d'agressivité.

– Si nous rattrapons ce vilain, je le passe au fil de l'épée.

– Ça, on n'a plus le droit, mon poulet, signala Rosière en calant sa hanche contre l'angle du bureau de Dax.

– Clabauderie ! Pour réduire à quia les vaunéants, rien ne vaut la roue ou l'estrapade. À la rigueur le pilori, concéda Saint-Lô qui d'un bond s'était assis sur l'angle opposé.

– Non, poulet, on ne peut pas non plus.

– Et pourquoi diable ?

– Parce qu'on ne trouve plus de pilori, déjà.

– Dol, c'était pourtant divertissant.

– Moi aussi, ajouta Dax en allumant son Mac, j'adore le pilori. Avec l'élastique au moins on n'est pas obligé de courir à l'autre bout de la plage, quand on rate la balle.

– Non, ça c'est le jokari. Qu'est-ce que tu voulais nous dire, lapin ?

Un tissu rouge à fleurs s'affichait en large et pixellisé sous le doigt du lieutenant.

– J'ai fait l'enquête de voisinage avec la photo. Personne n'a reconnu les dames. Mais ce foulard, si, annonça-t-il rayonnant à Capestan qui venait de les rejoindre.

Rosière soupira et chassa une poussière imaginaire sur l'épaule du lieutenant.

– C'est le foulard de Branka Jacovitch et elle est décédée. Elle n'a pas pu le promener dans les rues.

– Si, c'était ce foulard-là que le monsieur a vu.

– On a reçu la confirmation tout à l'heure, ça fait vingt ans que Branka n'a plus que les os, alors un foulard tu parles qu'elle va pas se le coller sur le fémur.

Capestan aurait aimé croire Dax, elle voulait vraiment qu'il ait raison, qu'il les mène sur une voie qu'aucun cartésien n'avait envisagée. Mais le royaume des morts dépassait la juridiction de la brigade.

Une notification se mit à clignoter sur l'écran.

– Les résultats ! annonça Dax en cliquant sur le mail de AncesTree.

Après avoir parcouru le document téléchargé, il claironna à l'intention de Lewitz dans la cuisine :

– On est frères ! On a le même ADN.

Aussitôt, la tête enjouée de son copain se matérialisa dans l'encadrement de la porte.

– Sans blague ? On est frangins ! On est frangins !

Fous d'allégresse de voir leur amitié ainsi scellée, les deux hommes se prirent dans les bras en une longue embrassade sautillante.

– Regarde, là, fit Dax en pointant du doigt deux lignes d'analyses.

Rosière, front plissé, Pilou dans les bras pour plisser le front en écho, se pencha elle aussi sur le PDF.

– Non, si on en croit ce qui est indiqué là, vous n'êtes pas frères, vous êtes le même.

– Tu vois ! s'extasia Dax.

– Non, mais nous aussi on est les mêmes, Saint-Lô, Evrard... Qu'est-ce que c'est que ce bordel ? Et puis d'abord qu'est-ce qui t'a pris de prélever toute la brigade ? Ça a dû coûter une fortune, s'inquiéta Rosière.

– Mais non ! J'ai tout mis sur le même coton-tige !

Capestan n'en crut pas ses oreilles. Le lieutenant n'avait quand même pas saboté ces résultats qu'elle guettait avec tant d'impatience ?

– C'est pas vrai Dax, t'as pas mis tous les prélèvements ADN sur le même coton-tige ?

– Non pas ceux rapportés par Evrard, elle les avait déjà emballés. Saint-Lô les a envoyés à part.

Capestan expira un grand coup.

– Ils sont arrivés, eux aussi ?

Dax détailla sa boîte de réception.

– Pas encore. Mais ça ne devrait pas tarder.

La commissaire hocha la tête et retira l'élastique qu'elle conservait autour du poignet pour s'attacher les cheveux. La sonnette de l'appartement se mit à vriller dans le salon, sans s'arrêter. Quelqu'un avait posé le doigt dessus et, manifestement, ne comptait pas l'enlever.

Mains sur les oreilles, Lebreton se dirigea vers la porte d'entrée, qu'il ouvrit avec calme. Derrière, le chef rondouillard d'une armée de déménageurs escortée par trois gardiens de la paix agita un document administratif.

– Bonjour monsieur. On vient tout embarquer.

Puis, sans attendre d'invitation, le régiment en grosses chaussures bouscula Lebreton et se déploya dans le salon comme en terrain conquis, dégainant cutters et rouleaux de chatterton. Le dernier des forts entra avec trois paquets de cartons sous le bras, qu'il déposa au centre de la pièce, et chacun se mit au travail devant une assistance médusée.

Capestan fut la première à réagir. Elle s'approcha du chef, aussitôt encerclé par les gardiens de la paix.

– C'est quoi cette histoire ?

– Ordre du directeur de la police judiciaire, répondit l'homme en brandissant son document sur lequel était annoté au crayon « Vous savez très bien ce qu'il se passe ».

– Je peux ? demanda la commissaire en tendant la main.

Le déménageur céda sa feuille tout en distribuant des ordres à son équipe. Capestan parcourut le papier avant de le rendre. Marcus avait osé. Ils l'avaient cherché, certes, mais le directeur était donc capable de renverser toute une brigade en plein milieu d'une affaire de tueur en série. Il leur cassait les pattes pour gagner sa guéguerre puérile. Ou obtenir son appartement encore plus rapidement. Il sautait avec une joie féroce sur un enchaînement d'occasions, en fin stratège et rusé salopard.

Les déménageurs remplissaient les cartons avec métier, enroulant dans du papier bulle les vieux bocaux de confiture qui faisaient office de pots à crayons, scotchant les câbles sur les ordinateurs, séparant les assiettes avec du papier gaufré, pendant que les policiers leur arrachaient leurs bibelots personnels pour les sauver du butin. Rosière invectivait le géant qui décrochait son lustre à pampilles, Pilou aboyait à s'étrangler, Merlot passait de l'un à l'autre des messieurs pour les amadouer avec force camaraderie, mais rien n'y faisait, leurs douze années de brigade des Innocents remplissaient des boîtes.

– Pas le billard ! cria Evrard, les poches débordantes de fléchettes, à quatre balèzes suant sous l'énorme table.

– Remettez vos chaussures les copains, prévint Lewitz en boitillant d'une unique basket, ils sont en train de partir avec le meuble !

– Ce bureau m'appartient, protesta Rosière, c'est un modèle Empire à dix patates, c'est pas la putain d'administration qui a casqué, c'est moi ! Reposez-le tout de suite !

– Je dois libérer les locaux, madame, désolé.

– Vous les emmenez où ? demanda posément Lebreton à un brun râblé qui emportait son fauteuil à roulettes.

Le gars jeta un coup d'œil au bureau métallique et aux tréteaux d'à côté.

– À la déchèterie, je pense.

Torrez, les bras chargés de son enceinte et des dessins de ses enfants, débarqua déboussolé dans le salon, un déménageur au train.

Capestan bouillait tellement qu'elle sentait littéralement son couvercle tressauter. Mais ce n'était pas le débarras en soi qui attisait sa colère, c'était qu'ils étaient tous en train de perdre un temps précieux, alors qu'un serial killer planifiait sa prochaine hécatombe. L'empêchement dans l'action, la frustration de devoir se consacrer à autre chose qu'à leur mission, lui pilait les nerfs. Ça ne servait à rien de hurler sur les porteurs ou de chercher à les contrer, ils se contentaient d'exécuter les ordres. Tout cela se réglerait plus tard.

Tandis qu'elle voyait disparaître dans un carton la tour Eiffel souvenir de son premier jour de SRPJ, la commissaire claqua des mains pour rameuter son équipe :

– Les dossiers, il faut sauver les dossiers Jacovitch !

Saint-Lô apparut comme par magie à ses côtés pour lui glisser sous cape :

– J'ai commencé à débarquer quelques richesses. Par la terrasse. Mais seul, je ne suis point assez preste, il faut me prêter main-forte.

Capestan hocha le menton.

– Retournes-y, on s'en occupe, assura-t-elle en adressant un signe du bras à ses équipiers.

En moins d'une minute, une chaîne humaine et discrète s'organisa pour exfiltrer chemises cartonnées et ordinateurs portables. Depuis la terrasse, Saint-Lô avait envoyé un grappin sur le toit de l'immeuble et, sur toute sa longueur, la gouttière était désormais remplie du matériel de la brigade.

Deux heures plus tard, dans le silence revenu, les Poulets Grillés rejoignaient le salon désert. Le parquet, soudain immense, était constellé de traces de pas ; des billes de polystyrène et des copeaux de carton traînaient çà et là. Au mur des traces jaunes indiquaient l'emplacement des tableaux disparus.

Capestan prit la parole et sa voix résonna dans l'espace vide :

– On va arranger tout ça. Evrard est en train de suivre le camion, s'ils vont dans un garde-meuble, on saura où il est. Mais c'est pas grave le matos, c'est pas ça qui fait notre brigade, ce sont nos enquêtes. Alors Marcus ne perd rien pour attendre et, dès que notre tueur est déféré, on s'en occupera, je vous le promets. Mais là, on doit préparer l'interrogatoire des Jacovitch. D'accord ?

– D'accord, firent mollement Rosière et Merlot pendant que les autres retournaient dans la cuisine.

Patiemment, ils reformèrent une chaîne pour récupérer ce que Saint-Lô, perché sur le toit, leur distribuait des objets rescapés.

Dax intercepta son ordinateur portable, qu'il ouvrit, debout au milieu de la terrasse, pour vérifier ses mails. Les résultats d'analyse des ADN volés par Evrard étaient arrivés. Ceux que Capestan attendait avec tellement d'impatience et qui passaient au crible tous les gens qu'ils avaient croisés cette dernière semaine. Le lieutenant chargea la pièce jointe et entra les données dans le logiciel comparatif, redoutant une nouvelle catastrophe dans cette journée maudite. Alors que les correspondances s'affichaient, il lut et relut les noms avec angoisse. Deux prélèvements matchaient. Deux personnes qui n'avaient rien à voir l'une avec l'autre, elles ne se connaissaient même pas. N'osant plus rien signaler après ses cafouillages, il marmonna pour lui-même, tout paniqué.

– Oh la la, c'est pas vrai, j'ai encore merdé.

40.

Les portes automatiques s'étaient écartées, Capestan et Lebreton étaient entrés dans la rame et avaient miraculeusement trouvé une banquette libre. Le bip de fermeture avait retenti et le métro s'était élancé, seul dans son tunnel de suie.

La ligne 1 qui menait à Neuilly était automatisée et le nez du train, vitré, offrait des sensations de fusée à un groupe d'enfants anglais massés à l'avant.

Sa banane gonflée de seringues serrée sous son bras gauche, Capestan ne quittait pas les voyageurs du regard, prête à bondir.

Après concertation, ils avaient décidé d'informer séparément Jacovitch et sa fille des résultats ADN. Emma Ferney avait tendance à répondre un peu trop rapidement à la place de son père. Ni la commissaire ni Rosière n'étaient parvenues à trancher sur son éventuelle culpabilité. Aussi Lebreton, qui ne l'avait jamais rencontrée, accompagnait-il Capestan pour jouer le regard neuf. De leur côté, Rosière et Merlot avaient rendez-vous avec Jacovitch, qui prenait des photos au Trocadéro pour se refaire la main avec de la carte postale. À l'évocation du lieu, ils avaient embarqué assez d'antidote pour ranimer un arrondissement de Paris.

Emma Ferney reçut ses hôtes sans joie et sans thé. Elle les invita à s'asseoir dans le canapé et s'installa dans un fauteuil en face, les bras croisés, le visage fermé. Sa robe d'été, kaki pâle, donnait l'impression d'avoir été directement transférée du mannequin d'une vitrine de luxe à sa silhouette sur mesure. Pourtant ni le lustre du vêtement ni la richesse de l'appartement ne parvenaient à effacer les marques d'une enfance déchue.

Après deux phrases de préambule destinées à enrober un minimum ce qui allait suivre, Anne Capestan lança l'entretien :

– Nous avons plusieurs nouvelles à vous apprendre.

– Je vous écoute, fit Emma.

Elle s'était calée dans son fauteuil. Le menton était haut, les mâchoires serrées sans ostentation, dans l'attitude d'une fille qui a déjà encaissé suffisamment de nouvelles pour ne plus se laisser surprendre par aucune. Elle avait enfilé une carapace comme un super-héros son costume, les émotions à l'abri sous le pare-balles.

Capestan décocha la première flèche, sans y mettre trop de force, mais sans viser la paille non plus.

– La dernière fois, j'ai évoqué un corps que nous avions retrouvé et que nous ne pouvions pas identifier sans votre concours. Grâce à vous, nous savons désormais qu'il s'agit bien de votre mère. Vos gènes correspondent. Le décès est estimé à fin 1999, début 2000.

Le costume n'était pas totalement étanche et les yeux d'Emma rougirent instantanément. Les secondes flottèrent dans la pièce, laissant entrer par la fenêtre le bruissement léger du feuillage des marronniers sur le boulevard. Puis un curieux sourire illumina son visage.

Capestan ne s'était pas attendue à cette réaction. Elle mit un temps à réaliser l'origine probable de cette éclosion : Emma apprenait enfin que sa mère ne l'avait pas abandonnée. Celle-ci n'était pas revenue parce qu'elle n'avait pas pu. La chape de doute qui écrasait l'amour maternel depuis des années venait de se soulever. Comme une enfant heureuse, Emma était de nouveau certaine que maman l'aimait.

Les yeux dans le flou s'évadèrent un instant avant de revenir aux policiers :

– Elle a été assassinée, c'est ça ?

– Oui.

Emma opina à peine, avant de demander :

– Vous savez par qui ?

Lebreton fit tourner les deux grosses bagues en argent de sa main gauche, avant de répondre.

– Pour l'instant, non. Vous pensez à quelqu'un ?

Il guettait les réactions de la jeune femme. Si l'image de son père traversait son cerveau, il ne voulait pas en manquer le reflet sur la pupille. Mais Emma nageait, comme eux, elle cherchait. À l'époque, elle était une petite fille, elle ne pouvait se souvenir de tous les ennemis des grands.

– Vous aviez une autre nouvelle ?

Capestan déglutit et se redressa discrètement avant de décocher la seconde flèche. Elle sentit toute l'attention de Lebreton à ses côtés.

– À cette occasion, nous avons découvert que votre ADN et celui de Roland Jacovitch ne correspondaient pas. Il ne peut être votre parent biologique.

Emma accusa le coup. Son teint blanchit et ses paupières papillonnèrent. Elle baissa les yeux sur ses poignets, jouant des doigts sur l'articulation fine, essuyant du pouce le cadran de sa montre de joailler. Sa cage thoracique se souleva à plusieurs reprises avant de retrouver un rythme normal. À moins qu'elle n'ait été une menteuse hors pair, tout dans sa réaction indiquait qu'elle n'était pas au courant une seconde plus tôt.

Elle n'était pas la fille du serial killer. Dark Vador n'était pas son père.

Que pensait-elle à cet instant ? La surprise était passée maintenant. Est-ce que vraiment, comme le soutenait Torrez, l'ADN n'avait aucune importance ? En tout cas, Emma reprit rapidement contenance, comme si l'information avait glissé sur ses plumes. Capestan avait du mal à se faire une opinion sur cette femme. Comme à la surface d'un lac, l'eau transparente filait entre les doigts dès qu'on voulait la saisir, ne laissant que des profondeurs opaques.

Lebreton se leva pour se diriger directement vers le cadre, qu'il décrocha. Il voulait manifestement passer à l'étape suivante et la commissaire lui laissa la main.

Il le déposa sur la table basse devant Emma Ferney et désigna le visage des deux victimes.

– Elles font partie des femmes assassinées en 97. À votre avis, votre mère aurait-elle pu se venger de celles qui la menacent sur cette photo ? Et tomber finalement sur plus forte qu'elle.

Emma passa du cliché à Lebreton sans paraître comprendre ce que le commandant demandait.

– Quelle menace ? demanda-t-elle en fronçant les sourcils.

Puis soudain, son regard s'éclaira et elle posa l'index sur la femme au foulard rouge qui protégeait un bébé.

– Ce n'est pas elle ma mère.

Capestan et Lebreton attendirent, suspendus, suivant le doigt d'Emma qui glissait sur le verre, prêt à désigner le point névralgique de l'enquête. L'index se rétracta un instant, semblant temporiser, avant de se relâcher.

– Je n'en suis pas spécialement fière, mais, maman, c'est elle.

La cinquième harpie. La plus virulente, celle dont le profil s'opposait au personnage central, celle qui menait les autres et forçait la jeune femme à la fuite.

Elle faisait partie de ces dizaines de salopes avec lesquelles couchait mon mari. Il en engrossait une de temps en temps, mais, en général, avec un petit chèque et un bon coup de fusil, elles disparaissaient trouver un père ailleurs. J'étais Branka Jacovitch et aucune femme n'avait réussi à s'installer sur mon territoire. Mais là il y avait la guerre, qui se rapprochait, tout le monde dénonçait tout le monde, on n'était plus amis avec ceux du village d'à côté, de la rue d'en face. Cette fille avait désespérément besoin d'un protecteur pour son bébé qui venait de naître, alors elle a cru qu'elle pouvait détourner le mien. Mais pour qui elle se prenait ? Me voler mon mari, ma maison ? Me faire jeter dehors avec mon propre enfant à naître ? Et cette lavasse d'époux qui avait l'air d'hésiter en plus, elle lui avait tourné la tête. Celle-là était dangereuse, c'était elle ou moi, son bébé ou le mien. Et puisque je ne pouvais pas compter sur lui, j'ai dû m'appuyer sur mes sœurs, toutes les épouses bafouées, les cocues du village, qui langent, nettoient, cuisinent toute la journée, tout ça pour que la première pute serbe venue empoche le pactole ? Ces filles n'ont pas de religion, pas de morale. Leurs frères tuaient les nôtres quelques kilomètres plus loin et on allait la laisser vivre sous notre clocher ? Jamais. On devait la chasser. Pour nous, pour nos enfants, pour la Croatie aussi.

Nous avons hurlé, crié, soufflé jusqu'à la pousser hors des portes du village.

Je savais bien sûr qu'elle n'était pas serbe.

Mais à la guerre comme à la guerre.

41.

– On a retrouvé le corps de votre femme. Enfin, disons le squelette. Elle a été assassinée. Entre fin 1999 et début 2000.

Roland Jacovitch avait posé le pied de son appareil photo au bout de l'esplanade du Trocadéro, pleine vue de carte postale, comme un balcon sur la tour Eiffel. La Dame de fer, colonne vertébrale de Paris, s'étirait dans le ciel bleu, et la seule difficulté pour shooter, c'était d'éviter les touristes. Mais en vingt-trois ans de prison, Jacovitch avait appris la patience et, depuis le début de l'après-midi, il laissait s'écouler le flot, debout derrière son viseur. Quand les flics s'étaient annoncés, il s'était attendu à un énième interrogatoire sur son emploi du temps à l'heure où tant de femmes étaient tombées dans la ville. Et puis soudain cette capitaine Rosière, toute de rondeurs et de couleurs, habillée comme un feu d'artifice devant ce Champ-de-Mars, qui lui parlait de Branka. Du meurtre de Branka.

– Elle a été assassinée ? Mais…

Ça, Jacovitch ne l'avait jamais envisagé : Branka était morte, depuis le début. Elle ne s'était pas enfuie, elle ne les avait pas abandonnés.

Elle les aimait.

Elle ne s'était pas servie de lui.

Mais si elle avait été assassinée, par qui alors ?

– Vous savez qui l'a tuée ? demanda-t-il.

– Honnêtement, on pensait à vous, répondit Rosière.

Le policier à ses côtés approuva du menton. Il s'était présenté comme le capitaine Merlot et se tenait cambré sur ses jambes courtes, avec l'air fier du matador et l'abdomen ventru du ripailleur. Son crâne chauve brillait au soleil, comme un écho à la dalle lisse du Trocadéro. Mais Jacovitch connaissait les hommes et devinait chez celui-ci un courage bravache à ne pas provoquer.

– Mais j'étais en prison à l'époque.

– On ne dispose pas de datation suffisamment précise pour l'établir, opposa Merlot.

Eux non, mais lui, Jacovitch, savait bien que Branka était partie libre et vivante la veille de son arrestation à lui. Si elle avait été tuée, il voulait savoir par qui.

Comment était-elle morte ?

Quelqu'un s'était-il défendu ?

Ou bien la tueuse était-elle tombée sur un tueur ? Ce serait une sacrée coïncidence, bien trop hasardeux comme hypothèse. Non, elle n'était pas tombée sur un tueur, mais sur *le* tueur.

Jacovitch éprouva un léger vertige, il se concentra pour planter ses pieds au sol pendant que les dominos chutaient les uns derrière les autres dans sa tête.

Rosière et Merlot lui posaient des questions et lui s'en posait d'autres. Découvrant les réponses, au moment même où il les formulait.

Et si sa femme n'avait jamais été coupable comme il le croyait ? Si, quand elle affirmait son innocence, elle avait dit vrai ?

Impossible. Les crimes la suivaient pas à pas. Dès le début, il l'avait soupçonnée : dans les journaux, à la télé, les meurtres suivaient toujours ses déplacements professionnels. Quand les policiers et ce grand juge maigre étaient venus toquer à leur porte, Jacovitch en avait alors eu la certitude : c'était elle qui frappait. Paniqué, il comptait les cadavres et se demandait quoi faire, comment faire. Il ne pouvait pas enfermer sa femme, ni l'endormir. Et leur fille ? Qui s'occuperait d'Emma si Branka se faisait prendre ?

Les soirs d'optimisme, il espérait son innocence, bien sûr. Mais elle avait sombré dans la folie depuis si longtemps. Tous ces cachets qu'elle gobait le matin, avec la fin de la canette de Heineken qui traînait sur la table de nuit.

Il y avait eu de beaux moments avant. De ces moments qui accompagnent la captivité. Quand Emma apparaissait, Branka savait se transfigurer, elle oubliait. Elle redevenait normale, sobre presque.

Mais la guerre l'avait trop détruite. Elle avait eu trop peur. Elle détestait les hommes, et plus encore les femmes, toutes voleuses de mari. Elle en avait chassé plusieurs qui s'étaient trop approchées de son aventurier. Mais cela n'avait pas suffi : il était parti quand même, pour obéir à la bataille et se prendre une balle au premier virage, dans un taïaut de macho qu'il était. Avant même que son bébé ne voie le jour. Une perte pour personne.

Et même un sacré gain pour Jacovitch, le reporter. Il était repassé au village, espérant recroiser Branka. Et ainsi lui, qui vivait de voir mourir les autres et d'en rapporter des images, il avait ramené un grand amour et une toute petite fille d'un mois.

Qu'est-ce qu'il avait pu être heureux les années qui avaient suivi ! Comme elles avaient été belles, lumineuses. Il les voyait défiler comme une succession ininterrompue de photos du bonheur, ces clichés scintillants trempés dans de la mélancolie brute, un bain de mercure dont émergeaient les rires d'Emma, les maillots de Branka, le sable des côtes normandes. Des images à effacer toutes les Heineken.

« Pourquoi tu penses que c'est moi, toi aussi ? Tu me crois capable d'assassiner comme ça, sans raison ? Tu ne m'aimes pas alors ? »

Si, bien sûr qu'il l'aimait. C'était même au-delà des mots, un envoûtement.

Alors il avait fait comme avec tous les malades, il avait passé du baume. Oui, il la croyait bien sûr, elle était la victime du hasard ou le fruit d'une machination. Il avait fait semblant d'ignorer qu'elle se levait la nuit, qu'elle disparaissait le jour, sans but, sans mémoire. Que rejoignait-elle ? Une banquette au fond d'un bar ? Des meurtres en série ?

Elle était vétérinaire. Avant toutes ces guerres déjà elle était vétérinaire, et l'Immobilon lui servait à anesthésier.

Tout la désignait comme coupable. Tout, absolument tout. Mais pas seulement à ses yeux de mari, qui pouvait pardonner, lui le quelconque auquel la sublime s'était raccrochée, lui prêt à l'accompagner jusqu'aux derniers cercles de l'enfer pour agiter un éventail et la rafraîchir. Non, tout la désignait comme coupable aux yeux de la police, qui se rapprochait de jour en jour.

Quand il avait vu aux infos qu'un meurtre s'était produit devant la porte d'entrée du cabinet de Branka, il avait su que la police serait là dès le lendemain. Il avait supplié sa femme de fuir, de disparaître quelques jours, le temps pour lui de détourner l'attention. Elle pourrait revenir après le procès. Quel procès ? Elle avait encore parlé de son innocence et il avait expliqué son plan.

Il avait attiré les projecteurs sur un autre crime. Plus voyant, avec la même gommette mais des empreintes dessus. Grosses, bien lisibles. Les siennes. Puis il avait tout avoué, des mois entiers d'assassinats. Il les découvrait pour la plupart. Aussitôt connu, aussitôt avoué. Les flics avaient un peu bâclé le circonstancié, ils s'étaient contentés d'un ou deux meurtres pour l'exemple, quant au reste ils avaient fait confiance aux aveux.

– Vous avez tué pour ça ? demanda la capitaine Rosière sidérée. Vous savez que, pour détourner l'attention, la plupart des gens sifflotent ou jettent des cailloux ?

Jacovitch s'était sacrifié pour sa femme. Et pour qu'elle reste auprès de leur fille, qui l'aimait tant. Depuis vingt-trois ans, il lui en voulait de les avoir abandonnés malgré cela. Il l'avait haïe. Et tapi derrière cette haine, l'amour maintenant libéré lui sautait à la gorge, surgissait de sa cage après vingt-trois ans de prison.

La prison.

Roland Jacovitch réalisa soudain que durant toutes ces années il s'était en réalité sacrifié pour l'assassin de Branka. Un parpaing lui tomba sur le plexus, des frelons vrombirent derrière ses oreilles. Au bord de l'évanouissement, Jacovitch s'accrocha au trépied de son appareil photo. Il se tenait au sommet de la tour Eiffel, sur la pointe d'une toupie valdinguant de mur en mur.

Le vomissement partit en jet et s'abattit en flaque aux pieds des policiers.

– Ah non, bordel, des escarpins tout neufs ! Putain, elle va me coûter une blinde cette enquête !

– Désolé, s'excusa Jacovitch en s'essuyant d'un revers de manche. Je n'ai pas pu me retenir.

– Non, mais c'est bon, c'est rien, c'est rien, grommela Rosière. Vous voulez un Kleenex ?

– Merci, fit Jacovitch en tendant la main pour saisir le mouchoir que la capitaine extrayait du paquet.

– Mais quand les crimes ont recommencé à votre sortie de prison, vous pensiez encore que votre femme en était coupable, après toutes ces années ? s'étonna Rosière qui frottait sa chaussure d'une poignée de mouchoirs tout en repoussant la truffe de son chien.

Non. Il avait pensé à Emma. Sa fille. Elle était biologiquement le fruit de deux fous dingues, au sang bouillonnant de batailles et à la psyché instable. Depuis sa cellule, il avait suivi ses changements de villes, d'identités, les multiples légendes dont elle s'entourait. La vie avait envoyé trop de météorites, trop tôt, sur un terrain sans doute volcanique, sa fille avait peut-être plongé dans le déséquilibre. Il ne savait pas. Il ne l'avait jamais revue, il ne la connaissait plus. Il l'aimait seulement, au hasard presque.

Quand la commissaire Capestan et le lieutenant Torrez étaient venus et qu'elle avait inventé un alibi, il avait d'abord été heureux qu'elle le défende. Mais quand les policiers avaient montré la gommette, il avait scanné le regard d'Emma et avait cru y retrouver celui de sa mère. Il s'était dit qu'en réalité c'était Emma que le faux alibi dédouanait. Alors il avait rendossé son costume de sacrifié, son destin de protecteur. Il avait repris ses mines de psychopathe pour attirer à lui les soupçons des flics.

Il était redevenu la Main de Dieu. Ce personnage d'illuminé qu'il croyait devoir à sa femme et qui lui venait en réalité de son assassin.

Le second vomissement jaillit comme le premier. Mais cette fois, la policière l'évita d'un crochet des mollets, et un véritable contentement éclaira son visage. Elle tendit un nouveau Kleenex, au moment où, attaché à un long collier de perles, son téléphone chanta le générique de *L'Amour du risque*.

– Allô ? Oui, on est avec lui… Je t'écoute.

Soudain, Jacovitch eut peur que l'assassin ne veuille tuer sa fille aussi. Qui était-ce ? Pourquoi s'acharnait-il sur leur famille ? D'où venait cette haine ? De Paris ? Des Balkans ? Qui avaient-ils rendu cinglé ? Tout désignait Branka au départ. C'était donc bien une machination et le meurtrier en avait après elle. Mais dans ce cas pourquoi revenir ? Après tout, elle était morte. Pour piller aussi son héritage, ses dernières traces sur terre ?

Qui ?

Son mari ? Impossible, il était mort.

– Oui, le cadre. Mais elle a dit que c'était sa mère ! Celle avec le foulard !

Sourcils froncés, la capitaine Rosière écouta en silence avant de reprendre plus calmement :

– Oui, elle évoquait la photo en général, pas forcément le personnage principal… Oui, je suis allée trop vite, *on* est allés trop vite. OK. Je ressors l'image. Je lui demande.

Avant même de voir quoi que ce soit, Jacovitch avait compris. Le cadre. Cette première photo qu'il avait prise de Branka avant de savoir qu'elle deviendrait sa femme. Elle était importante à ses yeux et, dans son reniement, il avait voulu s'en séparer. Mais il n'aurait pas dû la donner à Emma. Même si elle faisait partie de son histoire, ce n'était pas une image à garder pour une enfant. Sa mère, bourreau d'une autre.

Le reporter de guerre en lui en avait vu de pires et ça ne l'avait guère ému. Ou plutôt, il n'avait vu que Branka et oublié le reste.

À l'origine, c'était une commande. Un reportage dans le village de Bunic, aux portes du génocide. Là où la menace avançait, exacerbant les tensions, Jacovitch était venu témoigner des premiers frissons de combat dans les campagnes. Sur ce cliché, sa future femme brisait un destin. Une mère qui protège son bébé. Une vengeance à venir.

Rosière agrandit l'image sur l'écran et, de son ongle vermillon, elle désigna deux des quatre femmes au second plan.

– Elles ont été assassinées dès le début, en 97. Emma nous a dit que c'est vous qui aviez pris cette photo ?

Jacovitch hocha la tête. Rosière poursuivit, faisant glisser son index sur la femme qui fuyait, un foulard rouge sur les cheveux.

– Il faut absolument qu'on la retrouve. Est-ce que vous connaissez son nom ?

42.

Téléphone sur l'oreille, Anne Capestan entendait Jacovitch qui répondait à Rosière. Il ne connaissait pas le nom. Évidemment, pensa la commissaire en raccrochant. Elle rempocha son appareil, regardant Lebreton et Emma qui discutaient ensemble, quand soudain la sensation de ressemblance revint la bousculer. Elle retint son souffle.

Elle se souvenait du moment où Benoît Ferney avait enlacé Emma sur le canapé. Elle avait plissé son petit nez pointu, et cela avait été fugace mais Capestan avait vu un autre visage se superposer puis disparaître. Cette fois-ci, elle était parvenue à l'immobiliser, le retenir.

– Je sais qui c'est, dit-elle à Lebreton.

– Qui ? La femme au foulard ?

Capestan réfléchissait et l'histoire se dessinait à toute vitesse, comme à la fin d'un puzzle de mille pièces on emboîte les dix dernières sans plus d'hésitation. Emma Ferney avait les mêmes grands yeux ronds aux sourcils épais, le même nez en bec de hibou que le fils de Petra Piver.

– Oui. Viens, il faut qu'on retourne au commissariat.

Capestan ne voulait pas parler trop vite devant Emma Ferney, car, si ses déductions étaient les bonnes, alors elle venait de lui trouver un demi-frère.

Même sans détailler la photo, on pouvait percevoir la fureur particulière de Branka Jacovitch. La morale, le nationalisme expliquaient la férocité aveugle des femmes autour. Mais la ligne de tension, les deux profils qui s'opposaient à gauche et à droite de l'image, tout ce qui se jouait entre Branka et la fuyarde sentait la vindicte personnelle. Or une telle rage ne se déclenche pas sans une vraie raison, une raison viscérale. S'il fallait à tout prix faire disparaître cette fille au foulard rouge, c'est qu'elle représentait un danger.

Capestan réfléchit. Branka avait sa fille Emma. Piver avait son fils Frédéric. Quasiment du même âge. Si Emma et Frédéric se ressemblaient tant, c'est qu'ils avaient un géniteur commun. Forcément.

Sur la photo, c'est le bébé qui incarnait la menace.

Il fallait vérifier les ADN, mais Capestan aurait parié que ce bébé était Frédéric, que cette mère au foulard était Petra Piver, et que le père était le même que celui d'Emma.

Il était là le mobile, elle était là la vengeance.

Les deux policiers avaient quitté la fille de Jacovitch en promettant de la rappeler dès qu'ils auraient du solide. Sitôt sur le trottoir, Lebreton avait questionné :

– Alors, tu sais qui est la femme sur la photo ?

– Oui, je crois. C'est Petra Piver. Et le bébé dans ses bras, je pense que c'est son fils Frédéric, le demi-frère d'Emma.

– Quoi, quoi, quoi ? Reprends lentement ! Petra Piver : tu parles de la victime des Galeries Lafayette, la Tatie Danielle ?

– La *coupable* des Galeries Lafayette. Je ne sais pas trop comment elle s'est débrouillée, mais on va lui demander.

– Tu te bases sur quoi ?

– D'abord la ressemblance entre Frédéric et Emma ; une fois que tu l'as remarquée, je te promets que tu ne peux pas passer à côté. Ensuite Petra Piver elle-même, au-delà de son caractère insensé, m'a toujours paru curieuse.

– Pourquoi ?

– Ce sont des détails, j'ose à peine le dire, mais ils ne m'ont pas quittée.

– Dis toujours.

– Quand on est allées la voir, avec Rosière, on l'a cueillie alors qu'elle sortait soi-disant faire ses courses. Or elle avait un sac. Déjà à mon âge, mais au sien, on prend un caddie pour les courses, non ?

– Pour le marché, j'en ai un oui, mais bon, pour une petite course…

– Non. Pas à soixante-huit ans et en convalescence en plus. Ensuite, elle n'a pas bâillé.

– Pardon ?

– C'est le signal naturel de l'empathie. Rosière était crevée, elle s'en décrochait la mâchoire, évidemment j'ai bâillé aussitôt et Frédéric, le fils justement, aussi. La seule qui n'a pas réagi de toute la série, c'est Petra. Zéro empathie, une sociopathe.

– Moui… Enfin, tu te pointes dans n'importe quelle réunion, on t'en dégote dix des sociopathes comme ça, fit Lebreton qui trouvait sûrement que l'échafaudage manquait de briques dures.

– Je sais, c'est juste un indicateur parmi d'autres. En plus, Petra savait depuis le début qu'on était en charge de l'enquête, que c'était nous les flics à provoquer car les seuls à avoir identifié la Main de Dieu. Tout ça, ce sont des broutilles, j'en ai conscience, mais je te jure qu'avec cette hypothèse tout fonctionne. Et je sais comment vérifier, conclut Capestan en sortant son téléphone.

Dax décrocha immédiatement.

– Oui, chef ?

– Coucou Dax. Est-ce que tu as reçu le résultat des ADN prélevés par Evrard ?

– Oui…

– Formidable. Tu peux me comparer celui de Frédéric Piver avec celui d'Emma Ferney, s'il te plaît ?

Après un court silence et une déglutition sonore, la voix embêtée de Dax surgit de l'écouteur :

– J'ai rien fait, je comprends pas pourquoi ça a tout mélangé, je suis désolé.

La gorge de Capestan se contracta : qu'est-ce qui s'était encore passé ?

– Calme-toi, calme-toi, Dax. Dis-moi juste.

– Ben oui, je l'ai déjà mis dans le logiciel, et les deux correspondent, mais je te jure, je ne sais pas pourquoi.

Capestan retint un cri de victoire, serrant le poing d'excitation.

– T'inquiète, moi je sais ! C'est parfait. En fait, ils sont frère et sœur. Merci Dax !

Lebreton s'était arrêté au milieu du trottoir. Les grappes d'enfants contents et de parents exténués de retour du Jardin d'Acclimatation le contournaient. Les ADN matchaient donc. Il contemplait Capestan. Elle pouvait voir le déroulé cheminer dans son esprit. Un léger sourire fit apparaître la ride sur sa joue. Il remonta les manches de sa chemise d'un tour supplémentaire et s'interrogea à haute voix :

– Mais comment se procurait-elle l'Immobilon ?

Je ne retrouve plus ma mallette sécurisée.

J'ai beau compter et recompter, il me manque deux flacons. J'avais laissé ma mallette ici, derrière le porte-parapluie dans l'entrée.

Je commence à craindre qu'elle ne me l'ait volée.

Depuis longtemps, je sais que son cœur est percé de trous noirs, ils m'ont suffisamment hanté quand j'étais enfant. Mais là, c'est encore autre chose. J'ose à peine le penser et je ne suis pas sûr de vouloir le vérifier.

Mais je crois bien que je suis le fils du serial killer.

43.

En poussant la porte du commissariat, Capestan et Lebreton avaient éprouvé une seconde de surprise à le redécouvrir sans plus de meubles ni déco. Les policiers étaient assis par terre, en tailleur ou adossés au mur. Pilou, heureux d'avoir tout ce beau monde à son niveau, passait de l'un à l'autre pour se faire gratter le dos et les oreilles.

Toute à l'enthousiasme de sa découverte, Capestan avait exposé sa théorie à un public qui cachait mal son scepticisme. La seule information concrète dans tout cela était le match des ADN, mais le concret en provenance de Dax étant par définition soumis à caution, l'équipe doutait.

– Non mais attends, releva Rosière, elle a soixante-huit piges. Tu la vois galoper comme un garenne dans les rues de Montmartre avec des jeunes à ses trousses ?

– Jeunes..., sourit Capestan.

– Des athlètes même, ajouta Rosière sourire élargi. Non, mais sérieusement.

– Alors d'abord, dans le dossier, il est indiqué qu'elle a couru La Parisienne l'an dernier et c'est quand même dix bornes. Mais surtout…, objecta Capestan en désignant Lebreton d'un coup de menton.

Celui-ci enchaîna :

– Si l'on en croit les vidéos et le temps d'efficacité du poison, ça n'était sportif que pour nous. Elle a pu passer cinq minutes avant, en marchant pour poinçonner ou asperger les gens. Une femme de son âge peut y parvenir sans aucune difficulté.

– Mouais. Et aux Galeries, elle a pris le risque de s'empoisonner ?

– Je ne sais pas. Soit c'était involontaire, une faute de manipulation, soit elle voulait infiltrer l'enquête. Dans ce cas, elle a utilisé une très faible dose, ou elle s'est injecté l'antidote directement. Dans les analyses, on ne trouve que ce qu'on cherche, donc si le labo ne traquait pas le Revivon, c'est passé.

C'est vrai que le fil était ténu, la commissaire en avait conscience et elle n'était pas pressée de devoir renouveler son exposé auprès de Beretti. Un silence gêné flottait dans la pièce, uniquement rompu par le cliquetis des griffes de Pilou sur le parquet et le son d'un marteau-piqueur sur la place. Et pourtant, c'était ça, Capestan en avait la conviction. Elle s'adressa à Dax :

– Et tu avais raison – une fois de plus – en soumettant la photo. C'était bien ce foulard que ton témoin a vu. Il n'appartenait pas à Branka Jacovitch mais à Petra Piver.

Le lieutenant, gonflé de fierté, se rallia aussitôt à la thèse de la commissaire.

– Oui. Et c'est dommage qu'on n'ait plus les vidéo-surveillances du meurtre de Claudie, parce que je suis sûr qu'on la verrait.

Evrard, toujours du côté de son compagnon, renchérit :

– C'est vrai. Les autres fois, elle devait porter des perruques, des capuches, des chapeaux… De toute façon, l'ADN, c'est l'ADN.

Les corps se redressaient, l'idée faisait son chemin dans la ronde des policiers assis.

– Reste la question de l'Immobilon, remarqua Lebreton.

– C'est vrai.

Soudain un babyphone glissa sur le parquet comme un palet sur une patinoire de hockey, achevant sa course en tourbillonnant sur lui-même. Capestan se baissa pour le récupérer et appuyer sur le bouton d'écoute. La voix de Torrez, retourné dans son bureau, grésilla dans l'appareil :

« Son fils est véto lui aussi… *criiich*… Il était à Maisons-Alfort ! »

– Mais qu'ont-ils donc tous avec les animaux dans cette famille ? s'interrogea Merlot, interloqué, en repoussant un Pilou passionné par ses chaussettes.

Le capitaine avait raison, cette concordance des vocations trouvait sans doute sa source quelque part. Mais pour l'heure, elle fournissait surtout l'arme du crime. Un léger souffle anima de nouveau le babyphone, dont le volume tourné au maximum amplifiait la voix de la Scoumoune :

« … *criiich*… Depuis le début de l'enquête… *criiich*… on a un peu oublié la base : l'entourage des victimes. »

Portée par le haut-parleur, la constatation virait à l'accusation vrombissante et, par réflexe, chacun baissa le nez une fraction de seconde, en contrition de masse sous le tonnerre d'un dieu courroucé.

– Mais alors, déduisit Rosière en relevant la tête, c'est peut-être le fils le coupable ?

– Aujourd'hui pourquoi pas, mais à l'époque il avait sept ans, objecta Evrard.

– Il y a des marmots précoces..., se défendit Rosière.

Lewitz agita la main, comme un joueur de Pictionary :

– Ou alors à l'époque c'était elle, mais aujourd'hui c'est lui, pour qu'on enferme sa mère et qu'il hérite tranquille.

Rosière leva les paumes en maîtresse de cérémonie :

– Bon, bon, bon. On arrête de spéculer, on va les voir et on demande poliment.

– On les serre ? On prévient la Crime ? demanda Lewitz.

Embarrassée, Capestan tira sur son oreille.

– On ne peut pas les arrêter. On est obligés d'obtenir d'abord des aveux.

– Ah bon, pourquoi ? demanda Dax.

– Parce qu'on n'a pas prélevé l'ADN de façon légale, légale... C'est le vice de forme assuré au procès, aucun juge n'ouvrira une instruction là-dessus. Or les gènes sont notre seule preuve.

– Cette manie d'obtenir les infos à l'arrache..., soupira Lebreton désapprobateur.

Capestan eut un signe de tête qui en convenait.

– On ne peut même pas demander la garde à vue.

– Et toutes ces fausses pistes qu'elle nous a balancées, on ne peut rien en tirer tu crois ? Le sweat, l'alarme, le studio ? demanda Rosière.

– Je ne pense pas. Il faudrait fouiller chez elle…

– Sans ordre de perquisitionner ? Tu veux vraiment qu'ils ressortent libres ? s'indigna Lebreton.

– Non, tu as raison, tu as raison.

Un silence plana un moment.

– On ne peut rien faire alors ? se désola Dax

– Non. Mais on va le faire quand même. J'appelle Beretti, décida Capestan avant de se retirer dans la salle de billard vide de billard.

Derrière la fenêtre ouverte, la lumière de l'après-midi était encore vive sur les façades claires de la rue de la Ferronnerie. Des ambiances musicales variées s'échappaient des boutiques et des cafés, se mélangeant dans une cacophonie qui était le son du quartier. Pendant que les gens sortaient des écoles ou faisaient les magasins, la commissaire, elle, essuyait le refus de Beretti.

– Non Capestan, désolée. J'ai des ordres : aucun soutien logistique pour votre brigade.

Beretti marqua un temps avant de baisser la voix :

– Honnêtement, Anne, je ne suis même pas censée te parler, confia la commissaire en passant brutalement au tutoiement. Je ne sais pas ce que tu as fait à Marcus, mais on irait collaborer avec *L'Huma* qu'il nous le pardonnerait plus facilement.

– Mais enfin, Mélanie, on parle d'assassinats en série, c'est pas une guerre BRI contre BRB et autres folklores, il y a des morts. Je ne demande même pas à ce que le mérite nous revienne, vous pouvez la coller dans vos stats, du moment qu'on la stoppe.

Mais même la livraison de la coupable, clé des menottes en main, Marcus n'en voulait pas.

– Je sais, je sais, admit Beretti. Bon, je devais récupérer le fourgon que je vous ai prêté, mais ça attendra. Et puis… on a eu un appel tout à l'heure, un vétérinaire des Hauts-de-Seine qui demandait à parler à la commissaire Capestan ou à Mme Rosière. Frédéric Piver, c'est lui que vous aviez vu ?

Capestan se tendit.

– Oui. Je viens de t'en parler, c'est son fils.

– Je sais, je sais. Il a laissé un message que je devais jeter… Il voulait déclarer un vol.

L'Immobilon. Forcément l'Immobilon, et la réponse à toutes leurs questions. Mais est-ce qu'il voulait dénoncer sa mère ? Se protéger ? Les manipuler ?

Il fallait y aller. Maintenant.

– Merci Mélanie, je vais me débrouiller.

– Écoute, Anne. Si tu apportes des preuves solides, recevables, je te mets directement en lien avec le juge d'instruction, en court-circuitant Marcus. C'est tout ce que je peux faire pour toi.

Capestan sourit. C'était plus qu'elle n'espérait. Après avoir salué la chef de la Crime, elle raccrocha et rejoignit son équipe dans le salon.

– Dax, tu me trouves le numéro de Frédéric Piver s'il te plaît, il a essayé de nous joindre pour déclarer un vol.

– Non ? fit Rosière.

– Si, il a demandé à parler à toi ou à moi, donc je te laisse t'en charger. Pendant ce temps, j'y vais avec Louis-Baptiste.

Le commandant gardait toujours la tête froide, la raison posée dessus comme une vessie de glace. Il était difficile à manipuler et rigoureusement impossible à provoquer. Un compagnon précieux pour la commissaire dans ce genre de circonstances.

– Comme ça ? Direct ? plaisanta Rosière, surprise.

C'était un peu précipité, certes, mais Capestan sentait le vent tourner, une urgence s'imposait à elle, la poussait dans le dos.

– Je ne voudrais pas qu'elle apprenne l'appel de son fils et essaie de fuir. Je préfère encore me pointer et improviser.

– Ben voyons, on peut toujours passer pour discuter, c'est vrai. Échanger des nouvelles. La santé, ça va ? On tousse plus ? On arrive à tuer même en côte ?

– Quelque chose dans ce goût-là, admit Capestan dans un sourire.

44.

Moins d'une heure plus tard, Lebreton et Capestan appuyaient sur la sonnette du 138, rue de Chantilly. Une Jeep noire était garée dans l'allée menant au garage. La commissaire envoya une photo de la plaque à Dax pour vérification, mais il s'agissait sûrement du véhicule de Frédéric Piver. Tant mieux, Capestan espérait bien s'entretenir avec les deux d'un coup et, pour l'instant, le jeune homme n'avait toujours pas décroché aux appels de Rosière.

La rue était d'un calme qui frôlait la mort.

Pas de réponse, ils sonnèrent à nouveau.

Lebreton prit quelques pas de recul pour observer les mouvements.

– Il y a quelqu'un là-haut, les rideaux ont bougé, fit-il en retournant près de la porte.

– Je sonne encore. Elle est peut-être vraiment sourde finalement.

Les maisons de la rue étaient mitoyennes, un alignement de pavillons collés les uns aux autres avec des terrains à l'arrière.

– Le jardin est inaccessible, nota Capestan, on ne peut pas faire le coup de toquer à la porte-fenêtre de la cuisine : « Comme c'était ouvert, on est entrés… »

Lebreton leva l'index.

– J'entends des pas. Elle descend.

– Qui c'est ? cria une voix mal aimable à travers la porte.

– Commissaire Capestan et commandant Lebreton, nous nous sommes déjà rencontrés, nous voudrions vous parler.

– Encore ?

– Oui.

– Je vous ai dit tout ce que je savais, vous me fatiguez maintenant, je ne suis pas la seule survivante.

– Je me permets d'insister, cela ne prendra que quelques minutes, mentit la commissaire.

Elle ne voulait pas abattre ses cartes tant qu'ils n'avaient pas été invités à entrer en toute légalité.

– Non. C'est assez, j'ai dit. Laissez-moi. Allez ! Déguerpissez !

Capestan commençait à en avoir plus que marre que cette furie lui parle sur ce ton. Les images de Claudie, de la mère avec son enfant place Gambetta, de tous les corps alignés à la morgue, remontaient dans sa mémoire comme des papillons de nuit dans un filet, agaçant sa patience. Cette porte fermée la narguait, l'empêchait. Subitement, elle se mit à taper du poing.

– Ouvrez, police !

Lebreton posa sa main sur son épaule et chuchota :

– Calme-toi. Ne gâche pas tout.

Capestan se rendit à la raison, mais chaque centimètre de leur demi-tour tira sur ses nerfs plus que sur ses muscles. Alors qu'ils regagnaient la vieille Peugeot de la brigade, un cri leur parvint depuis la maison. Une voix d'homme. Un autre cri, plus fort, comme un appel, aussitôt étouffé. Ils stoppèrent net, mais rapidement Lebreton effleura le coude de la commissaire, l'entraînant à poursuivre avec indifférence. Ils étaient désormais observés.

– Le fils, tu crois ? demanda-t-elle sans se retourner.

– Il s'est peut-être juste cogné, jugea Lebreton. Ou c'est elle qui l'a assommé, surtout.

Capestan hocha la tête, elle tenait son occasion. Elle s'installa au volant de la voiture.

– C'est l'option que je vais choisir en tout cas, cela nous autorise à intervenir. Je te dépose en planque au bout de la rue et je rejoins la brigade pour organiser notre débarquement.

45.

– Branle-bas de combat ! cria Capestan en claquant la porte de l'appartement.

Aussitôt Merlot, assis sur un cubi de rosé qui lui servait de tabouret, se leva, moulina des bras pour rétablir son équilibre et s'appuya sur Saint-Lô qui, lui, était déjà sur pied, prêt à en découdre.

– À vos ordres, très chère !

Tout ondulante, Rosière revint de la terrasse, Pilou à ses talons. Elle fit bouffer ses cheveux avant de demander d'une voix calme :

– C'est quoi ce bordel ?

Quand Lewitz et Dax eurent refermé un manuel de maths pour se rapprocher, la commissaire résuma leur tentative infructueuse à Chantilly et le cri entendu avant de partir.

– Elle détient peut-être son fils. En tout cas, cette hypothèse nous permet de tenter un sauvetage.

– Sans certitude ? tempéra Rosière. Le gars nous a pas appelés à l'aide et on n'a aucune preuve dans l'affaire, je te rappelle. Même une bleusaille d'avocat nous dégomme en moins de deux avec une intrusion, on en fait le roi du ball-trap avec nos conneries.

La capitaine n'avait pas tort, il aurait fallu que le fils soit en position de danger imminent. Mais Capestan était sûre qu'il l'était. Sinon, il répondrait au téléphone. Ils perdaient un temps précieux en prudence, en tergiversations, en procédures. Alors même qu'ils étaient au placard et n'avaient, eux, rien à perdre, contrairement à Frédéric Piver.

– Rappelle-le, dit-elle à Rosière. En attendant, on prépare notre action.

Capestan se dirigea vers son ordinateur portable, qui patientait au bout de sa prise de recharge sur un coin du parquet. Appareil sous le bras, elle fila vers la cuisine, seule pièce où demeurait un plan de travail. L'équipe entière la suivit comme un seul homme.

Capestan alluma sa machine, puis ouvrit une fenêtre web et lança directement Google Earth. Elle vérifia ensuite l'adresse dans son téléphone, avant de la taper dans la barre de recherche. Quelques secondes plus tard, une vue aérienne du pavillon de Chantilly s'affichait en plein écran.

– On voit pas très bien, c'est ton ordi ? demanda Lewitz.

– Non, c'est la prise de vue, répondit Dax à la place de Capestan. La météo, ou l'axe du satellite, ça pixellise un peu. Mais ça va, honnêtement, ça va, t'es difficile.

– Non, non, si ça te va, ça me va.

– Moi, ça me va.

– Alors ça me va.

– Ça va, on peut y aller ?

– Ils auraient pu nous laisser les tabourets de bar quand même, ces fumiers, râla Rosière les coudes appuyés sur le plan de travail et la cambrure douloureuse. Frédéric ne répond toujours pas.

– Regarde, fit Dax en faisant glisser à lui l'ordinateur de Capestan avec un geste d'excuse, tu tires une ligne ici, tu poses un point, tu tires une ligne là…

Sa main survolait le pavé tactile, sur l'écran le terrain du pavillon se quadrillait de repères.

– Et voilà, on a la surface, les gros points de végétation, l'allée… On imprime et on a notre plan, annonça-t-il tout fiérot.

– On n'a plus d'imprimante, rappela Rosière.

– Ah oui. Ben on recopie, alors. On a même des feutres dans le cartable de Lewitz.

Rosière se redressa. Elle téléphona encore. Toujours rien. Il était près de dix-neuf heures. Dax et Lewitz, déroulant le scotch, avaient entrepris de coller ensemble des feuilles A4 pour établir une carte grand format. Si la brigade attendait encore un peu, la nuit allait tomber, leur offrant une approche plus discrète.

– Il nous faudrait des vêtements de camouflage.

– Tu veux dire un casque et des lunettes infrarouges comme dans les films ? s'enflamma Lewitz.

– Mais tu me prends pour un surplus ou quoi ? Je voulais juste descendre au Go Sport des Halles acheter des trucs sombres pour dissimuler notre approche.

– Eva, quand tu dis « notre approche » tu veux dire « leur approche » ? vérifia Capestan à voix basse.

– Non, je pensais y aller aussi, se rembrunit Rosière.

Capestan l'attira à part. La lumière commençait à décroître dans la cuisine, teintant les murs de reflets orangés.

– T'es sérieuse ? Va falloir passer les clôtures, escalader les murs… C'est un truc de service action, ça n'a jamais trop été ton rayon, non ? Et puis, enfin… même ta Laura Flamme, dans la saison 12, elle a arrêté de cavaler après les bandits, elle laisse ça aux play-boys.

– Non, pas vrai, démentit Rosière. Tu penses que je suis rouillée, c'est ça ?

– Je pense que *je* suis rouillée. On n'est pas invitées à tous les séminaires commando.

– Moi, ça m'amuse, insista Rosière. Et ça me donne du grain à script. Peut-être que Laura Flamme, elle va tous leur péter la gueule dans la saison 13.

Rosière ne savait pas trop ce qui la prenait de vouloir se lancer comme ça, de se donner un de ces airs de jeunesse qui vous colle un coup de vieux. La probabilité pour qu'elle finisse perchée en haut du mur sans pouvoir en descendre était quand même importante. C'était pas trois heures de vélo d'appartement par mois qui pouvaient l'entretenir. Elle était à deux doigts de se mettre au yoga comme toutes les quinquas du pays, mais c'était quand même moins marrant que de ramper dans la boue pour aller choper une tueuse en série.

– OK. C'est toi qui vois, céda Capestan au grand étonnement de la capitaine. Tu iras avec Dax et Saint-Lô.

– Saint-Lô, t'es sûre ? Il va sur ses cinq cent soixante-treize ans quand même.

Capestan allait répondre dans un sourire quand elle posa subitement sa main sur le bras de Rosière et, index dressé, lui fit signe de se taire. Elle articula en silence.

– T'as entendu ?

Toute la brigade s'était figée, oreilles tendues. Un bruit de clés. La porte du commissariat s'ouvrait.

Est-ce que Petra Piver osait venir les chercher jusque chez eux ?

Chaque policier, par réflexe, porta la main à sa ceinture, prêt à dégainer une arme qui n'y était pas. En un bond furtif, Saint-Lô gagna le salon, se plaquant au mur, et tira son épée du fourreau sans même qu'on perçoive le frottement de la lame.

Des pas résonnèrent dans l'entrée.

– Elle a même pas enlevé ses chaussures, chuchota Dax.

Capestan marcha sur la pointe des pieds jusqu'à son sac, à la recherche d'antidote. Saint-Lô, rasant la cloison, s'approchait pas à pas. Il leva son épée, prêt à embrocher quiconque passerait le seuil du salon.

– Aaaah ! s'étrangla le jeune homme en apercevant le mousquetaire.

Dans son costume trop court et trop mou posé sur des chaussures pointues en cuir marine, il avait l'air de tout sauf d'une menace.

– Qui êtes-vous ? demanda Merlot dans un souffle de cabernet qui faillit abattre le garçon.

– L'agent ! Je suis l'agent immobilier, je viens faire l'estimation. Je suis désolé, on m'avait dit que les locaux étaient vacants, sinon j'aurais téléphoné pour convenir d'un rendez-vous ! Ne me tuez pas, supplia-t-il, croisons nos plannings, je repasserai quand vous serez disponibles.

– Oui, revenez plutôt à ce moment-là, fit Capestan en poussant doucement l'agent vers la sortie. Désolée pour l'accueil.

Alors qu'il passait la porte dissuadé par une saine frayeur, Rosière le rattrapa pour lui réclamer sa carte.

Une heure plus tard, le plan étalé sur le parquet, Saint-Lô et Capestan déplaçaient des pions qui ne devaient pas être vus depuis les différentes fenêtres du pavillon de Petra Piver. Rosière et Dax essayaient des vêtements moulants noirs, adaptés aux escapades nocturnes.

Merlot admirait sans complexe Rosière.

– Chère amie, tu es magnifique ! On dirait la chanteuse, là…

La capitaine commença à le regarder de travers.

– Si ! La belle plante, dans le journal d'Evrard, fit-il en ramassant un *Voici* qu'il feuilleta jusqu'à deux pleines pages de yatchs au soleil.

– Voilà, Mariah Carey en combinaison de plongée ! Hé hé, la fermeture Éclair a déclaré forfait dès le nombril, mais pour le reste, c'est tout toi, n'est-ce pas ? affirma Merlot, très satisfait de son galant compliment.

Rosière ouvrait la bouche, mais Capestan coupa court avant l'un de ces conflits dont les deux policiers étaient friands.

– Saint-Lô nous a concocté un plan d'attaque magistral. Tu rappelles Frédéric Piver ? De toute façon, on y va.

Rosière, après avoir mis un point d'honneur à remonter son zip jusqu'au cou, hocha la tête et, pour la dixième fois de la journée, effleura le numéro de téléphone du fils Piver.

46.

Fred sentit une fois encore le portable vibrer dans la poche arrière de son pantalon.

Mais pour l'heure, ficelé, les mains dans le dos, gisant à même le sol en béton de la cave, il ne pouvait guère décrocher.

Assise face à lui sur une table basse de camping, sa mère désigna du menton la barquette de frites posée à côté d'elle.

– Je t'avais fait tes frites préférées. Dans une barquette en plastique, avec du ketchup, comme tu les aimais à la piscine de Saint-Hilaire.

Elle en tira une entre le pouce et l'index et mordit dedans. Ses cheveux formaient des grosses boucles sur son crâne. Elle avait oublié d'enlever un bigoudi à droite.

– Et toi, elles avaient même pas refroidi que t'étais prêt à me dénoncer ? À qui ? À l'ordre des vétos ?

Elle avala sans mâcher.

– À la police, peut-être ? Tu donnerais ta propre mère aux flics ? Mais qu'est-ce que j'ai fait pour mériter ça ? Tu te rends compte ?

Elle secoua la tête avec dépit, écrasa les traces de sel humide entre ses doigts. Elle allait lui dire, encore, tout ce qu'elle avait surmonté pour qu'il survive.

– J'ai traversé des champs de ruines, grimpé des collines grouillantes de mercenaires, vécu dans des camps de réfugiés, dans les mines de charbon de Kakanj, j'ai contourné des checkpoints, affronté des milices, tué l'ennemi dans son sommeil… Tout ça pour protéger ta petite vie de petite créature.

Plongeant sa main dans la barquette, elle ramena un paquet de frites dressées comme des bâtonnets de mikado. Elle les piocha des dents, une à une, sans le quitter des yeux.

– Et plus tard, en France ! J'ai changé des milliards de couches, je t'ai donné mon sein pendant trois ans, et la becquée pendant six années encore. Je t'ai appris à marcher, à parler, à lire, à écrire, à faire tes besoins, te doucher, t'habiller. Tout ce temps que je t'ai consacré, tout cet argent que tu m'as coûté, pour grandir ! Enfin, fit-elle avec un reniflement méprisant, « grandir », si on peut dire. Jusqu'à tes études ! Il était pas joli le studio que je t'ai trouvé près de l'école vétérinaire ? Je ne l'avais pas peint et meublé à ton goût peut-être ?

Elle attrapa une nouvelle poignée de McCain qui s'écrasa entre ses phalanges épaisses.

– Réponds ! Je t'ai posé une question, réponds au moins ! Il n'était pas beau ?

– Si, très joli, admit docilement Fred.

– Je te le fais pas dire, ponctua-t-elle avec un petit rire. Et tout ça pour quoi ? Pour faire comme ton père !

Tu parles. Lui il travaillait dans les cirques, dans les zoos, dans la brousse, il n'avait peur de rien, il était né pour affronter la nature, il était grand, carré d'épaules, avec des pectoraux à repousser toute la cavalerie.

Avec un léger sourire et l'œil embué de nostalgie, sa mère agrippa cinq nouvelles frites, qu'elle croqua rêveusement.

– Il soignait des tigres, il combattait des crocodiles, il dressait des serpents. Toi, tu pelotes des chats et des vaches.

Sa mère se pencha en avant pour le détailler.

– Enfin, t'as ses grands yeux bruns magnifiques. Son nez courbé et ses sourcils aussi. Un peu les cheveux au niveau des golfes là, fit-elle en désignant le haut de son front d'un majeur brillant de friture. C'était beau, ça, j'aimais bien. On aurait pu vivre heureux ensemble. Il allait s'enfuir avec nous, tu sais, si cette salope n'avait pas comploté.

Elle se redressa, un pli amer sur les lèvres.

– Je suis sûre que c'est elle qui l'a fait abattre, en traître, grinça-t-elle entre ses dents. Mille morts, je lui ai souhaité à cette vermine, mille morts.

La main en suspension au-dessus de la barquette qu'elle contemplait, elle pouffa.

– Et mille morts, je lui ai donné.

Fred considéra sa mère avec appréhension. Elle arrivait à la dernière frite, celle du fond de la barquette, ensevelie sous le ketchup, celle qu'elle détestait. Ça pouvait la mettre dans une rage folle. Il sentit les petits cheveux dans sa nuque qui se hérissaient. Elle repoussa la coque en plastique d'un geste sec.

– J'ai toujours détesté cette frite pleine de ketchup au fond de la barquette. On ne sait jamais comment l'attraper.

Quand elle entrait dans ses colères, Fred ne savait jamais comment ça allait s'achever, si elle allait le frapper, le tuer peut-être, ou s'arrêter net et gémir de tristesse. Elle appelait cela son âme slave. Puis elle redevenait froide comme la pierre et c'est là qu'il avait le plus peur. Il avait l'impression qu'elle débranchait la pompe à émotions, elle n'était plus reliée à rien, la prise pendait dans le vide. Parfois aussi, elle l'encombrait d'une affection inquiétante, les bras comme des boas constrictors, détachés de sentiments véritables. Ou bien elle l'ignorait totalement. Il pouvait tout faire – et il faisait tout – pour l'intéresser, elle ne tournait même pas la tête. Et puis elle disparaissait. Plusieurs jours parfois. Il ratait l'école et sautait les repas. Un jour elle revenait, joyeuse, elle jubilait presque. Elle faisait un mot d'excuse pour la maîtresse, riait de ces Français et de leur satanée administration.

Et ça passait. Puis ça revenait.

Pour la première fois aujourd'hui, elle l'avait assommé et attaché. Une rigole de sueur froide longea la colonne de Fred. Il pouvait presque la sentir goutter sur le béton de la cave.

Il n'avait jamais été assez bien pour elle. Il avait essayé, vraiment essayé. Jusqu'à ces études vétérinaires. Major de promo chaque année. Mais il ne secourait jamais les bêtes qu'il fallait. Et puis il était trop petit, trop mince. Déjà petit, il était trop petit. Il voyait la moue déçue de sa maman quand elle se penchait pour tracer un trait au crayon à papier au-dessus de son crâne. Elle lui donnait une claque rapide sur les fesses pour qu'il dégage de la toise, qu'elle contemplait en secouant la tête. Ces jours-là il ne demandait trop rien pour ne pas se faire rabrouer. Mieux valait longer les murs et rester à l'étude.

Mais elle avait tellement fait pour lui. Il le savait, elle avait tout surmonté, tout sacrifié. Il n'avait jamais été à la hauteur de cette énorme vague d'amour maternel, ce tsunami, cette armée entière lancée pour la protection du Fils. Il n'avait jamais été de ces fils auxquels on met une majuscule.

Il sentit le téléphone qui vibrait de nouveau dans sa poche arrière. Sa mère était remontée lui chercher un Cornetto fraise, sa glace préférée. Il n'aimait plus ça depuis longtemps, mais elle continuait d'en acheter des boîtes et des boîtes, qu'il devait finir pour ne pas gâcher, pour ne pas vexer.

Elle avait toujours été très rapide, mais ces derniers temps elle commençait à peiner un peu dans les escaliers. Il avait peut-être le temps de décrocher avant son retour. Il devait le tenter, il n'avait pas vraiment d'autre choix. Il espéra que la vibration ne signalait pas la réception d'un message mais bien celle d'un appel entrant.

Il se tortilla pour surélever sa fesse droite. Poignets liés dans le dos, il parvenait à bouger les doigts de sa main gauche. À coups de phalanges répétés, il fit coulisser le téléphone, jusqu'à le faire tomber de la poche. Une chance, il atterrit côté écran visible. C'était un appel et le soulagement fit brutalement expirer Fred. Numéro inconnu. Tant pis. Du bout de l'index, il fit glisser « répondre » et, vrillant sur le côté comme il pouvait, s'efforçant d'être distinct mais sans crier pour ne pas alerter sa mère, il répéta :

– À l'aide ! À l'aide ! Je suis dans la cave. À l'aide !

Fred perçut juste le souffle du déplacement, le froissement de la robe de chambre et l'énorme craquement du portable qui éclatait sous le coup de talon de sa mère.

47.

– Go ! Go ! Go ! ordonna Capestan dans le haut-parleur du téléphone de Lebreton lancé en conversation de groupe.

Elle tenait à la main son propre mobile où brillait encore l'appel sortant à Frédéric. La commissaire assurait le guet dans une voiture côté rue, en compagnie de Lebreton sur le siège passager et de Lewitz à l'arrière. Pilou, sur la banquette arrière lui aussi, se tenait au garde-à-vous, oreilles dressées. Le portable de Lebreton, en évidence sur le tableau de bord, était relié par oreillette au commando spécial de la brigade, composé de Rosière, qui avait troqué ses escarpins pour des chaussures plus adaptées, Saint-Lô, le vif-argent au gabarit de jockey, dans un habit de camouflage personnel et sa rapière toujours au fourreau, et Dax, taillé pour l'action dans sa tenue moulante. Le fourgon, conduit par Evrard, était stationné côté jardin et les avait déposés tous les trois en silence au pied du mur d'enceinte.

Garé à deux rues de là, Torrez était venu dans son Scénic familial.

– Le fils est en détresse, dit Capestan, il est dans la cave. On intervient.

Rosière remonta la fermeture Éclair de son coupe-vent kaki et se tourna vers ses deux acolytes. Il régnait entre les trois une curieuse fusion avant l'assaut. Une chaleur vibrante d'adrénaline les unissait, Rosière avait presque la sensation que tous se concentraient avec le même cerveau.

Ils devaient libérer Frédéric Piver avant que sa mère ne l'assassine. Ils devaient aussi arrêter Petra avant qu'elle ne décime la capitale. Et ils devaient y parvenir, sans qu'à aucun moment elle ne les touche. Rosière inspira et expira longuement. Elle vérifia son oreillette en même temps que ses camarades puis, pouce contre index arrondis, tous trois s'adressèrent un OK de la main. Leurs visages maquillés de vert et de brun se fondaient dans la nuit, on ne percevait plus que l'éclat blanc du sourire de Dax, ravi d'une telle aventure.

Dans le ciel nocturne, les étoiles se détachaient en constellations, bordées de satellites clignotants et d'avions long-courriers. Un nuage mince masqua la lune.

D'un mouvement leste du bras vers l'avant, Saint-Lô lança l'offensive. Les trois grappins accrochèrent simultanément le faîte du mur d'enceinte. Les policiers grimpèrent en silence, leurs semelles souples courant le long de la paroi, le filin d'acier creusant leurs paumes. Ils furent bientôt à califourchon au sommet. Rosière marqua un temps, ses yeux s'habituaient peu à peu à l'obscurité, même si l'absence de lune n'aidait pas. La capitaine tenta de distinguer la façade arrière du pavillon. Aucune lampe ne brillait, rien non plus de ces reflets bleutés caractéristiques des téléviseurs, pas une pièce ne semblait allumée. La mère devait se trouver dans la cave, avec le fils. La brigade bénéficiait d'une fenêtre de tir, il fallait attaquer maintenant.

Dans la campagne silencieuse, on percevait au loin le coassement des grenouilles et le hululement des chouettes. L'odeur fraîche d'un étang à proximité humidifia le nez des policiers.

Rosière et Saint-Lô enroulèrent le filin entre leur pouce et leur coude et firent pivoter le grappin pour descendre l'autre versant du mur en rappel. Dax, à peine en haut, s'élança d'un bond de chat dans le jardin.

Le hurlement du lieutenant déchira la nuit.

Capestan et Lebreton sursautèrent sur leur siège de voiture. Pilou jappa à toute gueule, avant que la main de Lewitz sur son encolure ne le calme. Les policiers se penchèrent sur le portable posé sur le tableau de bord, guettant la voix de leur camarade. La panique affleurait, mais Dax se retenait de crier :

– Mayday ! Mayday ! C'est des cactus !

– Quoi ?

– La végétation autour, qui devait nous planquer, c'est des cactus ! Ça pique, putain, ça fait mal ! J'ai mal !

Capestan ne comprenait pas. La photo satellite indiquait une végétation abondante. Se pouvait-il que les pixels aient empêché de distinguer qu'il s'agissait de cactus ? Ou bien la photo était trop ancienne ? Ou alors il n'y avait qu'un seul spécimen, près de l'enceinte, sur lequel, par malchance, Dax était tombé. L'optimisme naturel de Capestan sélectionna cette dernière option.

– On n'avait rien remarqué sur Google Earth, je pense que dans le reste du jardin ça va aller. C'est pas de bol, admit la commissaire d'un ton qu'elle voulut rassurant.

– Ah putain, non, c'est pas de bol, ça fait un mal de chien. J'ai mal ! renchérit Dax.

Capestan se mordit la lèvre. Les épines de cactus étaient non seulement douloureuses mais dangereuses, il ne fallait surtout pas que ça s'infecte. Dax devrait courir aux urgences les faire retirer sitôt la fin de l'intervention.

– Il est là Torrez ? intervint la voix irritée d'Evrard.

– Non, il n'est pas là. Je suis à trois cents mètres au moins, c'est pas moi, répondit celui-ci.

Rosière et Saint-Lô, désormais avertis, se laissèrent glisser le plus lentement possible le long du mur.

– On allume une torche peut-être, préconisa Saint-Lô.

Rosière réfléchit un instant. Ils étaient loin encore de la baraque et le faisceau de la lampe ne se verrait sans doute pas. D'autant que Petra Piver devait se tenir dans la cave. Mais un risque subsistait. Mieux valait avancer que compter sur la chance. Après une dénégation du menton à l'intention de Saint-Lô, Rosière entama son approche

– Aïe, bordel de aïe, de saloperie d'enflure…

Rosière avait tressailli à la première piqûre, son pas de côté l'avait alors précipitée droit sur un autre épineux, qu'elle avait fui d'un bond, passant ainsi de cactus en cactus, dansant d'un pied sur l'autre, comme on traverserait un champ de braises sur des tongs.

– Putain de putain, aïïïïe.

Saint-Lô et Dax, qui suivaient le même parcours semé d'aiguilles, renchérissaient sur les râles de la capitaine dans une gamme étouffée de tessitures variées.

– Aïe, j'ai mal, ça fait mal.

– Ouch, ouch, ouch, cornebleu ça pique, ça pique, ça pique.

– Oh putain de bordel !

Dans la voiture, Capestan et Lebreton, figés, fixaient l'écran du portable en toute impuissance. La voix de Lewitz leur parvint de la banquette arrière :

– Bon, on a compris, faudrait qu'ils se taisent, là.

– Ça doit faire hyper mal, objecta Capestan.

– Oui, mais ça serait mieux qu'ils souffrent en silence.

– Je ne sais pas vous, dit Lebreton, mais moi ça m'a mis l'air dans la tête.

– Pareil. Terrible, on va le garder une semaine.

– Quel air ? demanda Lewitz.

– *Les Cactus*, Dutronc, répondit Lebreton, une nuance d'étonnement dans la voix.

– Connais pas, fit le jeune brigadier en secouant la tête.

Rosière, ivre de douleur, atterrit enfin dans un espace sans épines. D'un geste de la main, elle indiqua sa position à ses camarades.

– Bon, Saint-Lô tu as raison, on ne peut pas se passer de la lampe. Il faut repérer le parcours.

Le capitaine dégaina la torche fixée dans son dos. Puis prudemment, en la maintenant le plus possible dans l'ombre de la végétation, il l'alluma et la fit tourner lentement autour d'eux. Les trois policiers laissèrent échapper un soupir de dépit : ils ne pourraient jamais atteindre la maison.

Partout où le disque blanc se posait apparaissait une nouvelle variété de cactées : à feuilles plates, à branches sinueuses, à tête ronde, en quinconce, partout des épines longues, translucides, luisaient dans le faisceau de la torche. Rosière gémit :

– Putain le chameau, elle en a planté partout. On est tombés en pleine partouze de hérissons.

– Là, un passage, indiqua Saint-Lô de la pointe du faisceau.

– On y va, approuva Rosière.

Tous trois repartirent en file indienne. Rosière craignait que l'éclat de la lampe ne les fasse repérer, mais ils n'avaient pas le choix, il était rigoureusement impossible de progresser à l'aveugle. Si elle avait su, elle aurait en effet prévu les combinaisons de plongée bien épaisses de Mariah Carey. Du Kevlar. Pour l'heure, elle ne rêvait que d'une douche à l'alcool à 90° et d'un escadron d'infirmiers armés de pinces à épiler. En attendant, ils avaient une mission, une meurtrière à arrêter, un homme à sauver. Et Rosière avait juré à Capestan qu'elle en était capable. Mais bordel, elle morflait !

En percevant le chuintement, par réflexe, elle s'écarta. La fléchette se planta dans une branche à quelques centimètres de son épaule. Ils étaient repérés. Ils avaient dû opter pour le seul passage à découvert, et la lumière les avait trahis.

– Aux abris ! alerta Rosière.

Dax fonça comme un dard et n'eut d'autre choix que d'atterrir dans un cactus qui lui tendait ses deux gros bras pleins d'épines. Un deuxième tir les frôla. Rosière ne savait plus, de la protection végétale ou des projectiles, ce qui était le plus douloureux, le plus dangereux. Derrière le tronc d'un chêne, ils auraient pu se réfugier, plaqués à l'écorce solide. Mais là les cactus, avec leur gueule de Cetelem tout mignon, les embrochaient pire qu'un banquier. Ils avaient le choix entre se planquer le cul dans les épines ou prendre un tir empoisonné à découvert.

N'empêche, songea Rosière, Petra tirait avec précision. Les projectiles étaient légers et finissaient en courbe descendante. C'était donc un fusil à fléchettes hypodermiques. Il fallait compter avec l'arc de tir pour viser, de nuit, sur cibles mouvantes dans un terrain dressé d'obstacles, et elle ne manquait ses proies que d'un pouce. Si les policiers se découvraient, elle ne les louperait pas. Rosière ne parvenait pas à distinguer derrière quelle fenêtre leur adversaire était postée.

– Ah ! cria Dax.

Une fléchette venait de l'atteindre dans la cuisse. Saint-Lô, d'un bond, fut sur lui. Il arracha le projectile, tira de sous sa manche une seringue gonflée d'antidote et d'un geste décidé la planta dans le torse. Dax laissa échapper un gémissement :

– Vraiment ?

– C'était peut-être de l'Immobilon.

– M'en fous, laisse-moi crever, mais arrête de piquer.

– Couvrez-moi compagnons, dit Saint-Lô en rempochant sa seringue vidée. Une ouverture à droite, je m'y faufile. Du vacarme pour détourner l'attention.

– Volontiers, répondit Dax avant de hurler toute la douleur qu'il contenait depuis de longues minutes. Aaaaaaaaïe !

Capestan et Lebreton baissèrent le son.

Petra Piver attaquait par l'arrière, il fallait entrer par l'avant pour les secourir.

– Evrard, Torrez, restez en place, nous, on y va, prévint Capestan.

– Bélier ? demanda Lewitz.

– On perdrait l'effet de surprise.

– Elle s'attend forcément à ce que quelqu'un d'autre arrive, non ?

– OK, prends le bélier, on verra bien. Pour l'instant, pas de bruit.

À pas rapides, les trois policiers traversèrent la rue en silence. Devant la porte, Lebreton sortit son jeu de passe-partout et commença à les tester un à un.

Le premier bruit de balle leur parvint. Côté jardin, Piver avait sorti la carabine. Après avoir brièvement levé la tête pour écouter, Lebreton se remit au boulot, plus concentré que jamais. Lewitz portait son bélier à bout de bras, impatient de l'envoyer dans les portes, les fenêtres, tout ce qui permettrait de sauver ses copains.

Enfin la clenche céda, Lewitz lâcha son bélier dans l'allée et la brigade put s'engouffrer dans le couloir obscur, armes aux poings. Ils contournèrent le portemanteau perroquet pour atteindre le bas de l'escalier. Les tirs provenaient d'en haut, mais Capestan savait que le fils se trouvait à la cave, peut-être en situation de détresse. Elle fit signe à Lebreton de descendre en articulant en silence : « Le fils. » Lebreton hocha la tête et obliqua vers la cuisine, où l'on apercevait une porte ouverte sur des marches conduisant à un sous-sol. Capestan tressaillit en découvrant deux yeux ronds qui la fixaient avec colère. Un hibou empaillé.

D'un coup de menton, index barrant la bouche, elle ordonna à Lewitz de la suivre. L'escalier qui grimpait à l'étage était du même carrelage que le couloir de l'entrée, il n'étouffait pas les pas, mais au moins ne craquait-il pas. Les deux policiers purent l'emprunter en toute discrétion. Une fois sur le palier, ils marquèrent une pause, oreilles dressées.

Une détonation, dans la pièce de droite. Un cri dans le jardin, Rosière était touchée. Le plexus de Capestan se serra. Une injure. Rosière était en vie. Pistolet dressé entre ses deux mains, Capestan posa un pas de loup dans la chambre d'où partaient les tirs. Piver se tenait dans l'encadrement de la fenêtre et ricanait à observer ses assaillants éviter les balles en plongeant dans les cactus. Toute à ses distractions, elle ne portait aucune attention à son environnement direct, oubliant curieusement de rester sur ses gardes. Capestan agit rapidement. Elle sauta sur Piver et, en un seul geste fluide, la ceintura du bras gauche, tandis que du droit elle relevait la carabine et l'arrachait pour la lâcher dans le jardin. Se tortillant brusquement, Piver parvint à se retourner pour asséner une série de claques à la commissaire.

– Mais je m'amusais tellement, vous gâchez tout !

Tout en la neutralisant d'une main, de l'autre Capestan attrapa avec difficulté le poignet de l'acariâtre pour faire enfin cesser les baffes. Elle lui tordit alors le bras et la dégagea de la fenêtre pour la plaquer au mur. Lewitz tendait déjà les menottes. Après le clic du métal autour des poignets, la commissaire confia Piver au brigadier.

– Je te la laisse, je n'en peux plus. On la ramène aux Innocents. Je descends voir l'état des collègues.

Capestan dévala les escaliers qu'elle venait de gravir si prudemment. En passant dans le couloir, elle cria :

– Louis-Baptiste, ça va ?

Le commandant remontait au même instant, escortant Frédéric Piver qui frottait ses articulations endolories.

– Tout est OK, répondit-il calmement.

Capestan fila dans le jardin et s'arrêta net devant les cactus. Elle soupira, puis, avec prudence, s'enfonça dans l'étrange forêt, bras serrés le long du corps pour naviguer entre les épines.

– Vous êtes où ? demanda-t-elle d'une voix forte.

– Ici, répondit Dax de la même voix forte, à quelques centimètres d'elle.

Capestan sursauta. Elle allait poser une main affectueuse sur l'épaule du lieutenant, mais celle-ci ressemblait à une grosse pelote d'épingles et elle renonça.

– Je suis là, avec Rosière, appela la voix de Saint-Lô.

La commissaire marcha cinq mètres en direction de la voix et les trouva tous deux au sol : Rosière assise, en appui sur ses bras, les jambes tendues ; Saint-Lô maintenait le mollet de la capitaine entre ses mains, mollet enveloppé d'un coupe-vent ensanglanté.

– J'appelle les pompiers, dit Capestan.

Rosière laissa échapper un grognement.

– Je veux ceux du calendrier.

48.

Faute de meubles, ils avaient été obligés d'asseoir la prévenue sur le parquet. Adossée au mur dans le coin du salon près des fenêtres, elle baignait dans sa bile, l'œil mauvais et la moue dédaigneuse. Capestan lui trouvait une sale tête et devait lutter contre une furieuse envie de brusquer l'interrogatoire.

Mais il lui fallait recouvrer son sang-froid, car ils manquaient de preuves irréfutables. Évidemment, elle leur avait tiré dessus, mais ils s'introduisaient chez elle, un avocat pourrait plaider la légitime défense. Il y avait la séquestration de son fils bien sûr, mais ça ne pesait pas lourd comparé aux quatre homicides et à la dizaine de tentatives de meurtres dont Capestan entendait bien la charger. Dans la maison, ils avaient retrouvé des gommettes – comme chez beaucoup de gens, opposerait la défense –, le foulard, un sweat de chez MixAndChic et, bien sûr, l'arme du crime : l'Immobilon. Sauf que le fils étant vétérinaire et habilité à en détenir, il pouvait très bien l'avoir conservé provisoirement chez sa mère. Ainsi, il serait difficile de relier l'anesthésiant aux crimes. Il y aurait aussi la photo, les ADN à prélever de façon légale, des esquisses de mobiles, mais rien de bâti dans ce béton armé qui rassure le parquet et convainc les jurys.

Comme souvent, il ne restait que les aveux signés. De préférence soigneusement circonstanciés.

Mais à contempler le menton fermé de la teigne qui ruminait dans son coin, Capestan n'était pas sûre de les obtenir si facilement.

Rosière, Dax et Saint-Lô, avec leurs dos de porcs-épics, avaient été emportés vers les urgences, où ils devaient passer un joyeux quart d'heure. Evrard les avait accompagnés. Pour l'assister, la commissaire comptait donc pour l'instant sur Lebreton, Torrez, Merlot et Lewitz.

Ce dernier s'approcha de Piver et se pencha pour proposer aimablement :

– Vous avez soif ? On n'a plus de verres, faudra aller au robinet de l'évier.

Piver le toisa sans répondre et jeta un nouveau regard empreint de mépris autour d'elle. Capestan repassa dans sa tête le rapport de Lebreton lors de la première déposition de Petra à l'hôpital et son propre interrogatoire aux côtés de Rosière. La dame était sensible à la flatterie, aux vieux schémas, à la télé. Se retrouver assise par terre dans un commissariat désert, éclairé par des ampoules au plafond, devait porter son ego à l'agonie. Même s'ils l'avaient arrêtée, elle n'éprouverait aucun respect pour des flics aussi déchus. Ses interlocuteurs ne valant rien, ils n'auraient rien. Restait une solution. Qui en plus ravissait Capestan, heureuse à l'idée de s'entretenir avec un ancien collègue.

La commissaire partit s'isoler dans la cuisine et composa le numéro du capitaine en retraite Orsini. Elle espérait qu'il avait encore ses nombreux amis dans la presse. Il décrocha tout de suite, la voix enjouée.

– Capestan ! C'est un plaisir immense de t'entendre ! Comment vas-tu ?

La commissaire et le capitaine prirent le temps d'échanger quelques nouvelles, avant que Capestan n'en vienne à l'objet de son appel.

– Dis-moi André, est-ce que tu aurais dans tes connaissances un JRI[1] équipé d'une caméra ?

– Bien sûr. Raconte-moi.

Capestan raconta. Et Orsini promit de régler l'affaire dans l'heure.

En regagnant le salon, Capestan fut surprise de découvrir que Rosière était déjà de retour, avec une béquille et l'envie manifeste d'en découdre. Ça tombait bien. D'un geste, la commissaire rassembla sa brigade dans l'ancienne salle de billard. Il fallait programmer l'opération mûrissage de la suspecte, pour préparer l'arrivée d'Orsini. Après dix minutes de conciliabules, les policiers retournèrent dans le salon.

Capestan et Lebreton s'assirent sur le parquet, adossés au mur en vis-à-vis de Piver, alors que Rosière se maintenait debout, un peu plus loin, aux côtés de Lewitz. Torrez était resté dans son bureau, assis à côté de son babyphone. Il avait sorti deux sodas de son sac à dos à destination de Capestan et Lebreton afin de leur ajouter

1. Journaliste reporter d'images.

encore une touche de négligé. Anne décapsula sa canette du pouce et but une grande gorgée, avant de s'adresser à Piver à travers la pièce.

– Désolée pour l'état de notre commissariat, mais notre brigade n'a pas de budget. On est un peu les rebuts de la police.

– Ça a suffi pour la choper, enchaîna Lebreton à l'intention seule de Capestan.

– Vous ne m'avez pas « chopée », corrigea Piver.

On distinguait magnifiquement les guillemets. La pulsion de vanité était irrésistible. Capestan l'ignora, sirotant sa limonade.

Rosière ricana :

– Ben voyons. Si vous avez les fesses sur notre parquet, c'est pas par goût du zen. C'est qu'on vous a posée là.

– N'empêche, Dax avait raison, nota Lewitz, un vrai serial killer, il s'attaque pas aux mémés.

– Non, mais je ne vous permets pas !

La colère commençait à affleurer. Piver était susceptible, orgueilleuse. Et mégalo.

– Je dirais plutôt « meurtrière », répondit Rosière à son collègue sur le ton de la conversation. Dans l'appellation « seriale killeuse », il y a une notion d'intelligence, de calcul, de raffinement.

– Oui, c'est vrai que, là, c'était basique. On a tout trouvé tout de suite.

– Tout de suite, ricana Piver dans sa barbe, Jacovitch a fait vingt-trois ans de prison, ils appellent ça tout de suite.

– Faut reconnaître que, plus jeune, il y avait de la méthode, admit Lebreton à mi-voix.

– Mais là, y a eu un gros coup de mou, dit Capestan, elle n'était plus aussi affûtée.

– Normal, rebondit Rosière, jeunot tu démarres tout agile, les neurones en expansion, le corps souple et sportif, l'existence t'habitue à la beauté, à la force, aux avenirs multiples, et tu finis envahi par l'arthrose et les pipis qui s'échappent. La vie est dégueulasse.

– T'étais sportive quand t'étais jeune, Eva ? demanda Lewitz.

– C'est une métaphore, mon poulet. En tout cas, diminuée intellectuellement comme elle l'était, Piver ne nous a pas bernés une seconde.

Scandalisée, Petra était passée au violet.

– Et la serveuse en bas de chez vous, vous l'avez vue venir peut-être ? Le studio place Gambetta, vous n'avez pas foncé droit dedans ? Tout prévu, j'avais tout prévu, bande d'idiots !

– Je le note ? demanda Rosière.

– Hin hin, je signerai jamais. Vous n'avez rien.

Capestan pencha discrètement la tête vers Lebreton :

– Je me demande si je ne vais pas un petit peu lui mettre une tarte.

– Ça mettrait un petit peu tout notre travail en l'air.

– Oui, mais je me demande si ça ne vaut pas un petit peu le coup.

Quelques minutes plus tard, alors que Piver, mûre à point, poursuivait ses ruminations, la sonnette retentit, annonçant l'arrivée du capitaine Orsini.

Capestan se leva pour aller lui ouvrir. Il lui sourit chaleureusement et écarta un bras pour inviter la commissaire à admirer le travail : Orsini portait un costume en lin, une chemise impeccable et son éternelle lavallière, revêtant ainsi les attributs de son fameux charme vieille France. Une énorme caméra équipée d'un micro directionnel pendait à son autre bras, il était parfait.

À son entrée dans le salon, Merlot, en toute urbanité, l'accueillit d'un tonitruant :

– André ! Notre journaliste vedette ! Comment vas-tu mon vieux ?

Alors que chacun se mit à bavarder un moment avec le nouvel arrivé, Capestan surveilla du coin de l'œil Piver qui s'était tue et observait avec fascination l'homme de télé.

– Alors, qu'est-ce que tu fais là ? demanda Lebreton. Ça va ?

– Ça va bien. Je suis sur le service info de LCI maintenant. Je cherche un gros sujet, un dix minutes magazine pour demain. Vous auriez quelque chose pour moi ?

– Non, rien, fit Lebreton.

Petra Piver manqua s'étouffer sur son parquet.

Gigotant comme une damnée, elle finit par interpeller le journaliste et proposa de lui livrer le témoignage d'un génie, l'histoire d'une époque et d'une survivante. Orsini aussitôt ignora ostensiblement ses camarades pour se rapprocher de ce sujet en or, lui promettant de se montrer à la hauteur de l'honneur qui lui était accordé.

Ils discutèrent d'abord un peu tous les deux. Puis Orsini offrit sa veste pour caler le dos de la dame et l'avertit quand ça commença à tourner.

Peu à peu, dans l'intimité de cette caméra qui la révélait à tous, Piver largua doucement les amarres. Murmurant, dans un monologue psychotique, elle se laissa rattraper par la nostalgie et les Balkans, elle était de nouveau cette femme amoureuse au seuil d'une vie éclatante. Elle était de nouveau emplie d'espoir et de joie, fière de sa réussite et prête à en récolter les fruits. À trente-cinq ans, elle tombait enceinte, c'était inespéré. Un enfant enfin serait à elle, tout à elle, rien qu'à elle, l'élèverait au statut de mère, l'aimerait sans retenue, dans cet inconditionnel absolu du petit être éperdu d'admiration et de dépendance. Elle devenait la déesse mère. Et le grand vétérinaire chez qui elle travaillait n'aurait plus d'autre choix que de la suivre, maintenant qu'elle portait son fils. Car ce serait un fils. Aussi grand et fort que lui, aussi riche et puissant. Petra avait tout gagné. Pour l'accouchement, il était venu, il l'avait félicitée, remerciée même. Mais l'infirmière avait parlé à son épouse. Et tout avait basculé.

– Elle vous a chassée ?

– Vous vous représentez ce que c'est d'être une femme, responsable d'un enfant, dans un pays en pleine guerre civile ? Les milices, les mafias, les hommes livrés à eux-mêmes ? Et c'est moi la méchante ? Non. C'est elle et vous le savez très bien. À cause de cette garce, j'ai dû apprendre à me battre et à tuer, oui, pour survivre et protéger mon fils. Mais son image m'a accompagnée partout. Dans tous mes enfers, je la voyais.

– C'est terrible, ce que vous avez dû traverser, relança Orsini. Comment avez-vous retrouvé Branka Jacovitch ? Il a fallu un sacré flair, non ?

– Et comment ! Mais mon fils était bébé, j'ai d'abord dû nous mettre tous les deux à l'abri et le faire grandir un peu, avant d'entamer mes recherches. En dessous de sept ans, on ne peut pas laisser un enfant seul plus de quelques jours.

Orsini, pleinement habité par son rôle, retint un haussement de sourcil et, l'œil collé à la caméra, d'un signe de la main, encouragea son témoin à poursuivre.

– Je l'ai d'abord cherchée sous le nom de son mari. C'est là que j'ai découvert que mon grand amour était mort sur le champ de bataille, bien avant la naissance de l'enfant de Branka. Elle m'avait chassée pour rien. Mais elle, je ne la retrouvais pas. J'ai dû téléphoner à la mairie de Bunic, aux organisations vétérinaires, et j'ai appris qu'elle avait repris son état civil de jeune fille. Comme cela, le bébé pouvait naître sous son nom, et elle pourrait toujours refaire une famille en épousant un type qui reprendrait son patronyme. Et c'est ce qui s'est passé d'ailleurs. Alors, après, surtout en France, elle devenait facile à pister, conclut-elle avec condescendance.

– Et pourquoi ne pas la tuer, elle, directement ?

Petra Piver porta son regard vers la nuit derrière les grandes fenêtres.

– Vous savez, la vie, la mort, ça n'a pas d'importance, il n'y a jamais qu'une seconde qui les différencie. Toutes ces femmes que j'ai tuées, on en fait tout un fromage, mais, dans le fond, la mort, ça ne détruit rien. On passe juste d'un état à un autre et, sauf preuve du contraire, on ne s'en aperçoit même pas. Moi, rendez-vous compte, Branka avait anéanti mes projets, mon existence, celle de mon enfant. Elle m'a plongée dans la guerre. Je lui devais la pareille, je devais manipuler son sort, comme elle avait joué avec le mien. J'ai pensé que la prison à vie, alors qu'on se sait innocente des crimes dont on vous accuse, cette honte qui rejaillit sur les enfants, la famille, c'était la sentence appropriée. Une idée de génie.

Son absence totale de remords résonnait dans les grandes pièces vides du commissariat.

– Mais comment être sûre qu'on allait la soupçonner ?

– Ah ben ça, avec la police française, ça n'a pas été évident. Qu'est-ce qu'ils sont bouchés ! pesta-t-elle avec un coup d'œil en coin à la brigade. D'abord, je me suis servie d'une arme de vétérinaire. Comme moi, elle avait assisté son mari au zoo Macola.

– Ce n'était pas vraiment de l'assistanat, elle aussi était diplômée de l'école vétérinaire de Zagreb, non ?

– Oui, oui, peu importe, balaya Piver d'un geste contrarié. Mais je savais que si elle en avait l'occasion elle exercerait en France. L'Immobilon la désignait donc.

– Comment vous l'êtes-vous procuré ? C'est très réglementé…

– Aujourd'hui, aujourd'hui. Beaucoup moins à l'époque. Mais de toute façon, moi, à défaut de diplôme, j'avais de l'expérience, fit-elle sur un ton revanchard, et j'ai été engagée comme soigneuse dans un parc zoologique des Yvelines.

– Vous saviez manipuler ce produit très délicat ? demanda Orsini avec l'air de lui accorder tous les dons du ciel.

– Oui, oui. Pour peu qu'on soit habile, ce n'est pas si compliqué. Il faut juste se montrer très prudent, l'aspirer en le maintenant dans une boîte, utiliser des lunettes pour protéger ses yeux, c'est dangereux vous savez.

– Vous avez bien failli vous tuer près des Galeries !

– C'était volontaire, voyons ! Une minuscule gouttelette en simple transcutané. On pose juste le doigt. Avec toutes ces histoires de seringues dans la presse, les flics mélangeaient tout encore, j'avais besoin de les voir pour les orienter. Quand j'ai constaté qu'une brigade avait déjà fait le lien, je me suis attachée à ses pas. Le grand dadais là, fit-elle en désignant Lebreton avec un fin sourire, m'a confié son portable à l'hôpital. Quel naïf. En moins de dix secondes, j'avais autorisé Airdrop et envoyé un logiciel espion de contrôle parental.

Ainsi, pensa Capestan, ce n'était pas elle mais le commandant que Piver suivait. Gambetta, Montmartre, et même *Au chien qui fume* où il rejoignait régulièrement Philippe, Lebreton était là à chaque fois en effet.

– Vous saviez faire ça ? s'étonna Orsini.

– Encore heureux, je viens de passer dix ans au service technique d'une entreprise de téléphonie.

– Vous n'étiez plus au zoo ?

Petra Piver fronça les sourcils, irritée.

– Non, ils étaient tatillons, ils m'ont plus ou moins accusée de vol. J'ai préféré partir. J'ai trouvé un emploi sur la plateforme d'un service client et puis j'ai gravi les échelons. Toujours est-il que l'arme du crime désignait Branka Jacovitch, c'était brillant. Ensuite j'ai prioritairement visé ses anciennes amies qui avaient immigré en France. En espérant que les flics feraient le rapprochement, mais manifestement, fit-elle avec une moue dédaigneuse à l'adresse de Capestan derrière, ce n'était pas suffisamment clair. J'ai donc dû la suivre dans chacun de ses déplacements et assassiner sur son chemin. Puis il a fallu que j'ajoute des gommettes, pour que les enquêteurs comprennent enfin que ces crimes devaient être reliés.

– Pourquoi signer « La Main de Dieu » ? l'interrompit Orsini.

– Parce qu'à travers moi, c'est la vengeance du Tout-Puissant qui s'exerçait. Je voulais qu'elle le sache. Après j'ai quasiment dû poser des gommettes sur son paillasson pour que les soupçons montent jusqu'au cervelet de la justice. Ce juge Salto, il en aura fallu du temps avant qu'il ne lâche son mandat d'arrêt !

– Mais quand la police s'est présentée, le mandat visait Roland Jacovitch.

– Pfff, soupira Piver. Oui. Je ne sais pas trop ce qui s'est passé dans sa tête d'amoureux transi, mais au dernier instant, quand tout le monde avait enfin compris que c'était elle le serial killer…

– La seriale killeuse, ne put s'empêcher de corriger Rosière.

– Ah, vous n'allez pas m'embêtez vous aussi avec vos féminisations stupides. On dit UN député et UN serial killer. Donc je reprends, si vous permettez, fit-elle en se tournant de nouveau vers ce journaliste si charmant et élégant.

– Je vous en prie, faites, abonda Orsini, vous avez entièrement raison.

– Donc le mari, là, je sais pas trop pourquoi, il a fait son chevaleresque en détournant les soupçons et en la laissant s'échapper. Il devait la croire coupable lui aussi.

– Et vous l'avez finalement retrouvée ?

– C'était pas compliqué, il suffisait de planquer près de sa fille.

– Mais comment avez-vous pu faire disparaître le corps ? C'est incroyable !

Capestan avait beau savoir qu'Orsini jouait le gentil journaliste, chaque flatterie, aussi manipulatrice et efficace soit-elle, la hérissait. Elle aurait nettement préféré étrangler Piver pour lui faire cracher le morceau. Hélas, il fallait parfois se résoudre à l'intelligence.

– Oui, j'ai eu comme une illumination, jubila Piver en rougissant. Je l'ai livrée aux fauves du zoo. Ils ont pu se venger de la véto, ajouta-t-elle avec un rire mutin.

Orsini hocha la tête avec admiration. Puis, front plissé par une légitime réflexion, il s'enquit :

– Pourquoi reprendre les meurtres, elle n'était plus là.

– Je ne sais pas trop, répondit Piver, songeuse, en ôtant une peluche sur sa jupe. Vous savez, une fois qu'on a commencé à tuer, c'est difficile de s'en passer. La sensation reste dans les muscles. C'est un peu comme le tango. On danse, on danse, et puis avec la naissance des enfants, le travail, on arrête, on n'a plus le temps. Et un jour la retraite arrive, l'ancien partenaire réapparaît et hop, on se refait un tour de piste. On s'offre une seconde jeunesse. Moi, le retour de Jacovitch m'a fait revivre. Je ne regrette pas, ajouta-t-elle avec un sourire coquet, ça valait la peine.

Piver se recoiffa du bout des doigts et plongea ses yeux dans ceux du journaliste.

– Vous avez ce qu'il vous faut pour un bon sujet, là, non ?

Orsini leva les mains au ciel, en reporter ébloui par la force du témoignage.

– Tout est parfait, fit-il en éteignant la caméra et en commençant à enrouler les câbles, ça va faire un tabac. Il me manque juste l'autorisation de diffuser.

– Oui ?

– Il faudrait signer le papier, là et là.

Épilogue (1)

Une semaine après les événements, casque sur les oreilles, Emma marchait d'un pas léger sur des quais de Seine qui fleuraient bon l'été. Des touristes profitaient des derniers rayons du soleil, entre pavés, vaguelettes et vue sur le Grand Palais. Sur leurs pylônes, l'or des Renommées du pont Alexandre-III brillaient comme des colliers au cou de la tour Eiffel, Paris n'avait jamais été aussi belle. Emma se dirigeait vers la péniche du Rosa Bonheur pour prendre l'apéritif avec son frère.

Elle avait rendez-vous avec son frère.

Cette fois, dans le casque, Daho avait raison. Dans le premier jour du reste de sa vie, Emma avait une mère qui ne l'avait pas abandonnée, un père innocent qui s'était sacrifié pour elle, et un nouveau frère, cousin de détresse, fils de serial killer, qu'elle saurait consoler.

Elle pouvait arrêter de repeindre des appartements. Le matin même, son père était venu avec une caisse entière de photos, des images de plage, de vélo, de cartables, des clichés de famille en route pour les vacances, Emma en avait pioché pour un mur entier. Son père était reparti avec le cadre des Balkans et la promesse de revenir le lendemain.

Emma aperçut la silhouette de Frédéric au loin, devant la passerelle. Il lui adressait un grand signe du bras et avait sur le visage les deux grands yeux qu'Emma avait si souvent croisés dans son miroir.

Épilogue (2)

– Non, cria Lewitz en désignant le plus bel emplacement sur le mur. Cette place est pour moi !

Rosière suspendit son geste et, son aquarelle à la main, elle pivota vers le brigadier en riant.

– Pas sûr mon poulet, va pas vendre la peau du diplôme avant de l'avoir décroché.

Capestan postée au milieu du salon contemplait le ballet des livreurs orchestré par Eva. Un bureau en chêne long de deux mètres semblait léviter jusqu'au mur à droite de la grande fenêtre, suivi d'un fauteuil à roulettes modèle président. Le tout pour Merlot qui devait perdre tout au plus une heure par mois assis devant un document. À l'opposé valsait un élégant secrétaire Louis XVI assorti d'un Voltaire qui – de l'avis de Capestan – ne passerait jamais en dessous. Il avait fallu remplacer tout ce qui avait fini à la déchèterie, soit les trois quarts de l'appartement. Le lieutenant Dax, au fond de la pièce, piaffait derrière son plateau, sur lequel trois écrans incurvés venaient d'être branchés et reliés à une énorme box qui allait pomper toute la bande passante de l'immeuble. Marcus serait ravi.

– Pourquoi, fit Lewitz soudain inquiet, t'y crois pas Eva ?

– Mais bien sûr que si j'y crois, mon poulet ! J'en suis même certaine. Tu veux qu'on l'accroche ici, c'est ça ?

Lewitz dodelina, il n'était plus sûr de rien. L'absence de diplôme, cette blessure qui une vie durant ramène l'adulte à l'ado honteux, le brigadier l'avait cachée, engloutie sous des chapes de bavardages et de fuites. Et là d'un coup, il se sentait à découvert : si Lewitz manquait son bac cette fois, tout le monde le saurait. Il s'était exposé, l'ego tout nu devant ses collègues, et attendait le couperet aux yeux de tous.

– Oui. Enfin, si je l'obtiens, fit-il en repartant tout stressé, l'index collé à sa montre connectée.

En solidarité, toute la brigade gardait l'œil fixé sur l'horloge. Le coucou plutôt, puisque Rosière avait tenu à accrocher de nouveau une immense machine au-dessus de la porte ouvrant sur la cuisine. Ainsi, toutes les heures du jour, Capestan sursautait à l'apparition subite du piaf en bois.

– Moi, cette enquête, fit la flamboyante capitaine en s'approchant de Capestan, ça m'a donné envie de coussins. J'en peux plus des seringues, des épines… Même de loin : la barbe qui repousse sur les joues de Torrez, elle me démange.

La commissaire abonda :

– C'est vrai qu'elle n'était pas confort cette affaire.

– Ah je te jure que le prochain meurtrier, s'il n'étouffe pas ses victimes à l'édredon, je le laisse courir. Quand t'y penses, les Jacovitch quand même : il croyait sa femme coupable, il croyait sa fille coupable, elle le croyait coupable aussi. Leur grand malheur, ça a été de ne pas se faire confiance en famille.

– Non Eva, leur grand malheur, c'est qu'une psychopathe tueuse en série cherchait à les détruire à n'importe quel prix.

– Aussi, c'est vrai. Tu crois que Jacovitch va demander réparation à l'État pour la prison ?

– Aucune idée. Ce n'est plus de notre ressort maintenant.

– Exact, admit la capitaine en tendant deux plaids que jusque-là elle tenait sous les bras. Fausse fourrure ou polaire verte ?

– Pour le canapé ? demanda Capestan qui voyait arriver un modèle d'angle aux proportions monstrueuses soulevé par deux livreurs tout fins tout secs.

Un grand costaud suivait en portant les coussins.

– Oui. Oh, laisse tomber, on garde tout, fit Rosière en déchirant l'emballage plastique.

« Coucou ! » glapit l'horloge. Tout le monde tressaillit et fixa Lewitz au bord de l'apoplexie : encore une heure avant que les résultats ne tombent. Chacun repartit tromper son impatience en rangeant ses petites affaires dans ses casiers tout neufs.

Lorsque la Ville avait mis aux enchères l'appartement, Rosière s'était déplacée à l'école du notariat dans le 12e en compagnie de Lebreton et Saint-Lô qui surveillaient les entrées. Pendant ce temps, le divisionnaire Marcus, descendu dans son parking, s'était installé au volant de son véhicule et avait constaté que celui-ci refusait de démarrer.

Ce qui n'avait pas beaucoup d'importance puisque, avec quatre pneus crevés, il n'aurait pas roulé très loin. Le divisionnaire avait commencé à vraiment se douter de quelque chose de louche en réalisant que les portes étaient bloquées et lui interdisaient toute sortie. De surcroît, dans ces bas-fonds de béton où nul réseau ne passait, il ne pouvait plus contacter ni garagiste, ni notaire, ni commissaire-priseur.

Sans réelle concurrence donc au cours de la vente qui s'était faite discrète, Rosière avait obtenu le bien à un prix très honnête. Une excellente affaire immobilière dont elle se félicitait et qu'elle avait fêtée en distribuant des catalogues d'ameublement à toute la brigade.

La livraison d'un nouveau billard deux heures auparavant avait donné lieu à une véritable scène de liesse, que même Lewitz trouant le tapis de nervosité n'avait pu entamer. Orsini était venu jouer une partie pour célébrer l'événement et, flûte de champagne à la main, il attendait lui aussi les résultats du bac pour ouvrir une nouvelle bouteille en compagnie de Merlot qui fêtait la victoire du brigadier depuis le matin déjà.

– Ça y est ! Lewitz, viens vite, ils sont là ! beugla Dax depuis ses ordinateurs.

Aussitôt la brigade entière convergea de toutes les pièces de l'appartement pour venir se masser derrière les trois écrans du lieutenant. Ce dernier, suspendu au signal de son copain, tenait son index au-dessus de la touche « enter ». Le brigadier hocha la tête.

La liste des lauréats de l'académie de Paris s'afficha alors en plein écran et Dax la fit défiler dans un silence religieux jusqu'à découvrir le nom de Lewitz dans la section des mentions Bien.

La clameur dut se répandre jusqu'au fin fond de l'arrondissement. Le récipiendaire fut aussitôt transporté dans les airs par ses camarades, plus précisément Dax et Lebreton, les autres vertèbres de la brigade en étant bien incapables. Le brigadier pleurait à gros bouillons, bras écartés comme en un soir de Coupe du monde.

À cet instant, le portable de Capestan s'éclaira. Un appel du Bastion. La commissaire partit s'isoler sur la terrasse et écouta avec attention Beretti qui lui proposait de prendre la direction d'un nouveau groupe à la Crime. La divisionnaire occupait désormais l'ancien poste de Marcus qui, grâce à l'arrestation de Piver, avait obtenu une belle promotion au ministère de l'Intérieur.

– J'attends ta réponse d'ici la fin de semaine. Réfléchis bien Anne, c'est une seconde chance qui s'offre à toi. Tu reprends ta carrière où tu l'avais laissée.

– Oui, merci beaucoup pour ton offre Mélanie. Je sais ce qu'elle représente, je te promets d'y réfléchir avec sérieux.

Capestan raccrocha et joua, songeuse, avec les bords de la coque de silicone, les décollant de son portable. Elle entendit le pas massif de Torrez qui la rejoignait.

– Beretti ? s'enquit-il d'un ton bourru.

– Oui, confirma la commissaire en hochant la tête.

– Tu vas accepter ?

Elle haussa les épaules, incertaine.

– Tu renoncerais à tes ambitions ?

– Non. Je pourrais toujours harceler mes filles pour qu'elles deviennent pianistes de concert ou championnes de tennis, ça compenserait.

– C'est vrai que pour les frustrations, les enfants, c'est pratique.

– Très, fit Capestan avec un grand sourire avant d'aviser le grappin qui dépassait de la rambarde. C'est quoi, ça ? Mais…

La commissaire fila dans le salon :

– Saint-Lô ! C'est quoi cette histoire, là ? Le grappin sur la terrasse !

Le capitaine se figea, moustaches tendues.

– Morbleu ! Le barbecue ! J'avions oublié !

Les yeux de Capestan s'arrondirent.

– Tu veux dire que notre barbecue pendouille sur la façade depuis le déménagement ?

– Il ne tenait pas sur la gouttière.

Rosière s'approcha, calant une hanche contre le chambranle de la porte :

– Au moins un truc qu'on ne sera pas obligés de racheter. Tu crois que Marcus le voit depuis sa fenêtre ?

Lewitz les frôla en courant, suivi de Dax et Pilou. Une fois le barbecue repêché au bout de sa ligne et cajolé par Saint-Lô, puis Dax et Lewitz, les préoccupations de Capestan se recentrèrent sur le brigadier justement, cœur de l'événement.

– La photo, la photo ! Allez, allez !

Toute l'équipe accourut illico pour se tasser sur le canapé. Rosière s'était assise au centre, en majesté, Pilou sur les genoux, aux côtés du lauréat, de Merlot, Dax,

Evrard, Orsini et Saint-Lô, barbecue entre les pieds. Lebreton, debout derrière la troupe, vint s'appuyer au dossier et Torrez se cala dans l'angle de l'objectif mais avec trois pas de recul.

Portable posé en équilibre précaire sur la cheminée, Capestan se pencha pour cadrer tout le monde et faire tenir tout entière son équipe dans un téléphone. Ils resplendissaient du bonheur de retrouver leur maison et leurs habitudes, de réaménager leur confort et de s'enorgueillir d'une nouvelle enquête menée dans l'ombre mais à bon port, avec autant d'approximation que d'engagement. La commissaire déclencha le retardateur sur l'appareil et courut se placer entre Lebreton et Torrez. Tous ensemble, ils se mirent à brailler à l'unisson du décompte sur l'écran :

– 10, 9, 8, 7, 6, 5, 4, 3, 2, 1, cling !

Quand Capestan contourna le canapé pour revenir à son mobile, elle y découvrit avec fierté un de ces clichés à encadrer, un pur instant de joie sur le toit du monde.

Remerciements

Merci beaucoup

Avant toute chose et le cœur ému, je tiens ici à remercier Doliprane et Cafetière, sans qui rien, mais alors rien de rien, n'aurait été possible sur ce volume. Mais ils n'étaient pas seuls et ma reconnaissance est tout autant acquise à Caroline Ripoll, dont l'œil avisé et la patience à rude épreuve m'ont permis d'atteindre la fin de ce livre avec enthousiasme. Merci vraiment, c'est une chance. J'en profite également pour exprimer ma chaleureuse gratitude à Albin Michel et ses équipes, Francis Esménard, Marie Dormann, Sophie Harinck, Stéphanie Nioche.

Par ailleurs, pour leurs lectures, corrections, conseils et emballements joyeusement partiaux, je suis trop contente d'adresser mille mercis à Anne-Isabelle Masfaraud, Dominique, Patrick et Pierre Hénaff. J'ai l'impression que mes romans ne commencent vraiment à exister qu'après qu'ils les ont lus. Gratos et sans aucun lien avec aucun bouquin, bisous à mes filles, les meilleures du monde.

Pour le titre de ce livre, je remercie infiniment la super Manon Pibouleau et tape une bise en passant à tous les formidables de *Cosmo*, mes potos de pots, mes amis de vie.

Enfin, parce que leur aide fut décisive et leurs informations précieuses, je tiens à témoigner toute ma gratitude à :

Brice Lefaux, docteur vétérinaire, directeur du zoo de Mulhouse et auteur d'un ouvrage magnifique sur les primates. Sans lui, j'aurais été bien incapable de tuer autant de gens en toute impunité. C'était vraiment très gentil à lui de répondre ainsi à mes questions plus que douteuses.

La direction, la communication, les officiers et agents du Bastion qui m'ont fait découvrir leur univers et leurs sciences. Merci pour tout ce temps et ces histoires, c'était passionnant. Une ola au copain et collègue d'écriture Pierre Pouchairet.

Le musée de la Préfecture de police et Rachel Vergnaud qui m'y a d'office embarquée en visite. J'ai appris plein de choses très utiles.

Émilie Thiry pour ses lumières sur les logements de la ville.

Papa, qui m'a aménagé et prêté son précieux caborneau, pardon : atelier, pendant tout l'été.

Et parce que, sans lui, il n'y aurait pas eu le premier, je remercierai Patrick Raynal le Grand jusqu'à mon dernier bouquin.

DU MÊME AUTEUR

AUX ÉDITIONS ALBIN MICHEL

Poulets grillés, 2015
Rester groupés, 2016
Art et décès, 2019
Voix d'extinction, 2021

Retrouvez toute l'actualité des éditions Albin Michel
sur notre site albin-michel.fr
et suivez-nous sur les réseaux sociaux !
Instagram : editionsalbinmichel
Facebook : Éditions Albin Michel
Twitter : AlbinMichel

Composition : Nord Compo
Impression : Imprimerie Floch, mai 2023
Éditions Albin Michel
22, rue Huyghens, 75014 Paris
www.albin-michel.fr
ISBN : 978-2-226-47552-7
N° d'édition 25065/02 – N° d'impression : 102567
Dépôt légal : avril 2023
Imprimé en France